文創風
532

娶妻這麼難

2

玉瓚 著

目錄

第三十六章　涼亭閒話

簡妍看到徐仲宣的那一剎那便抿了抿唇，心想，這都能碰上他？怎麼這樣大熱的中午，他竟跑到這裡來了？倒是個不怕熱的。

即便方才再想抽身就走，可這會兒既然徐仲宣已看到她，且還出聲和她打了招呼，她再轉身離開就顯得不大好了。

簡妍也就唯有在心中暗暗地叫了一聲苦，但還是同徐妙寧走到涼亭裡，將拿著團扇舉在頭頂的手放下來，面上帶了無可挑剔的淡淡笑意，循規蹈矩地對徐仲宣行禮，叫了一聲。「大公子。」

徐妙寧此時在一旁笑道：「咦？大哥，沒想到在這裡還能碰到你！你也是來賞荷花的嗎？方才我拉著表姊要來這涼亭裡坐著一起賞荷花，表姊還說外面怪熱的，死活不肯出來，最後還是我硬拉了她，她才出來呢！」

徐仲宣不著痕跡地偷眼望著簡妍，見她白皙如玉的面上笑意淺淡，看不出來絲毫的悲傷痛苦之色，恍似昨晚半夜他見著那個在水邊壓抑痛哭的簡妍只是他的錯覺一般。

他在心裡想著，她果然是不肯在他人面前露出一絲一毫的脆弱來。只是，她這般將這些痛苦悲傷全都藏在自己心裡，該有多難受？

想到這裡，他越發心疼起簡妍來，語氣便也柔和了不少，說：「是挺熱的。」

徐妙寧笑道：「可不是嗎？我是熱得恨不能鑽井裡頭不出來才好！」一面說一面回頭，見白薇和青芽也隨後跟過來，便吩咐青芽。「青芽，妳回去拿一碗冰湃的酸梅湯來。」又轉頭問簡妍。「表姊，我記得妳早起時做了西瓜冰沙的，現下還有沒有？拿來給我大哥也嚐嚐啊！」

昨日簡清從京裡的國子監回來，帶了兩顆西瓜給簡妍。早間起來的時候，適逢紀氏又遣人送了塊冰給她，說是天熱，讓她放在屋子裡，也涼爽一些。簡妍見了，索性讓四月和白薇鑿了些碎冰下來，做了西瓜冰沙，拿了一些給紀氏、簡太太，又讓四月也拿一些給徐妙寧。不想徐妙寧一吃就覺得甚是好吃，便直接跑到她這邊來，又狠吃了一大碗下去，吃完之後在屋子裡玩得無聊，便死活拉著她出來賞荷花。還說什麼那涼亭是建在水面正中的，坐在亭子裡，四處都是帶涼氣的風，四面又有荷花可以賞，既不熱，景致又好，於是簡妍便也動了心，頂著這大日頭，隨徐妙寧一塊兒來了。只是沒料想到徐仲宣也正好坐在這裡，若是早知道，甭說是荷花了，什麼花她都是不來的。

現下三個人圍著一張石桌坐，簡妍聽徐妙寧說起西瓜冰沙，想起前些日子徐仲宣一騎紅塵，夜送槐花糕給她的事，心裡不由得有些許波動。又偷眼見徐仲宣雖是身著輕薄的石青紗絹直身，可額頭和鼻尖上仍有些微的細汗，便轉頭對白薇道：「妳回去將另一顆鎮在冰上的西瓜也切了，再鑿些碎冰，一併拿過來。」

白薇答應了一聲，便轉身同青芽一塊兒去了。

過了片刻的工夫，白薇、青芽和四月都過來了。

西瓜一早就冰鎮在冰上，沒有拿下來過，這會兒見著，上面還有一層白白的霜花似的東西。

簡妍讓白薇和四月將切好的西瓜和碎冰都放在石桌上，自己則伸手拿了銀勺子，細心地去著西瓜子。

她今日穿的是水綠交領紗衣，白紗挑線裙子，隨意地梳了個垂鬟分肖髻，只簪著一支碧玉簪、一朵淡藍色的堆紗絹花罷了，連耳墜子都沒有戴，瞧著極是素雅嫻靜。

不過她左手腕上還是籠著一只翡翠鐲子。那鐲子成色極好，一汪綠水似的，越發映襯得她膚色如玉。

徐仲宣見她一手扶了白瓷盤，一手拿了銀勺子，垂著頭，拿了塊西瓜，慢慢地、一顆顆地去著裡面的瓜子，神情專注。有風吹過，涼亭簷下的鐵馬叮叮噹噹地輕響著。

過了一會兒，西瓜子都已被去掉，簡妍便拿了碗裝些西瓜進去，撒了些碎冰在上面，又放點蜂蜜，接著再將西瓜弄碎了些，最後灑了一層碎冰在上面，而後便雙手遞到徐仲宣的面前，笑道：「不過是隨意做著好玩罷了，大公子將就著吃吃。」她心想，雖然比不得那次他夜送槐花糕的事，可這好歹是她親手所做，也算是她的一番心意。

徐仲宣垂下頭，就見白底青瓷八寶紋的碗裡裝著紅色的瓜瓤，上面還有一層白晶似的碎冰，瞧著就極是冰涼沁心的。

他忙伸了雙手去接，只是接得有些急，右手就碰到了她的左手。她的手涼涼的、軟軟的，徐仲宣一怔，一時竟是不想撒手。

但簡妍已經當機立斷地將手從他手中抽出來。

她心裡有些發慌，面上也有些發燙，忙掩飾性地拿了放在桌上的團扇搖起來。只是團扇搧出來的風也絲毫沒法撫平她內心的慌亂和面上的熱意。

「表姊……」

此時聽得徐妙寧叫她，簡妍忙偏頭望過去，定了定神，問：「嗯？什麼事？」

「我還想再吃一碗西瓜冰沙。」她伸手扯了簡妍的衣袖，抬頭眼巴巴地望著她。

簡妍倒過扇柄來，輕輕在她的手背上敲了一下，隨即便道：「妳方才已一氣吃了兩大碗，再吃可就不好了。且先忍著，明日再吃。」

徐妙寧委委屈屈地「喔」了一聲，鬆開拉著她衣袖的手，卻又問她。「表姊，妳是不是熱啊？妳看妳，面上都紅了。妳自己也吃一碗吧！」

「……」簡妍好想扶額。正所謂是不怕神一樣的對手，就怕豬一樣的隊友啊！

她忙偷眼去瞧徐仲宣。他雖然低頭拿了勺子專注吃著冰沙，可還是看到他的唇角勾起了一彎弧度。

簡妍一時有些惱羞成怒，面上越發紅了，因此轉頭瞪了徐妙寧一眼，聲音也提高了兩分。「我一點兒都不熱！」

「……」徐妙寧一時無語。這是什麼情況？她不過是關心地問了表姊一句熱不熱的話，怎麼表姊倒是有點生氣的樣子？

一旁的徐仲宣已吃完了，含笑道：「簡姑娘做的這西瓜冰沙很好吃，吃下去甘露灑心一般，我是一點兒都不熱了。」

「……」怎麼她聽著徐仲宣的話，就是覺得有點不大對勁呢？

徐仲宣此時已學著她方才的樣兒，拿了一塊西瓜，用小銀勺子慢慢地去著裡面的瓜子，隨後也有樣學樣地撒了一層碎冰在碗裡，加了蜂蜜，弄碎了些，再撒了一層冰沙，雙手捧起碗，含笑說：「簡姑娘，也請妳嚐嚐我做的西瓜冰沙。」

簡妍好想用手中的團扇將自己的臉全都遮擋起來。她這是被撩了吧？若是再這樣發展下去，那就有點危險了啊！

她本想開口拒絕，可望著徐仲宣面上真誠的笑意，再想起那夜的槐花糕來，到底也只是在心裡深深地嘆了一口氣，然後伸手接過，低聲說：「多謝大公子。」

本想直接開口拒絕，可奈何知君深情不易，竟是不忍心開這個口了。

她垂了頭，拿著勺子，緩緩地攪動碗裡的西瓜冰沙，慢慢地吃著，同時腦子裡想著，往後到底該怎麼和徐仲宣相處？

她老早就打定主意要逃離簡太太的掌控，而若想脫離簡太太的掌控，最直接、最方便的莫過於尋了個適當的時機，逃到其他地方去。

她也細想過這事，覺得這事雖然艱難，但不是完全不可行。畢竟這個時代訊息原就算不發達，但凡她能逃離這裡了其他省分，簡太太能去哪裡尋她？便是隨後的生活苦一些，她也心甘情願。

等到她走了，徐仲宣這邊自然是會有自己的生活，有門當戶對、出自名門世家的嬌柔妻子，頂多也只會在某個雨打芭蕉的秋夜，想起自己年輕時曾做過一騎紅塵，不管不顧地夜送槐花糕給一個姑娘的事來。而那個姑娘的面貌，到那時他再想起時，只怕都有些記不大清了。

想到這裡，簡妍攪動冰沙的動作一頓，一時竟覺得心裡有些堵得慌，吃不下了。

她放下手裡的勺子，吩咐白薇和四月將石桌上剩下的西瓜和碎冰之類的都收下去。

青芽這時又端了冰湃的蜜煎酸梅湯上來，在他們面前一人放了一碗。

簡妍伸手拿起碗喝了一口，冰涼之意透心沁齒，一時竟是暑意頓消。

她一面拿了團扇慢慢地搖著，一面側頭望著水面上遮天蔽日般的荷葉、荷花，但耳朵卻不由自主地聽著徐仲宣和徐妙寧說話。

徐仲宣的聲音聽起來極清潤溫和，秋日山泉似的，一路潺潺緩緩而下。

簡妍想著，這些日子宅子裡的丫鬟說起徐仲宣來，都說那日在松鶴堂裡他那般問著雪柳的口氣，簡直就和地獄爬出來的羅剎鬼似的，聲音如千年萬古不化的雪山頂上的堅冰一般，讓人聽了只覺得透心透骨都是寒意，可是現下，他的聲音聽上去卻是這般清潤溫和。

這個人狠起來的時候，肯定會讓人心驚膽戰，恨不能遠離他個十萬八千里；可對人好起來的時候……簡妍在心中暗暗地嘆了一口氣。徐仲宣對她好的時候，真的是很細膩、體貼人，讓她覺得如沐春風般，恍似所有煩惱的事都可以交給他，而自己只需站在他的身旁，被他嬌寵得無法無天就行。

這時，耳旁忽又聽得那道清潤溫和的聲音叫著她。「簡姑娘。」

簡妍猝然回神，轉過頭去，正好對上徐仲宣帶著笑意的目光。

她忙垂了頭，不敢看他清俊的眉眼，只問道：「大公子喚我有事？」

徐仲宣的目光落在她拿團扇的右手上。古語所謂的纖纖素手，想來也就是如此了吧？

他又想起方才不慎觸摸到她的左手，現下指間軟涼的感覺依稀還在，於是一顆心不由得有些動搖起來，卻又怕簡妍看出他的失態，便也移開了目光，不再望著她的手，只是看著她手中拿著的那柄團扇。

湘妃竹的扇柄，素白綾絹，上面繡著兩串垂下來的紫色葡萄，綠色葉子掩映下的葡萄圓潤可愛，旁側又有一隻金黃色的蝴蝶展翅飛舞。

「妳這把團扇倒是特別。」徐仲宣其實也不知道自己剛剛為什麼會叫著簡妍？就只是想與她說話罷了，而現下卻又不曉得到底該和她說些什麼話，只有無話找話地就著她的團扇說事。「這上面的刺繡果是精美，令人過目難忘。」

簡妍聞言，也低頭去看自己手中的團扇一眼，而後面帶微笑，隨口附和：「這扇子上的刺繡確實是挺精美的。」

徐妙寧此時在一旁笑道：「這扇子上的刺繡算得什麼精美？若是表姊來繡，定然比這好一百倍還不止呢！」

徐仲宣心中也頗為贊同她這句話。簡妍給他繡的那只扇套，上面的刺繡無一不精美，他可是日日貼身放著，閒著時就拿出來看一看，那可是簡妍親手繡給他的！想到這裡，徐仲宣的心中便覺得極柔軟。

時值微風徐來，四周水面上的荷花顫動著，葉面微微翻轉，霎時一道綠色的波浪就從這裡一直蔓延到遠處去。

徐妙寧嘆道：「好想日日都坐在這裡賞荷花啊！只可惜再過些日子，這荷花的花瓣會悉數掉落，荷葉也會殘敗，豈不是可惜得緊？」

想了想，忽然又興奮地轉過頭來望著徐仲宣和簡妍，拍手笑道：「有了，我有法子能日日都看到荷花及荷葉了，便是數九寒冬都是不差的！」

徐仲宣和簡妍便問著是什麼法子？

徐妙寧就笑道：「我記著大哥可是畫得一手好畫，表姊又是繡得一手好顧繡，莫不如先讓大哥照著現下這樣畫一幅荷花圖，然後再讓表姊繡出來！你們倒說說，我的這個法子好是不好？」

簡妍望著徐妙寧那副沾沾自喜的模樣，只想倒轉手裡的團扇，用扇柄狠狠地敲她的手。

好妳個大頭鬼啊！

第三十七章 關心則亂

徐仲宣面帶笑意地答應了，且還問著簡妍。「簡姑娘，會不會麻煩到妳？」當然會很麻煩啊！但凡想一想，就知道這定然會是個大工程。可現下徐仲宣都已經答應了，簡妍想著那兩盒槐花糕，還有徐仲宣這些日子對自己兩次的維護之情，以及那些細心體貼的各種投餵，就又覺得，麻煩就麻煩些吧，反正自己鎮日也沒有什麼事做，閒著也是閒著。於是她便面上帶著淺淺的笑意，溫聲說：「大公子客氣了，不麻煩。」

徐仲宣笑著說好，又說他會盡快將荷花圖畫出來。

簡妍微垂著頭，面上帶著淡淡的笑意，目光望著石桌面，不時地或點頭、或簡單地附和一句，誰知道徐妙寧卻專注於賣她，只聽那小丫頭又在和徐仲宣得瑟道——

「大哥，你快來看我手腕上繫著的這個，瞧瞧好不好看？這可是表姊給我編的呢，叫做長命縷。」

長命縷是端午前後，用青、白、紅、黑、黃五色絲線拴在手腕上，不過是一種端午節的吉祥物罷了。方才徐妙寧在她的屋裡玩，正好看到針線籮筐裡有這五種顏色的絲線，一時玩鬧之心忽起，便用編麻花辮的方法，隨意簡單地編了個長命縷套在徐妙寧的手腕上，不過是圖個好玩罷了，這丫頭竟然拿出來炫耀。

簡妍不著痕跡地舉高手裡的團扇擋住臉。她覺得有點丟人。

徐妙寧卻不覺得丟人，興致勃勃地將右手伸過去，給徐仲宣看她手腕上拴著的長命縷。

徐仲宣仔細地看了一眼，隨即讚嘆一聲。「是很好看。」

徐妙寧笑道：「那是自然！表姊還說，拴了長命縷在手腕上能益人命，還能讓人不得病呢！原來這小小的玩意兒竟然能這麼厲害！」

簡妍又將手裡的團扇舉高一些，索性將自己的一張臉全都擋起來。實在是大大地丟人啊！

長命縷這東西其中的典故她都能略知一二了，像徐仲宣這樣，十八歲就三元及第、滿腹經綸的狀元郎，還能不知道嗎？徐妙寧在他面前說這些話，可真真是班門弄斧了！

關鍵是，徐妙寧的這些話還是自己告訴她的呢，那豈非就相當於自己在徐仲宣面前班門弄斧？簡妍很想就地挖個洞鑽進去，再也不要出來了！

徐妙寧聽徐仲宣稱讚她手腕上的長命縷很好看，心中大為得意，忙笑道：「那大哥想不想要？我讓表姊也給你編一條拴在手腕上啊！」

簡妍欲哭無淚。「……」這丫頭真是專業坑她一百年啊！

但她覺得徐仲宣應該會委婉拒絕，畢竟他是個大男人，還是個位居三品的禮部侍郎，戴這樣五顏六色的小兒女東西在手腕上，被人瞧見了，怕不是就得被人笑話啊？

不承想，這位徐侍郎聽了徐妙寧的提議後，竟立時開口說：「我自然是想要的。」又對一張臉已全都隱在團扇後面的簡妍笑道：「那就煩勞簡姑娘也給我編一根這樣的長命縷。」

簡妍都不曉得自己到底該用什麼樣的心情來面對兩人了。

真想一腳將這兩人全都踹下池塘去洗個冷水澡！

但片刻之後，她還是移開了擋在面上的團扇，只是笑意瞧著依然有幾分勉強。「這只是我胡亂做的、入不得眼的小玩意兒罷了，大公子還是——」

她一語未了，徐妙寧卻在旁邊接道：「哪裡入不得眼了？我就覺得挺好看的啊！」

簡妍額頭的青筋歡快地跳了兩跳，很想轉頭叫徐妙寧「閉嘴」。這丫頭今日給她招的事還少嗎？都這會兒了，還聽不出來她話裡的推辭之意嗎？平日瞧著挺聰慧鬼精靈的，怎麼這會兒卻是這樣？簡妍幾乎就要懷疑這丫頭其實是故意的。

而另一個簡妍看來更加聰慧的人，好似也沒有聽出她這話裡委婉的推辭之意，反而還在一旁笑道：「寧兒說得對，這根長命縷是挺好看的，就煩勞簡姑娘也給我做一條吧？」

他話裡的懇求之意很明顯，簡妍也不曉得為什麼，忽然就覺得心裡一軟，竟沒法再開口拒絕。於是她便轉頭吩咐白薇再回去一趟，拿了針線籮裡的五色絲線來。

待白薇將絲線拿過來後，簡妍便放下手裡的扇子，拾起五色絲線開始編著長命縷。

其實真的超簡單的，不過是按著編麻花辮的方法隨意編一個罷了，小孩子都會的。就這麼個小玩意兒，徐仲宣做什麼還非得巴巴地要一個？他又不是小孩子。

不一會兒工夫，長命縷就編好了。簡妍沒有立時遞給徐仲宣，口中尚且還在說：「實在是粗糙得緊，大公子，不然還是不要了吧？」

徐仲宣早已將自己的右手伸過去，笑道：「我不會戴，還煩勞簡姑娘給我戴上。」

簡妍只氣得額頭的青筋又歡快地跳了兩跳。她就不信他連這麼個簡單的東西都不會戴！她有心想直接將這長命縷劈手甩到他的懷裡去，說上一句「愛戴不戴，反正本姑娘是不會幫你戴的」，可是抬眼見徐仲宣眼中笑意柔和，又帶了幾分促狹之意，只是這般定定地笑著望向她，她心中便又軟了下來。到最後，她也只是板了一張臉，頗有幾分咬牙切齒地說了一句。「男左女右！」

徐仲宣一聽，忙將右手縮回去，又將左手伸過來，手心向上，面帶笑意地望著簡妍。他的左手腕上戴了一串迦南手串，顏色黝黑如漆，質地堅硬如玉，離得近了，有淡淡的幽香傳來。簡妍定了定神，拿了手裡的長命縷，給他戴在迦南手串後面。

這手串是黑色的，長命縷卻是五色的，但兩個戴在一起，竟覺得一點都不衝突，反而還甚是般配的感覺。

但簡妍還是覺得這長命縷甚是幼稚，便抬頭同徐仲宣說：「這長命縷戴著玩一會兒便罷了，大公子待會兒將它取下來吧。」

徐仲宣卻笑道：「不取的。不是都說要戴到六月六才能取下來嗎？」

簡妍覺得額頭的青筋又開始跳了，便有些賭氣地偏過頭去，望著水面上的荷花，心想：愛取不取，左右明日你去禮部應卯了，人家看到編得這麼粗糙的一根長命縷戴在你手腕上，笑話的也不是我！然後也不理會他，又低頭去編著長命縷。

徐仲宣這些日子去江浙一帶，曾在首飾鋪裡見著一支白玉桃花簪子，當時他就買了下來，想著回來要送給簡妍，這會兒他就摸著正放在懷裡的那支桃花簪子，想著要不要現下拿出來送給簡妍？可轉念又想，剛剛他逗她逗得有些多了，她現下已有些惱意，若這會兒他拿出來，她不要，到時可怎麼辦？罷了，還是往後尋個適當的時機再給吧。

徐妙寧這時問道：「大哥，怎麼我見你左手腕上好像一直戴著這迦南手串呢？」

原來徐妙寧見簡妍給徐仲宣戴好了長命縷，便笑嘻嘻地盯著那長命縷看，因此看到了迦南手串，便隨口一問。

徐仲宣回過神來，望了簡妍一眼。見她雖然垂著頭，一臉專注地編著，可還是微微地朝他這邊側了側臉，想來也是在聽他和徐妙寧說話，便笑道：「我有胃寒的毛病，有一次痛得狠了，請了個御醫來診視，給我開了些藥，又說迦南香可以行氣止痛，溫和止嘔，納氣平喘，建議我隨身帶些在身上，於是我便買了這串迦南手串，日夜戴著。」

徐妙寧一聽，便趕緊問他胃寒的毛病要不要緊？怎麼從來沒聽他提起過呢？

徐仲宣只是笑了笑，不在意地說：「只是小毛病罷了，有什麼好說的。」

簡妍卻知道這並不是小毛病。

她爸上輩子就有胃寒，原也是工作忙起來時沒時間吃飯，飲食沒規律，又經常勞累，才有了這麼個毛病。這發作起來時只覺得胃裡裝的似都是冷冷的冰塊，冰得慌，想吐又吐不出來，旁人看著都難受，更不用說他自己了，又怎麼可能會是小毛病呢？

可是他剛剛還吃了一碗西瓜冰沙下去，西瓜原就是性涼的東西，又加了那麼多碎冰在裡面……

簡妍很懊惱。剛剛她為什麼要做那碗冰沙給他吃呢？拚著他不高興，也好過吃下去胃不舒服啊！

眼角餘光驀地瞥見徐仲宣伸手拿了桌上的碗，裡面是冰湃的酸梅湯，正打算要喝，她立即抬頭斥道：「你都這麼大的人了，又不是小孩，還什麼事都要別人來提醒嗎？既然有胃寒的毛病，就該好好保養自己才是，做什麼還要喝這些冰冷的東西？往後這些生冷的東西再也不能吃了！」這番話一說完，她就僵在了原地。

眼前這個人是那位高高在上、冷漠狠心起來都能直接嚇死人的三品禮部侍郎啊！她怎麼能順嘴說了出來，而且還用這樣責備的口氣？這不是明擺著找死嗎？

第三十八章　低聲下氣

徐仲宣也有些懵住了。

他幼時雖然受盡徐家人的冷眼和輕視，可自從十二歲那年中了解元後，徐家便再無人敢輕視、謾罵他。及至進了官場，他為人也算圓滑，且又官場得意，便是周元正、吳開濟等權臣見了他，也多是客客氣氣的，只想著要拉攏他，再是沒有說一句重話的，更遑論責備。所以聽著簡妍此時嚴厲的語氣，他一時有些發懵，平日裡靈活至極的腦子竟不會轉。但是待他反應過來後，心裡立刻有股極大的喜悅升起，連帶著眉眼之間的笑意也越發深了不少。

正所謂關心則亂，簡妍這是在關心他啊！所以連平日裡偽裝的各種嫻雅和客套都給拋卻掉，直接張口就責備他了。徐仲宣覺得，簡妍的責備之語聽在他耳中實在是甘之如飴！

於是他忙放下手裡端著的瓷碗，面上是掩也掩不住的笑意，很是規規矩矩、老老實實地說：「嗯，那我就不吃了。」頓了頓，又加了一句。「而且往後但凡是生冷的東西，我也都不吃了。」

簡妍大窘！一時間面上火燒雲似的，燙得她都恨不能抓了一把冰就直接敷上去。

最後她沒有接話，只是抿了唇，劈手就將手裡剛編好的長命縷直接甩到徐仲宣的懷裡。

徐仲宣接住了，抬頭問她。「這條長命縷也是給我的？」

簡妍沒好氣地瞪了他一眼。「這給錦兒的！你帶回去給她！」

徐仲宣帶著笑意「喔」了一聲，覺得簡妍這樣帶著惱意嗔他的表情實在既生動又惹人憐愛。

徐妙寧則在一旁露出一臉後槽牙痛的表情，忍不住伸了一隻手遮了遮雙眼。

喂，這兒還有個大活人呢，麻煩你們兩個打情罵俏的時候能稍微避讓一些嗎？

前幾日徐妙錦特地尋了她，細細地和她說了徐仲宣對簡妍有意的事，她聽了先是大吃一驚，覺得就她大哥那樣內斂穩重、對任何女子都是擺了一副棺材臉的人也會喜歡人？而且這個人還是她表姊？可轉念一想，她又覺得高興得緊。

她表姊這般出色，原就該配大哥這樣出色的人才是，且若是表姊嫁了大哥，那往後就更是一家人了啊！於是當徐妙錦和她說，讓她往後沒事的時候多撮合撮合徐仲宣和簡妍之間的事，她立即就拍胸脯保證說沒問題。

可關鍵是，坐在一旁看著徐仲宣和簡妍這般打情罵俏實在是有點……呃，不大自在啊！因此她就想著，不能就她一個人不自在啊，得讓徐妙錦也不自在才成，不然她這不是虧大了嗎？思及此，徐妙寧就放下摀著雙眼的手，問徐仲宣。「大哥，錦兒呢？怎麼今日不見她和你一起出來？」

徐仲宣手裡握著簡妍要給徐妙錦的那條長命縷，聞言，面上的笑意消散了些，擰了一雙長眉，說道：「錦兒她著了風寒，昨晚一夜高熱，至丑時才好了點。不過現下已退了熱，早起也喝了半碗粳米粥，這會兒還在睡。」

簡妍和徐妙寧一聽徐妙錦病了，都吃了一驚，忙問道：「怎麼錦兒病了的事我們竟是不知？」

兩個人又都站起來，說是要去看望徐妙錦。

徐仲宣想了想，便也同意了。

在這徐宅裡，原就沒幾個人真心對徐妙錦好，素日也就只有一個徐妙寧有時會去找她玩，所以徐妙錦的性子便也越發孤僻起來。難得現下簡妍也這般對她上心，聽見她生病就要去看望她，她知曉後定然也會高興的。

好在荷香院離凝翠軒並不遠，且一路也有柳蔭遮擋，所以儘管日頭甚大，徐妙寧和簡妍倒也沒有覺得多熱。

一到了凝翠軒，青竹和杏兒等人連忙過來對徐妙寧和簡妍行禮。

簡妍擺擺手，瞧著徐妙錦的臥房裡紗帳半垂，靜悄悄的，便悄聲問著。「妳們姑娘現下怎麼樣了？」

青竹也悄聲回道：「姑娘早起的時候喝了半碗粳米粥，後來又睡了。剛剛醒來，說是口渴得緊，奴婢便餵她喝了一茶盅的溫水，方才又睡著了，現下倒是不發熱了。」

簡妍便放下心來。

徐妙寧此時抬腳就想進徐妙錦的臥房去看她，簡妍忙一把拉住她的胳膊，對她擺擺手，低聲說：「不要吵到錦兒，她現下正是最需要休息的時候。等稍後她醒來，我們再過來同她說話也是一樣的。」

既然徐妙錦睡著了，那她和徐妙寧現下還是先回去吧。

這若是在平日，她和徐妙寧還可以在這裡等徐妙錦醒過來，可是現下徐仲宣在這裡，那就有點尷尬了。

最主要的是，她剛剛發現了一個問題，那就是，哪怕她心裡明明很理智地知道自己該遠離徐仲宣，他說的有些話、提的有些要求，她完全可以不用去理睬，甚至是嚴詞拒絕，可每每對上他帶著柔和笑意的眉眼，聽了他軟語相求的話，再想著那夜的槐花糕，她就總是狠不下心來拒絕。若是一直這麼發展下去，那就真的有點危險了！

簡妍想了想，便開口向徐仲宣告辭，只說現下徐妙錦睡了，她和徐妙寧在這裡會吵到她，還是晚些時候等徐妙錦醒了，她們再一起過來探望吧。

先時在涼亭裡，徐仲宣聽了簡妍對他關懷責備的話語，見她薄怒時嗔著他的生動表情，心中暗暗高興不已，以為簡妍待他終於和以往不一樣了，開始慢慢地接受他、關心他了，可這會兒見簡妍又如以往一般，對他客套疏離地說著這樣的話，且又急於要走，他心中一急，伸了手就想去拉她，但才剛伸到半路，又縮了回來，垂在身側，默默地握成拳，低聲問道：「妳……妳就不能在這裡多待一會兒嗎？」

簡妍見他垂了頭，鴉羽似的睫毛也低垂下來，遮住他一雙幽深的眸子，又是這般低聲地說話，看起來竟很委屈的模樣，就好似一個想要吃糖，但大人卻偏偏不給，他又不敢強奪，便只好嘟了嘴、暗暗地蹲在牆角垂著淚的小孩兒一般。

簡妍見他這副模樣，都差點母愛爆棚，忍不住想要伸手去摸一摸他的後腦勺，然後安慰上一句「乖，給你吃糖啊，你想要多少都給」。

這種壓根兒就沒法控制自己感情的感覺，真的是糟糕透了。

簡妍無力地在內心呻吟一聲，然後竭力將目光從徐仲宣委屈至極的臉上扯回，抿著唇，別過頭望向旁側黑漆描金香几上擺放的一盆茉莉花，輕聲說：「不了，時候不早了，我和寧兒還是……還是先回去吧。等稍後錦兒醒了，我們再過來看望她也是一樣的。」說這番話的時候，她滿心覺得都是罪惡感，好似自己就是那個無論小孩怎麼哭鬧哀求，都是板著一張臉，甚至是厲聲呵斥，不肯給他半顆糖吃的大人一樣。

徐仲宣倒也不敢強求她，他很明白欲速則不達的道理，於是也沒有再說什麼，只想著稍後再慢慢地尋了法子見她也是一樣。只是他尚且還沒有開口說一個「好」字，外面就有小丫鬟進來通報，說是老太太身旁的祝嬤嬤和明珠來了。

徐仲宣聞言，神色一冷，方才面上所有疑似委屈之類的神情立即不見，轉而換上一副冷淡的神色來。「讓她們進來。」他冷聲吩咐一句，隨後便走至主位上的圈椅。

徐妙錦的這處明間裡，當先放著的是一張翹頭條案，案上放了一架紫檀木架，繡著四季花卉的插屏，旁側是兩只花瓶，花瓶裡各插了幾枝孔雀翎；案前則是擺放一張黑漆八仙桌，桌旁放了兩把圈椅。

徐仲宣在八仙桌左側的那張圈椅裡坐了，又開口讓簡妍和徐妙寧坐。

簡妍剛剛親眼見證徐仲宣一秒從溫順小綿羊變身成這般冷漠駭人的模樣，一時有點發懵。好在她很快就反應過來，拉了徐妙寧走至右側的兩張玫瑰椅上坐了。

這時小丫鬟已打起了門上吊著的湘妃竹簾，迎著祝嬤嬤和明珠進來。

祝嬤嬤現年四十來歲，是以往在吳氏身旁伺候過的丫鬟，可以說是她的心腹；而明珠則是吳氏身旁的大丫鬟之一，現年十七歲的年紀，身段嫋嫋婷婷的，一張瓜子臉，兩彎新月眉，且生得白淨，瞧著也很有些動人之處。兩人進了屋子，身後還跟了一個小丫鬟，手裡捧著一只四四方方的朱漆托盤。

祝嬤嬤目光快速地在屋內掃了一掃，見徐仲宣面無表情地坐在主位上，只是淡淡地望著她，她心裡便咯噔了一聲，只覺得手腳都有些發軟了。

「老奴見過大公子。」祝嬤嬤忙屈膝對徐仲宣行禮，跟隨在她身後的明珠和小丫鬟也忙屈膝行禮。

徐仲宣一時沒有答話，過了片刻之後才冷淡地說：「起來吧。」

簡妍在一旁都替祝嬤嬤她們捏了一把汗。

這般屈膝的行禮動作稍微做一下也罷了，維持這樣的姿勢半蹲了這麼會兒的工夫……唔，那滋味想必是有些不大好受。

徐仲宣的這個下馬威給得有點顏色，祝嬤嬤一時更是不敢大意，雖然聽徐仲宣說讓她起來，她還是畢恭畢敬地說了聲「多謝大公子」，然後才直起身來，但她隨即又轉身，領著明珠和小丫鬟對徐妙寧和簡妍屈膝行禮。「見過三姑娘和簡姑娘。」

簡妍並不欲得罪吳氏身邊最體面的嬤嬤，忙站起來，笑道：「嬤嬤客氣了，請起。」

徐妙寧則是狐假虎威，坐在椅中，一手撐腮，揮了揮手，學徐仲宣的樣兒說：「起來吧。」

祝嬤嬤這才直起身來，又轉身面對徐仲宣，面上賠笑地道：「老太太得知四姑娘得了風寒，心中甚是掛念，所以讓老奴給四姑娘送了些補品過來，還請大公子笑納。」一邊說一邊揮手，讓後面端著朱漆托盤的小丫鬟上前來，揭開上面擺放三只盒子的盒蓋。

徐妙寧引頸望過去，見那三只盒子裡分別放著人參、燕窩和阿膠，倒也全都是些珍貴的補品。

徐仲宣看了一眼，隨即揮手示意青竹上前接過來。

雖然他心裡再是不喜吳氏，可說到底那也是長輩，並不好直接撕破臉皮，便也點頭說：「妳回去對祖母說上一聲，只說東西我替錦兒收了，勞她費心了。」

「費心」兩個字他咬得較其他字重一些，祝嬤嬤聽了，老臉就有些掛不住。

昨日傍晚徐妙錦身旁的丫鬟杏兒心急火燎地求到了松鶴堂，只說四姑娘得了風寒，正發熱呢，煩請老太太立即遣人去尋大夫來給四姑娘診治。但吳氏心裡還對前些日子徐仲宣一定要攆吳靜萱離開徐宅的事沒有釋懷，所以對徐妙錦的事就不想多管，只說這是大房的事，她是管不到的，讓杏兒求了大太太去。

只是將杏兒打發走後，吳氏心裡到底還是怵著徐仲宣的，隨後便又遣了丫鬟去打聽，得知秦氏說她是不管家的，縱然四姑娘是她大房裡的姑娘，可論理也該老太太讓人去請大夫來診治才是，她是管不了的。吳氏聽了，心裡也窩著火，想著既然秦氏這做嫡母的都不管徐妙錦的死活，她這個做祖母的，且還是個沒有血緣關係的祖母，為什麼要管徐妙錦的死活呢？由著她去便罷了。左右只是個風寒，還能死了人不成？說不定過了一晚上就自己好了，因此也賭氣不去理會。

可隨後又聽說昨晚徐仲宣回來了，讓自己隨身的小廝立刻就去請了大夫來給徐妙錦診治，吳氏一聽，有些坐不住了。於是她想了想，到底還是讓祝嬤嬤帶著明珠和小丫鬟來給徐妙錦送些補品，也是做給徐仲宣看看，以示她這個當祖母的心裡還是有徐妙錦這個孫女兒的意思。

只是現下祝嬤嬤瞧徐仲宣神情間甚是冷淡，言語之中也甚是嘲諷，心裡便知道，甭說只是送這些人參、燕窩、阿膠，這會兒便是送了龍肝鳳髓來，只怕大公子心裡也是怪著老太太的。

徐仲宣見祝嬤嬤還沒有要走，面色便又沈了幾分。

祝嬤嬤瞧見了，忙又賠笑道：「老太太還有一事讓老奴對大公子說上一聲呢！」

「說。」徐仲宣言簡意賅，簡單俐落。

祝嬤嬤道：「老太太這些日子想著，四姑娘身旁的丫鬟年歲皆是不大，倒會做得些什麼呢？這次四姑娘著了風寒，可不就是她身旁這些丫鬟伺候不周的緣故？於是老太太便想著，莫不如在自己身旁挑個做事穩重的丫鬟給四姑娘，也是她做祖母的對孫女兒的一片心意。挑了這好幾日，見著這明珠性子穩妥，心思又細，模樣在松鶴堂一眾丫鬟裡也是個出挑的，便想著要將明珠撥到的房裡來。這一來平日裡明珠自是可以細心地伺候四姑娘，也好讓大公子在京城的時候不用擔心；這二來，大公子每次休沐回來時，身旁也有個貼身的丫鬟伺候著鋪床疊被、照顧起居的，豈不是一舉兩得的事？」

簡妍原先只是坐在一旁，事不關己地聽他們說話，可這會兒聽完祝嬤嬤說的這番話後，她搖著團扇的手便一頓，唇角也撇了撇。

吳氏哪裡是想著要將這明珠撥到徐妙錦身邊來照顧她呢？分明是要塞到徐仲宣的床上去，好「貼身」地伺候他吧？

先是一個吳靜萱，現下又是個明珠，下一次不曉得又會想塞個什麼人過來？

果然徐仲宣這樣一個青年才俊，總會不斷有人往他身邊塞女人的。家裡的長輩是這樣，外面的同僚怕不也是這樣？日後只怕他身邊就會有一大群鶯鶯燕燕了。

思及此，方才她那顆還總是會對徐仲宣軟下來的心，又重新變得鐵硬了。

她在這裡自作多情個什麼呢？她有些自嘲地笑了笑。趕著搶著要憐惜徐仲宣的女子有那麼多，她混在中間瞎攪和什麼呢？

祝嬤嬤這番話一說出來，徐仲宣立刻就望向簡妍，見她嘴角有些不屑地撇起，又側過頭去，冷淡著一張臉望向前面冰裂紋格心的槅子，他心中不由得有幾分慌了起來。

簡妍定然是多心了。今日上午她好不容易才對自己的態度和緩了些，這會兒只怕又要和以往一樣客套疏離了。於是徐仲宣甚是惱怒吳氏和祝嬤嬤。

「出去！」他一張臉陰沈得恍似就要滴出水來，冷聲對祝嬤嬤道。

祝嬤嬤面上的笑意一僵，但她還是壯著膽子，面上賠笑地問著。「那明珠……」

一語未了，只見徐仲宣面上的神情越發陰沈，望著她的目光陰森了幾分，語氣也更加嚴厲。「我讓妳們都出去！」

祝嬤嬤被他這一聲喝叫給嚇得心跳如擂鼓，再是不敢說什麼，忙對他行了個禮，而後便帶了明珠和小丫鬟退出屋子。

等到祝嬤嬤和明珠等人走後，簡妍隨後也站起來，手中拈了團扇，微垂了頭，對徐仲宣道：「那我們也告辭了。」

徐仲宣急忙起身，兩步走過來在她的面前站定，張了張口，卻又不曉得到底該和她說些什麼？

徐妙寧見這情形貌似有點不大對勁，忙哧溜一聲溜下了椅子，輕咳一聲，裝模作樣地正經著一張小臉說：「我去瞧瞧錦兒現下怎麼樣了？」然後抬腳就朝徐妙錦的臥房去，末了站在碧紗櫥門邊伸手撩著簾子時，還轉頭對青竹使了個眼色。

青竹會意，忙讓屋子裡的丫鬟也都隨著她出去。

一時，明間裡就只剩簡妍和徐仲宣兩個人。

簡妍一見這情形，哪裡還有不明白的道理？當即就紅了一張臉，也不說話，只是緊緊地抿了唇，轉身就要走。

徐仲宣忙快走兩步，閃身攔在她的面前。

簡妍原就走得急，徐仲宣又閃得快，這一個沒注意，但見眼前人影一晃，她隨即便撞到了徐仲宣的懷裡去，撞得鼻子都有些痛了。

徐仲宣怕她撞到自己的懷裡會撞痛她，便忙伸了雙手扶住她的雙肩。

夏日的衣裳原就輕薄，且男子的體溫原就較女子高，於是簡妍只覺得自己被徐仲宣按住的兩邊肩膀火燒似的發燙。她忙後退兩步，躲開徐仲宣的雙手，可一張臉卻是越發紅了起來，如天邊的晚霞似的。見徐仲宣正好攔住她的去路，她便抬頭瞪了他一眼，輕斥了一句。

「讓開！」

徐仲宣見她一張臉兒桃花似的嬌妍，眼波流轉之間薄怒輕嗔，一時竟覺得半邊身子都木了，只是固執地說著。「不讓。」

瞧這情形，他還打算給她來上耍無賴這一招啊？方才對祝嬤嬤的時候不是挺乾脆俐落的嗎，怎麼到她這兒就這麼拖泥帶水了？但她也無可奈何，畢竟動手的話，她定然會是弱勢的那一方，因此她也只能挑了眉，面帶不豫地瞪著他。

徐仲宣被她這一瞪，方才對祝嬤嬤時的那分冷漠陰沈早就飛到九霄雲外，只低聲下氣地對她解釋。「祝嬤嬤說的那些話我先前並不知，我不知曉祖母會有這樣的心思，妳……妳別生氣。」

簡妍心中忽然就有些怒了。自己到底是在做什麼呢？明明一直說要遠離徐仲宣，可在他的面前卻又這樣藕斷絲連、拖泥帶水的，這讓徐仲宣見了可怎麼想？既做了婊子，又想要立牌坊，說的可不就是她這樣的人？且吳氏給不給徐仲宣塞房裡人又關她什麼事？她倒是沒來由地生什麼氣啊？

她很惱恨自己這樣拎不清現下的狀況，於是冷了一張臉下來，想著要斷了徐仲宣的念頭，也徹底斷了自己那份不該有的念頭，因此冷言冷語地說：「大公子這話就說差了，我有什麼好生氣的呢？這原就是您的家務事，我一個外人，哪裡犯得著來管，更犯不著生氣的。」頓了頓，又道：「我來了已是有些時候，現下是該告辭了。勞您待會兒對寧兒說上一聲，只說我有事，便先回去了，待會兒讓她自行回去。」

說罷，竟是不理徐仲宣，往旁側走了兩步，繞開他，直接自己掀簾子出去了。

第三十九章　錯點鴛鴦

祝嬤嬤回到松鶴堂的時候，吳氏正歪斜著身子躺在羅漢床上抽旱煙，於是祝嬤嬤上前，將方才在凝翠軒裡的事說了。

吳氏一聽，面上沈了下來。正所謂是長者賜，不可辭，吳氏自認自己怎麼說也是徐仲宣名義上的祖母，可她巴巴地送了個丫鬟過去，徐仲宣竟然不收，這不是明擺著打她的臉嗎？

祝嬤嬤面上也很不好看，添油加醋地說：「奴婢當時說，這明珠可是老太太冷眼挑了好些日子才挑出來的，放在四姑娘的院裡，一來平日裡可以照顧四姑娘，二來等大公子休沐回來時，好歹也有個丫鬟近身伺候不是？可大公子聽了這話，非但沒有感激老太太的意思，反倒直接沈了一張臉下來，只說讓奴婢們都出去！且當時三姑娘和簡姑娘也在那裡呢，大公子竟是這樣不給您臉面，這讓三姑娘和簡姑娘心裡怎麼想？」

吳氏聽了一張臉就越發沈了下來，心裡一時又是氣、又是臊。

徐妙寧是小輩，簡妍又是親戚，當著這兩個人的面，徐仲宣還這樣不給她面子，傳了出去，她什麼臉都給丟盡了，往後還怎麼在這些人面前端出長輩的姿態來？

祝嬤嬤唯恐天下不亂似的，還在那兒添油加醋地說：「上次表姑娘那事，論起來大公子做得也有些差了。表姑娘再是如何一時豬油蒙了心，做出那樣的錯事出來，可說到底也在同一個宅子住了這麼些年，抬頭不見低頭見的，難不成就沒半點兒表兄妹的情分在？正所謂是不看僧面看佛面，便是他不看著表姑娘的面兒，也該看著老太太您的面兒啊！您可是表姑娘的親姑奶奶，攆了表姑娘離了這徐宅，不也是明晃晃地打了您的臉？奴婢還記得那日大太太面上得意的神情呢！可大公子卻是那般絕情，過來一句閒話都沒有說，直接就拿了大理寺審犯人的那套來嚇唬雪柳，逼得她將所有實情都說出來，然後便說要攆了表姑娘回舅老爺那裡去，倒跟他心裡多恨著表姑娘和您似的，一點緩和商議的餘地都沒有！」

吳氏聞言，也嘆道：「可不是這樣說呢！說起來他可是不經常來我這松鶴堂的，那日倒是來了，可誰料想來了之後，三言兩語就將萱姊兒的事給審問清楚，末了轉身就走，一刻鐘都不肯多待，倒好像是特意為了查問那事來的。只是他平日裡慣常是不管家裡的這些事，那日倒怎麼變了性子？」

祝嬤嬤忽然覺得腦子裡似是什麼東西極快地閃了一下，想要抓住卻沒有抓住，一時只站在那裡怔怔地想著。

吳氏還在那兒嘆道：「……誰叫我命苦呢，雖說生了兩個兒子，偏一個是生下來就得了那樣的怪病，年紀輕輕的就撒手走了；一個雖靠著祖上的蔭庇做了個官，可又是那般木訥的性子，原是好好的一個京官，倒是被貶謫到外省去做了個勞什子的通判，離家路遠尚在其次，只怕是仕途上也再難進一步了。兩個親孫子，一個不長進，鎮日只知道鬥雞走馬；一個年歲又小，誰知道哪一日才能成材？倒是哪一個能比得上那個？怨不得這些年來大房的腰桿子挺得那般直，說話、做事也硬氣，絲毫不將我放在眼裡……」

一語未了，忽然就聽祝嬤嬤語氣怪異地叫了她一聲。「老太太……」

吳氏正在那兒自憐自艾得起勁，忽然聽祝嬤嬤這一聲叫喊，便皺了皺眉，有些不悅地問：「什麼事？」

但見祝嬤嬤的面上都有些變了色，結結巴巴地說：「方才……方才奴婢去四姑娘那裡的時候，簡家的那位姑娘也是在那裡呢……」

「這事妳不是一早就說過了？」吳氏並沒有疑心到其他的上面去，不以為意地說：「簡家那位小姑娘和錦姊兒素日就在一塊兒玩得好，她病了，簡家姑娘去看看她也是應當的。」

祝嬤嬤急道：「老太太，話不是這樣說的！您且仔細地想一想，當日表姑娘為什麼要編造那樣一番話來誣陷簡姑娘的名聲呢？難不成她是吃飽了閒著沒事做？再有，那日大公子來您這兒，審問完雪柳的事後，只說要攆表姑娘回舅老爺那裡去，隨後便走了。您想想，他可不就是專為了這事來的？可那日大太太原是讓她的丫鬟去請簡姑娘過來跟雪柳對質的啊！怎麼簡姑娘沒來，倒是大公子來了？」

因那日吳氏實在覺得吳靜萱丟了自己的臉面，所以其後也不想見她，只吩咐丫鬟、婆子將她帶回棠梨苑。次日清早，徐仲宣身旁的隨從齊桑就過來了，說是要親眼見著吳靜萱離了徐宅，他好回去稟報大公子。吳氏竟是都沒有私下見一見吳靜萱，問她那般做的原由到底是什麼？而現下祝嬤嬤這番話一說出來，吳氏就有些呆住了，可一時還沒有反應過來，只是目瞪瞪著一雙眼望向祝嬤嬤，問道：「妳的意思是……」

祝嬤嬤這會兒真是急得恨不能掰開吳氏的腦袋瓜子，將自己想通的那些事全都一股腦兒地塞到她的腦子裡去。「老太太，」到這會兒她也顧不得許多了，直接就說：「依奴婢想來，只怕大公子是對簡家那小姑娘有意的，不然那日他何必要如此維護她，不讓她親自過來與雪柳對質，還那般地對表姑娘呢？可不正是怨恨表姑娘背地裡做了那樣對簡姑娘不利的事出來，所以他才狠了心，一定要攆了表姑娘回舅老爺那裡去？而表姑娘也定然是一早就發現了大公子對簡家姑娘有意，才要編造出那樣的話出來誣陷簡姑娘，好讓大公子和簡姑娘最後沒法在一起的啊！」

吳氏目瞪口呆，片刻之後才問祝嬤嬤。「可那日我問妳，妳只說簡家那姑娘年歲小，與宣哥兒差了個十來歲，宣哥兒是再瞧不上她的呀，怎麼這會兒倒是瞧上了？」言語之中甚是有責怪的意思。

祝嬤嬤聽了，一時又是氣、又是愧的，心裡只想著：總不能我直接跟您說，那日我說的那些話原就是寬您的心而已吧？所以她便臊了一張臉，只說：「是奴婢沒有考慮周全，倒哪裡知曉大公子真的會看上這簡姑娘呢？」

吳氏想了想，嘆道：「倒也怨不得他會看上簡姑娘。這簡姑娘雖說年歲小，可對人端莊有禮，做事舉止有度，又是生得那樣一副好相貌。」

「再怎麼樣好，也只是個商賈之女，也就只能給大公子做個妾罷了。」祝嬤嬤在一旁說著，頓了頓，又問道：「老太太心裡就沒一些怨恨大房、怨恨大公子的意思嗎？那大太太見您可是倨傲著呢，明裡暗裡的只說您不會管家，好端端的一個徐家給您管得這般烏煙瘴氣，竟淪落到現下這般要靠著削減各房的用度來過日子。還說什麼徐家的鋪子和田莊裡的收益都去了哪裡？怕不就是您中飽私囊，背地裡貼著二房和五房去了，倒是削減她大房裡的各項用度。這些話再是不堪入耳的，平日裡奴婢怕您生氣，所以也不敢跟您學舌。還有大公子，今日可是當著三姑娘和簡姑娘，這般不給您臉面呢！怕不是明日闔宅裡的人都會說，您給大公子塞了個丫鬟，可大公子卻是不收，逼著當時就帶了那丫鬟回來！」

吳氏這個人，其實也就是個頂普通的人。她有私心，會打壓不是自己親生的大房，偏向自己親生的二房和五房；她也有野心，總想著現下徐仲宣是朝廷的三品大員，便想了法兒地想在徐仲宣的身邊安插個自己的人，以最大程度地對自己有益。只是她卻又算不得上很聰明，且又要面子，所以倒時時被秦氏的撒潑發鬧給掣肘了，每每到後來也只能被秦氏給氣個半死。而且她這個人耳根子也軟，受不得別人一點兒的挑撥。

譬如說，就徐仲宣攆了吳靜萱離開徐宅，以及當著徐妙寧和簡妍的面，不給她留一些面子就拒絕她想將明珠送到他身邊去的這兩件事，她雖然生氣，覺得很丟臉，可也沒有想怎麼樣，頂多就自己生個兩天悶氣也就過去了。可是這會兒被祝嬤嬤這幾句話一撩撥，她立時覺得心裡一股無名火迅速躥了起來，燎得她滿心滿肺都是對秦氏和徐仲宣的怨恨之氣，於是她便問祝嬤嬤。「依妳說，可是有什麼法子能大大地打了秦氏和宣哥兒的臉？」

祝嬤嬤想了想，說：「大太太那裡，奴婢暫時想不出什麼法子來，可奴婢倒是有個法子能給大公子添添堵。」

吳氏現下滿腦子只想著要怎麼讓秦氏和徐仲宣也沒臉，聽祝嬤嬤這樣一說，忙問道：「妳說，什麼法子？」

祝嬤嬤便道：「大公子不是喜歡簡姑娘嗎？咱們就來個錯點鴛鴦，偏生不如他的意！」

「可宣哥兒的婚事我是作不得主的……」吳氏面上帶著為難的神色，說：「且不說他是個極有主意的，只說他畢竟還有秦氏這個嫡母在，哪裡能輪到我來說什麼話呢？」

祝嬤嬤就笑道：「大公子的婚事您雖然是作不得主的，可簡姑娘的婚事，奴婢倒覺得您是可以插手一二的。」

吳氏忙問道：「這話可怎麼說？咱們徐家哥兒的婚事我尚且都有插不進手去的時候，她簡家一個外姓之家，我還能插手一二？」

「老太太您試想，這簡家雖然豪富，可士農工商，原也不是很上得了檯面，若是能配得一個官宦家的子弟呢？那簡太太會有個不樂意的？只怕是巴不得呢！再說了，大公子的婚事您是作不得主的，可二公子和三公子呢？三公子可是您的親孫子，二公子雖說不是您嫡親的孫子，可三老爺是早就不在了，三太太一個寡婦人家，素日性子也是極和婉柔順的，現下這徐家畢竟又是您在管家，她還不得依附您過日子？您若是說了什麼，她哪敢不遵從的？」

一番話只說得吳氏笑逐顏開，連聲道：「很是、很是！若是這簡姑娘嫁給老二或者老三，往後宣哥兒見著她還得叫她一聲弟妹，他心裡這份滋味只怕很不好受，這個堵大大地添得好！」想了想，又皺眉說：「澤哥兒雖說只是個庶出，可到底還是我的親孫子，我私心裡還是想給他說一個官宦家的小姐。如妳所說，簡姑娘到底也只是個商賈之女，說給澤哥兒也不能幫他什麼。罷了，還是說給三房的景哥兒吧！」又和祝嬤嬤商議著什麼時候和簡太太以及俞氏提這事的好。

祝嬤嬤的意思是，那杜參議家的夫人，也就是蘇慧娘，前幾日不是下了個帖子，說是端午這日城外的玉皇廟裡打平安醮，邀了咱們闔家的太太和哥兒、姊兒都去看戲嗎？咱們索性約了簡太太和簡姑娘也一塊兒去。到時大家都聚在一起說說笑笑的，老太太再尋了個適當時機提這話出來，最好是大公子也在場，簡太太定然會喜出望外，三太太也不好違逆，到時這事不就這麼成了？那時大公子心裡肯定會極其不舒服，可也只能啞巴吃黃連，再是說不出什麼來的。

吳氏只要一想到這事能給徐仲宣添堵，便也不過腦子地說這法子好，就這麼定了。於是她立時遣了個丫鬟去同簡太太說了端午之日一塊兒去玉皇廟裡看戲的事。

簡太太一聽，得知那日不但會有徐家和杜家的人去看戲，還有其他的權勢之家也會去湊熱鬧，那還有什麼不樂意的呢？她倒巴不得帶簡妍多結識些達官貴人。畢竟雖然簡妍能給徐仲宣做妾是好，可若是能遇上一個權勢更大的人呢？到那時徐仲宣也不夠看了！

於是簡太太立時就答應了這件事，又遣了珍珠去對簡妍說，讓她好生準備準備。

簡妍這會兒還坐在炕上生著自己的悶氣，一聽珍珠說了這事，如何不知道簡太太心裡的打算？於是就越發生自己的氣了。簡太太倒是巴不得立刻就將她給賣了呢，她倒還有心思在這兒想著兒女情長的事，可不就是腦子拎不清嗎？

她懊惱了一日，可至傍晚用過晚膳，白薇又進來通報，說是青竹來了。

簡妍一聽，直覺青竹定然是徐仲宣遣過來的，她更覺得頭痛不已。

待要不見，可自己心裡竟隱隱也想知道徐仲宣遣青竹過來是要做什麼？所以柔腸百轉之後，還是嘆了一口氣，吩咐白薇。「讓她進來吧。」

青竹這次卻是過來送一幅畫。

簡妍伸手打開畫紙，只見紙上畫著荷葉荷花，並著兩條錦鯉。

紙上的荷葉青翠，荷花嬌妍，倒不像是畫的，而是從湖裡現摘了新鮮的荷葉及荷花黏到紙上去似的；那兩條錦鯉更是活潑，恍似下一刻就會搖著尾巴游出紙面一般。

他這是惦記著先前正午在涼亭裡時說的話。

由他來畫一幅荷花圖，然後由她繡出來。

青竹在一旁又說：「大公子說，若是這畫有畫得不好的地方，還請簡姑娘指出來，他立時就改。」

簡妍只低垂著頭，抿唇望著這張畫不語，過了片刻後，才抬起頭來，道：「沒什麼不好的，就這樣吧。」說罷，便動手慢慢地捲起了畫紙。

青竹一見，也不好再說什麼，便對她屈膝行禮，轉身出了門。

待青竹回到凝翠軒後，徐仲宣正坐在明間裡的圈椅等著她。

一見青竹掀簾子進來，他忙開口問：「簡姑娘見著那畫可說什麼了？」

青竹據實以報。「簡姑娘並沒有說什麼。」又將自己去簡妍那兒的事全都細細地說了一遍。

徐仲宣聽了，也是半晌沒有言語。

其實他一開始是想著要畫荷花，並著兩隻鴛鴦在水面嬉戲的，可後來想著方才簡妍離開時是生氣的，所以沒敢畫鴛鴦，只怕簡妍見了會更加生氣，便只畫了兩尾錦鯉。這會兒聽青竹說，簡妍見了他的那張畫後，只是冷淡著一張臉，話都沒有多說半句，心裡不由得覺得很是忐忑。

自簡妍拂袖而去之後，他便在這裡想了一下午。

先時他只以為簡妍是聽祝嬤嬤說了那番話，得知吳氏想給自己強塞個丫鬟的事生氣，他心中還暗自有幾分高興，只以為簡妍是吃醋的意思，這至少說明了她心中還是有他的。

可後來他將她說的那幾句話逐字地掰開、揉碎了，又結合她當時惱怒的前後樣子仔細地一琢磨，卻好似又不是那麼一回事。

她好似是在惱著她自己啊！可她為什麼要惱著自己呢？

徐仲宣百思不得其解，最後也只能坐在那裡，用手支著額頭繼續地想著。

但想著想著，他又想到了另外一件事。簡妍的脾氣其實也是不小的！

他想起她先前發起火來的樣子，沈著一張臉，又冷言冷語的，每個字說出來都能將人給頂到牆壁上去，再沒有一點退路，倒教他縱然渾身是嘴，也沒法回答出來半個字。

第四十章 柔腸百轉

玉皇廟位於郊外一座山的半山腰。這座廟之所以出名，是因為每年端午時，廟裡都會打平安蘸，聲勢很壯觀，打完平安蘸之後，又會請那一等的戲班子來廟裡空闊處接連唱上三日三夜的戲，很是熱鬧；且廟後開闊的一處園地裡栽了十幾畝的梔子花，花開時節望如積雪，香聞百里，極是壯觀。是以每年到了端午時，京裡的名門閨秀、世家婦人都會來這裡看戲賞花。

一大早，徐家門前就已是車馬簇簇了。

原本馮氏、俞氏等人也是不願意去的。她們什麼戲沒有看過，倒非要巴巴地頂著這麼毒辣的日頭跑到玉皇廟裡去看戲？但架不住吳氏強制的命令，最後也只能去了；但秦氏卻是不理會吳氏的什麼命令，依然還是說不去，吳氏也沒有強求她。至於一眾哥兒、姊兒，不是鎮日在學堂裡讀書，就是鎮日在家裡，甚少出門，這會兒遇到了這樣的事，倒巴不得要出去玩一玩、逛一逛，是以最後連徐妙錦都說要去。

跟上次一樣，簡妍同徐妙寧、徐妙錦坐了一輛車，而車外依然還是騎馬相隨的徐仲宣。簡妍這次就學了個乖，一路上都沒有撩開車簾，只是老老實實、規規矩矩地眼觀鼻、鼻觀心，目不斜視地坐在車裡，只當壓根兒就不知道外面有這麼個人。

等到了山門前，簡妍下了馬車，抬頭望著矗立在半山腰的玉皇廟，無語地抽了抽嘴角。這麼大熱的天，頂著這麼毒辣的日頭，就是為了跑到這廟裡來打個平安醮、看個戲？這份精神也是令人無語了。這要是她，寧願整個夏天宅在家裡發霉長蘑菇也不出來。

不過好在日頭縱然再毒辣，她的頭上好歹還戴了個冪䍦。

這冪䍦頭上寬簷笠帽，相當於是個帽簷最大號的沙灘帽不說，其上還綴了一層黑紗，直接一路垂下去覆蓋到肩膀。而且這層黑紗雖然薄，卻並不透，所以躲藏在裡面她可以清清楚楚地看到別人面上任何表情，但別人卻看不到她現下面上是個什麼樣。也就是說，只要她戴了這個冪䍦，就不用假惺惺地在面上做出什麼端莊嫻雅的樣子。簡妍很高興，抬頭望著半山腰上的玉皇廟時，都頓生了一種想要自己爬上去的豪邁之氣。但，自然是不會真的讓她自己爬上去的，就算她想，簡太太也不會答應。

簡太太一直都致力於將簡妍調教成一個知書達禮的溫婉女子，恨不能她日日西子捧心，時時淚光點點，好教那些男人看了，打從心眼裡的心疼她、憐惜她，又怎麼可能會讓她做出爬山的事來？

山門旁早就有幾個僕婦和婆子在等候著，現下見吳氏等人過來了，那些僕婦和婆子忙迎上前。

頭先那名僕婦顯然是認得吳氏的，早就滿面春風地迎上來，對吳氏等人屈身行禮，笑道：「太太一早就讓奴婢等人在這兒等候老太太、太太，並著各位哥兒、姊兒呢！」

吳氏對她點點頭，隨即笑道：「這麼大熱的天，倒難為妳們在這裡等了半日。」一邊吩咐彩珠拿錢給這些僕婦、婆子，說是讓她們拿去買茶喝。

這幾名僕婦和婆子收了錢，面上的笑容就越發深了，又道：「今日這玉皇廟裡往來的都是各家女眷，廟裡一早就遣人清過了場，再是不放一個閒雜人等進來，所以各位太太和姊兒們倒是可以隨意逛逛。」又回身指了指身後一干垂手侍立的小廝，說：「咱們太太早就喚了這些小廝在這裡等候，好伺候各位太太和哥兒、姊兒們上山。」

簡妍站在後面抬眼望過去，見那些小廝的身旁放著好幾頂類似四川那裡滑竿之類的東西——兩條長竹竿綁紮成擔架的模樣，中間架著個躺椅，前面還垂了腳踏板。

不過簡妍隨即便從這僕婦的口中得知，這個不叫做滑竿，而是叫做肩輿。

隨後徐家的各位女眷便在自己丫鬟、僕婦的服侍下坐到了肩輿裡。

男眷倒是沒有一個坐肩輿的，全都自己爬山了。

這肩輿坐起來晃晃悠悠的，行走時上下顫動，膽子大一些的只認為這是種享受，可那膽子小一些的，只怕那滋味就不大好受了，至少簡妍不時就會聽到徐妙嵐等人低低的尖叫聲。

簡妍只當沒有聽到，姿勢甚是放鬆地半躺在躺椅上，仰頭望著頭頂的天空。

有這冪蘺在，她暫時可以卸下一身偽裝，好好地做一回自己。

頭頂天空高遠深邃，雲層潔白綿軟，一直綿延到天際；兩旁山路上的樹青綠欲滴，一處清澈山泉潺潺湲湲，曲折而下。

她現下在這山中，滿眼看到的自然是這山中的景物。可她還記得坐在飛機上往下望的時候，層層縹緲白雲之下，浩渺大海也不過是一抹藍色而已，更遑論這處算不得很高的山了。那時在飛機上，往上看是藍得令人心醉的天空，往下看是白雲杳然，天邊玫瑰色的晚霞似是要燒起來一般，映紅了她所有觸目能及的地方。

所以，現下的這一切又算得什麼呢？

世事不過如此，所有繁華到最後終將沈寂，所謂的情情愛愛又怎能束縛住她嚮往自由的腳步？

簡妍緩緩地吐出一口氣，就如同吐出了她一直以來梗在心裡所有的糾結和徘徊。

山谷之風緩緩吹過，拂起她面前的黑紗，帶來樹木的清香之氣。

她放鬆了一直緊繃著的肩膀，甚是心安地坐在躺椅中，抬頭望著前方崎嶇的山路。

縱是前路再崎嶇又如何？她依然會百折不撓地往前行。

有手扶上了竹竿，素淨修長，隨即有一道清潤的聲音響起，低低地安撫著她——

「不要怕，很快就要到了。」

簡妍轉頭望了過去。

是徐仲宣。

縱然是隔著一層黑色的面紗，可她依然能清晰地看見徐仲宣面上的關心之色，想來他以為自己坐這個肩輿會害怕。

這個男人真的很出色啊！她在心中由衷地感嘆著。年少成名天下知，如此年紀輕輕的就身居高位，又生得這般俊美清朗，難得的是還有一身溫潤的清雅之氣，不論站在哪裡，都很難讓人不去注意他。

可是，這與她又有什麼關係？

她心中深知，即使徐仲宣再是關心她、維護她，只怕也從來沒有想過要讓她做正妻的。她可以肯定，徐仲宣是個理智的人，就算他偶爾一時熱血上頭，會做出那樣一騎紅塵，夜送槐花糕的事來，可他到底也很清楚明白自己想要的是什麼，怎麼做對他才是最有利的抉擇？到了他這個位置，婚姻更多的是一種兩姓之好，是兩個家族的結合，彼此雙贏，又怎麼可能會娶她這樣一個商賈之女？於他是半點好處也沒有的。

他所能給她的，想來也不過是個寵妾的名分罷了。

簡妍的唇角忽然就彎了起來。

因為她想起徐仲宣夜送槐花糕給她的那次，是在他酒醉的時候。

是呵，不過是在他酒醉時才會做出那樣衝動的事罷了，若是擱在他清醒的時候呢？還會做出那樣的事嗎？

她忽然就輕笑出聲。

「大公子。」她笑得眉眼彎彎，只是隔著一層黑色的面紗，徐仲宣卻是看不到的。「勞您惦記著，可是我一點兒都不怕。」說罷，她便轉過頭去，不再看他。

徐仲宣愣怔在了原地。

他敏感地從簡妍方才的話語裡察覺出有什麼不對勁的地方，與上次從凝翠軒裡拂袖而去的彆扭相比，她這會兒是放下了所有對他的惱意，可是，她話語裡透出的那種淡然，是一點兒都不把他放在心上的意思。

恍似他只是個陌生人，死生如何，她都是渾然不在意一般，只是袖著雙手，會在一旁無動於衷地看著。那是種真的看開了所有，才會打從心底發出的不在意。

不知道為何，徐仲宣忽然沒來由地覺得一陣發慌，瞬間有一股深深的懼意自心底湧出，迅速蔓延至四肢百骸。

手足俱冷。

縱然已是盛夏，頭頂毒辣的日頭照在他身上，他還是覺得後背冷汗迭出，濕透了他的中衣。

他甚至想衝過去，不管不顧地拉著簡妍，問一問她那句話究竟是什麼意思？

可他到底還是雙手緊握成拳，定定地站在原地，因剛剛過去的吳氏並馮氏等人正用一種異樣的目光望著他，徐妙寧甚至還問了他一句「大哥，你站在這裡不走是做什麼」。

徐仲景走上前來，邀他一塊兒往前走。

徐仲宣勉力地定了定神，跟上了大家的腳步。

只是他一路上心裡亂糟糟的，心想著，待會兒他一定要尋個適當的時機，找個僻靜的地方，好好地問一問簡妍，那句話到底是什麼意思才行。

玉皇廟裡一處開闊的院落裡，樓上樓下早就打掃乾淨，四面又掛起了竹簾子，半捲半放，一旁雖然有眾多丫鬟、僕婦伺候著，卻是鴉雀無聲，連一聲咳嗽都聽不到。

吳氏等人上了二樓，蘇慧娘早就領著蘇瑾娘、蘇文昌等人迎上來。

「老太太！」她甚為熱絡地挽了吳氏的胳膊，滿面春風地問著。「一路過來可熱？」又忙不迭地回頭吩咐丫鬟端上冰湃的梅子湯、涼碗子、各種冰湃的果子等。

簡妍隨眾人上了樓梯，與眾人寒暄過一陣後，就坐在了桌旁。

這處院落也是個小小的四合院，只不過四面都是兩層的樓罷了。

一處樓裡搭了個戲臺子唱戲，上面正上演著各種悲歡離合，其他三處樓裡皆可看到。只不過簡妍現下身處的卻不是正面的樓裡，而只是右手側的一處旁邊樓。

這會兒她手裡拈著柄團扇，有一下沒一下地慢慢搖著，眼望著戲臺子，耳裡卻聽著蘇慧娘和吳氏等人說話。

蘇慧娘正笑道：「……前幾日我就打聽了，說今兒個是鄭國公夫人在這玉皇廟給她的女兒打平安醮呢，所以那正面樓就是為他們鄭國公府留著的。」

簡妍心想，那個李念蘭就是鄭國公府的庶女，倒是不知這鄭國公夫人的女兒是誰？

她側頭望了一眼正面樓，但見簾幕低垂，裡面卻是一個人影都沒有。

吳氏這時已問道：「那怎麼正面樓裡卻是一個人都沒有？鄭國公夫人沒有來嗎？」又道：「論起來，這個鄭國公夫人，好似京裡都沒什麼人見過她呢！」

蘇慧娘的聲音有些低了下去。「鄭國公夫人的這個女兒，是一早就死了的，且鄭國公夫人的身子原就不好，自來了京城之後，一直纏綿病榻，沒怎麼出來應酬交際過，是以咱們都沒有見過。」

吳氏等人自然要問一番原由的，於是蘇慧娘便低聲說起來。

原來這鄭國公，一早的爵位只是個寧遠伯罷了。那年端王謀逆，寧遠伯受了皇命，領兵前去圍剿，後來果真成功地打敗了端王，逼得端王自盡，皇帝大喜，便升了他的爵位，受封鄭國公。隨後鄭國公便修書一封回家，只說讓家人接了夫人來京團聚。時值鄭國公夫人已有七月身孕，一路舟車勞頓，竟早產生了一個女兒下來，而那時又有那等端王逃竄在外的手下，不忿鄭國公逼死他家端王，打聽這鄭國公夫人等一行來京的路線，竟半路埋伏，欲殺了鄭國公夫人一行人。好在隨行侍衛拚死保衛，總算護著鄭國公夫人等逃了出來，順利抵達京城，只是鄭國公夫人在路上生的那個女兒，聽說卻是死了。

這是鄭國公夫人生的第一個孩子，聽說鄭國公夫人大受刺激，縱然隔了三年之後又生了另一個孩子，且還是個兒子，可她依然不能忘卻這第一個孩子，竟是思念成疾，結果一直纏綿病榻。且還聽說她為這女兒在這玉皇廟裡點了一盞長明燈，每年端午之時必然會為她這個女兒打一場平安醮，以此寄託她的哀思。

眾人聽了，自然都感慨唏噓了一番，又可憐著鄭國公夫人那不幸死去的女兒。若是她不死，現下可是鄭國公府裡唯一的嫡女，該是何等尊貴？

簡妍聽了，只事不關己地側過頭望著旁側的戲臺。

戲臺上演的是《琵琶記》。元配妻子在家鄉奉養公婆，吃糠度日，高中的丈夫入贅丞相府，擁著嬌妻，水晶簾內望著外面桃花夭夭。

簡妍心內冷笑不已，面上卻依然還是神色如常。

這時徐妙寧傾身過去，輕聲地問她。「表姊，要不我們出去逛一逛？坐在這裡怪悶的。」

簡妍側頭，飛快地瞥了一眼這樓裡坐著的各人，果然不無意外地看到徐仲宣正注意著她這邊。於是她便搖搖頭，只說著：「這天太熱了，我是懶得動的，坐在這裡看戲倒好。妳若是想出去逛逛，便和錦兒她們一起也是一樣的。」

她若是出去了，想必徐仲宣定然也會出去，她是不想再和他有什麼接觸了。只要坐在這裡不出去，眾目睽睽之下，想必徐仲宣也不會坐到她這桌來和她說什麼。

這二樓一共擺了四張桌子，她這張桌坐的是徐妙寧、徐妙錦和她自己三個人；那邊的一張桌坐的則是吳氏、紀氏、俞氏、簡太太等人；徐妙華和徐妙嵐及那位蘇瑾娘坐了一張桌子；徐仲宣、徐仲景、徐仲安和蘇文昌坐一張桌子。

其實簡妍自上來這二樓之後，冷眼打量著，再結合上次在桃園裡聽到的一些消息，很容易就猜測出了蘇慧娘的打算。

她之所以會請徐家人今日來這玉皇廟看戲，原也是醉翁之意不在酒。說到底，為的還不是撮合徐仲宣和蘇瑾娘？

先前簡妍還不知道，不過那日從桃園回去的路上，她聽徐妙寧說過，徐仲宣的父親在世的時候，曾給徐仲宣訂下一門親事，女方正是蘇慧娘的二妹蘇玉娘。只是這蘇玉娘卻是紅顏薄命，早早就死了，這門親事只好作罷。後來徐仲宣官場上一路高升，蘇家便又打起讓蘇瑾娘嫁給徐仲宣的打算。姊死妹嫁，傳出去還能是一段佳話呢！

這時果然就見蘇慧娘笑著望向她們這幾桌，道：「果真是老太太會調理人，您看您家裡的這幾位姑娘，長得是個頂個的水靈，讓我瞧了，這個也愛，那個也愛的。只可恨我這輩子偏托生為一個女兒身，不然就是打旋磨地求著老太太，也要求著您嫁一個孫女給我呢！」她這句話說得甚為俏皮，於是一眾太太就都笑了起來。

吳氏笑道：「真真杜太太是個會說話的，一張嘴真是叫人愛得跟什麼似的。」又望著蘇瑾娘和蘇文昌笑道：「妳的這雙弟妹不也都是可人兒？一個嬌柔，一個俊朗，也不曉得會是哪家的哥兒、姊兒有福氣呢！」

蘇慧娘便微微笑著，並沒有說話。大家都是聰明人，若吳氏有心想和他們做親家，方才就不會說那句話了。她想了想，又笑道：「咱們在這裡說話便罷了，倒是拘著這些哥兒、姊兒也在這裡聽我們說話，只怕他們年輕人心裡是不耐煩得很。這玉皇廟裡一早就讓人清過場，再是不會放一個閒雜人等進來，各位哥兒、姊兒倒不妨放心地出去逛逛。廟雖不大，但還有幾處景致是入得眼的呢！」轉頭對蘇文昌笑道：「你好生照顧著這幾位徐家妹妹。」又對蘇瑾娘笑道：「不要一個人亂逛，跟著大家一起。」

徐妙寧便又來拉扯簡妍的衣袖，央求她和自己一塊兒出去玩。

但簡妍只是笑著搖手裡的扇子，搖手表示她不想出去。

徐仲宣坐在那邊，目光只望著簡妍。

方才自上了二樓之後，他就一直望著簡妍，但簡妍卻特地揀了個背對他的地方坐下，他所能看到的也就唯有她的背影了。且她也一直都沒有轉過頭來看一眼，只是搖著手裡的扇子，望著下面的戲臺。

他心中還是抑制不住地發慌，放在膝上的兩隻手都緊緊地握成了拳。

她為什麼不下去逛逛呢？明明徐妙寧和徐妙錦都是那般讓她陪著她們一起下去了。若是在往日，她定然不會拒絕她們，可今日……難不成她就是不想與他相處？

徐仲宣只覺得自己一顆心慢慢地墜了下去，可偏偏又落不到底，只是這麼一直飄飄蕩蕩地飄浮在半空中，渾然沒有個落腳的地方。

這時就聽簡太太叫了簡妍一聲。

簡妍心裡哀嘆了一聲，還是起身走了過去，拈著團扇的手垂在身前，垂首溫順地問著。

「母親，您叫我？」

情。簡太太點點頭。因著現下到底是有那麼多外人在，她對簡妍的態度還稱得上是和善溫

「各位哥兒、姊兒都下去逛了，妳也隨他們一塊兒下去逛逛吧，悶坐在這裡做什麼呢？」

她方才早就見到徐妙寧和徐妙錦拉著簡妍要下去，但簡妍只是搖手說不去。

縱然是內心再不願，可簡太太說的話她也是不敢違逆的，只能答道：「是。」

簡太太便又叮囑了一聲。「不要一個人到處去逛，跟著各位哥兒、姊兒，大家彼此說說笑笑，也是好的。」

簡妍如何會不明白她這話裡的意思？但也只能答道：「是，女兒知道了。」隨即便轉身要下樓。

一旁的徐妙寧和徐妙錦見了，都一臉喜色地跟過來。

只是簡妍走到樓梯那裡時，想了想，轉頭對白薇吩咐一聲，讓她將自己先時戴的那冪蘺拿過來。

剛剛上了二樓，眾人都將頭上的冪蘺取下，交由身旁伺候著自己的丫鬟。這會兒大家下去逛了，有帶了冪蘺，想著遮擋日頭；也有那沒戴的，想著畢竟是在廟裡，專揀了有樹蔭的地方走就是了。

簡妍之所以要讓白薇將冪蘺拿來給她，倒不是因想遮擋日頭，而是罩了那層冪蘺，她便

覺得自己罩了一層保護罩，渾然不懼任何人。

因她知道，她現下下樓去，只怕徐仲宣定然也會隨之下樓。方才和他坐在一桌的徐仲安、徐仲景、蘇文昌都下樓去了，而他卻坐在那裡沒有動彈，可不就是在等她？

果然，她和徐妙寧、徐妙錦才剛剛下樓，那邊的徐仲宣隨即便也起身，跟了過來。

第四十一章　開誠布公

簡妍站在一處臨水而建的涼亭裡，一臉平靜地望著下面山澗裡的一處溪流。聽到身後緩慢沈穩的腳步聲，她轉過頭來，面上帶著笑意，叫了一聲。「大公子。」

徐仲宣目不轉睛地望著她，一雙唇都緊緊地抿成了一條線，但他還是什麼話都沒有說。

徐妙寧和徐妙錦都在下面的溪流處玩水，她們的丫鬟在旁側看守著，而簡妍身邊的兩個丫鬟此時也都站在涼亭外面守候，一點兒要進來的意思都沒有。

很顯然，簡妍這是故意支開她們，有話想單獨對他說。聯想起簡妍先前對他說的那幾句話和態度，徐仲宣覺得從心底竄起了一股懼意，竟想轉身落荒而逃。

他覺得他已經知道簡妍想和他說什麼了，可是他不想聽、不願聽，也不敢聽。

但簡妍卻容不得他逃避，又笑著開口道：「大公子，難得現下就你我二人在這涼亭裡，我倒是有幾句話想對你說一說。」

往常她對他說話的時候，向來都是微垂著頭，不但態度極為恭順嫻雅，且還對他尊稱「您」；可是現下，她卻是這般一反常態，非但落落大方地直視著他，甚至連稱呼也變成了「你」。

徐仲宣覺得這一刻的簡妍竟是有些咄咄逼人，他甚至都不敢直視。

他曾經以為自己已經看透了簡妍，自認可以完全地掌控她，所以他才會拿捏著何時該和她若即若離，何時該向前一步，何時又該退後一步，甚至都揣摩出她吃軟不吃硬的性子，所以有時也會在她面前示弱，讓她對自己心軟，從而讓自己在她的心裡更進一步。他覺得在他這樣的算計、拿捏之下，很快的，簡妍心中就會滿滿的都是他，然後就會很依賴他，再也離不開他。可是，她永遠都會有他不知道的那一面。譬如說現下，她就帶著這樣一種風蕭蕭兮易水寒，壯士一去兮不復還的決絕站在他面前，打算與他開誠布公地談論所有的事。

徐仲宣沒有說話，只是低著頭，垂著眼，無聲地望著她。不過垂在身側的一雙手卻緊緊地握成了拳，白皙素淨的手背上更是鼓起了一條條淡青色的青筋。

不得不說，這一刻徐仲宣身上的氣場實在是有些冷肅，若是在以往，簡妍也許就會被他給唬住，嚇得什麼話都不敢說。

可是如今，得益於她戴的這頂冪蘺，縱然只是一層輕薄的黑紗，依然還是給她增添了無數勇氣。

且方才她想了許久，覺得是時候應當跟徐仲宣打開天窗說亮話了，不然這麼一直曖昧下去，算是怎麼一回事？至於她這些話說出來之後，徐仲宣聽了會是什麼反應，會不會惱羞成怒，不顧她的意願就跑去和簡太太提想納她為妾的事？她是管不到的了。

便是他真的那般做了，她也不怕。

她身上還背著簡老爺的孝呢！縱然是剛過了一年，可這年頭子女為父母不都是要守孝二十七個月的嗎？後面還有十五個月，足夠她為自己謀劃好出路的了。

所以她便一身無懼地站在這裡，頂著徐仲宣那晦暗不明的目光，依然毫不畏懼地直視著他，從從容容地笑著，從從容容地道：「首先，很感謝大公子這些日子對我的維護體貼之情，簡妍在此先行謝過。」說罷，她屈身彎膝，深深地對他行了個禮。而後她直起身來，對上他沈沈的目光，又平平靜靜地繼續道：「我心中也知道大公子對我的情意，只是很可惜，你的情意，簡妍無福消受，還請大公子往後不要再如此。」

她雖然只是簡簡單單的幾句話，可聽在徐仲宣的耳中，卻不啻萬針穿心。細細密密的痛，讓他的呼吸陡然一窒，望向簡妍的目光一時就越發深沈了。

簡妍毫不畏懼地對上他的目光，一點要退步的意思都沒有。

片刻之後，還是徐仲宣先收回了目光。

「為什麼？」他啞聲問著。「這些日子，我明明就能感覺得到，妳對我是有幾分動心的。」

可不就是能感覺得到嗎？簡妍心想，這幾日她在他面前表現得和以往差了那麼多，又是患得患失、又是吃醋發小脾氣的，只怕是連心大如徐妙寧都能看得出來吧？

簡妍想了想，覺得還是索性和盤托出吧，實在是在徐仲宣這樣聰明人面前撒謊，難度太大。

於是她便笑道：「我承認。上次你不顧次日還要去禮部應卯，不管不顧地就給我夜送槐花糕回來的那一次，我心裡是很感動的；後來又回想起那些日子你對我的維護和體貼之意，我心中就越發動心了。且說句實話，你這樣一個青年才俊，十八歲就三元及第，縱觀這上下幾千年來，只怕你也是頭一個吧？且還生得這般俊雅清潤，任憑哪個女子見了，只怕都會有幾分動心，更何況，前些時候你還表現得對我那麼在意、那麼維護，我也是個女子，怎麼可能會不動心？」

徐仲宣心中動了動，忙問道：「既然如此，那妳怎麼還——」

一語未了，他的話已被簡妍給截斷。「可是那又怎麼樣呢？」簡妍輕笑，歪著頭看他。「縱然你再好，可我想要的東西，你也給不了。」

徐仲宣心中一沈，定定地望著她，問：「妳想要什麼東西？」這天下縱然再大，他現下已是三品大員，往後仕途更是不可限量，位極人臣都是極有可能的，還有什麼是他給不了她的？

簡妍笑了笑，轉過頭去。

涼亭外有一株楓楊樹，想必是栽種在這裡有些年頭了，樹枝四處鋪散開來，樹葉間綴滿了一串串元寶似的綠色果實。

自由，你給得了嗎？

徐仲宣此時還在追問她。「妳說，妳想要什麼東西是我給不了的？」

他的聲音低沈，頗有幾分急躁和戾氣，似乎她若是不回答，下一刻他就會搖著她的肩膀，逼迫她回答一般。簡妍想了想，便轉過頭來，望著他，很認真地問：「我且問你，我若是跟了你，你是打算如何安置我呢？」

徐仲宣心中一喜。他想著，簡妍定然是覺得自己這些日子雖然對她足夠好，卻沒有給她一個確定的承諾，所以才會覺得心中不安，不然為何會說她想要的他給不了這樣的話？如果她想要的是一個承諾、一個名分，那他現下統統都可以給她！

於是他忙說道：「若是妳不放心，待會兒回去我就會遣人去和妳母親說我們的事，而且我保證會一輩子對妳好，一直像現下這樣的好！」

簡妍微微笑著，直接問道：「那麼，你會對我母親怎麼說呢？是娶，還是納？」

自古娶為妻，納為妾。

徐仲宣面上的神情一滯，但他很快地說：「我保證我這輩子只會愛妳一個人、寵妳一個人！」

簡妍被他這麼直白的渣話給震得怔了怔，待反應過來後，不由得笑出聲來。

果然，她還是太高估他了，總以為他和別人會有那麼點不一樣，可說到底，他畢竟還是這個時代的人，想法總是跳不出那個框框去。

就如同賈寶玉一般，口口聲聲說只愛著林黛玉一個人，她死了他就做和尚去，可不照樣還是和襲人上了床，和秦鍾不清不白？而且就算他最後出家做了和尚，那也不是因為林黛玉，只是因為家敗了，他不得不如此而已。

所以，賈寶玉說什麼愛林黛玉呢？又有什麼臉說愛她呢？說愛林黛玉的時候，和薛寶釵生下來的那個兒子又算什麼呢？

這種「就算我娶了妻，但我心中卻始終只有妳一個人」的話實在是夠了，別玷污愛情這麼神聖的兩個字！

她擦著笑出來的淚水，心裡有痛快，也有酸澀，於是她就帶了些許歡樂，聲音清脆地問道：「可是徐仲宣，如果我告訴你，我簡妍是絕對不會給任何人做妾的，你怎麼想？」

徐仲宣的心中一震，抬頭望著她，急切地想看清她面上的神情。

他很清晰地感受到簡妍這句話裡的決絕和輕蔑之意，可隔著一層黑紗，他壓根兒就看不清，於是他伸了手就想去取下她頭上戴著的冪蘺，但簡妍戒備地往後退了兩步，他伸出的手僵在了半空。片刻之後，他無力地垂下自己的手，聲音聽起來有些發澀。「妳的意思是，妳想做我的正妻？」

簡妍又笑了。她在想，多大的臉啊，居然以為她就一定要黏著他嗎？沒有他，這日子就沒法過了嗎？

簡妍覺得，她忽然不想和他在這裡這麼耗下去了，還是快刀斬亂麻吧！反正她也沒想過要改變徐仲宣的什麼想法，明明白白地表明自己的立場就足夠了。

於是她說道：「我知道你的為難之處。你身居高位，官場上又是錯綜複雜，妻子於你而言，只是結兩姓之好的一個紐帶，你看重的是她身後的家世背景，絕非是她這個人，而我畢竟出自商賈之家，做你的妻子自然是不夠格的，就只能做個妾了。我也知道，依我的身分，能給你做妾已經是莫大的榮耀了，再想做你的妻，無異於癡心妄想。只是徐仲宣，今日我既然對你說了這些話，索性就把所有的話都給你明說了吧。」說到這裡，她抬眼，直視著徐仲宣，而後慢慢地、清晰無比地道：「我簡妍的丈夫，一輩子只能全心全意的有我一個人，我就是他的妻子，唯一的妻子。他不能有妾，不能碰其他任何一個女子，不然任憑他再如何出眾，我都寧願不要。所以徐仲宣，我壓根兒就沒想要做你的妻子，更沒想過要做你的妾，我們往後還是維持點頭之交比較好，最好不要再有什麼其他的交集了，這樣於你、於我，都好。」

簡妍的這番話一說完，徐仲宣就愣怔在原地，不可置信地望著她。

第四十二章　寧為玉碎

往日徐仲宣看簡妍面上是如水一般的柔婉溫順，可是這會兒她決絕倔強起來，竟如同最堅硬鋒利的石塊，稜角畢現，毫不猶豫憐惜的就狠狠地劃過他的心。

她如何會有這樣的想法？難道女子不都應該是三從四德的嗎？她這樣激進的想法到底是從哪裡來的？若是說出去，只怕會是不容於這個俗世。

簡妍已經顧不了這麼多了，她一直都覺得，骨氣和尊嚴這兩樣東西雖然不能當飯吃，可作為一個人，也是必須得有的。沒有了骨氣和尊嚴，在他人面前站立時，脊梁骨都挺不直，只能唯唯諾諾，活著還有什麼勁？

她既然已成功地表明自己的意思，也就不想在這裡多待，抽身就想離開。

但是徐仲宣極快地伸手拉住了她。

簡妍回頭，看到他的眼角有些發紅，也不知道是激動的緣故，還是被她給氣的。

「我可以答應妳，」徐仲宣飛快說著。「即便我有了妻子，可我終其一生也不會碰她一下；我也不會再納其他的妾室，不會有其他任何的房裡人，我這輩子都只有妳一個女人。縱然是給不了妳正妻的名分，可我終生只會寵愛妳一人，便是妳我百年之後，我也會吩咐我們的子孫，將我們合葬在一起，妳我的名字並排寫在牌位上，入宗祠，一起受著後世子孫的香火奉養。」

妾是上不了族譜的，死後不能與丈夫合葬，牌位更不能入宗祠，徐仲宣這般說，其實已經相當於將她當作妻子了。除了一個正妻的名分，其他所有正妻能享受到的權利，他都給了她。

但，簡妍還是止不住地笑了。

「徐仲宣，你不會以為我剛剛跟你說的那些話都是以退為進、欲擒故縱，逼迫你娶我為正妻吧？我跟你說，我還真沒那個意思。至於你說的什麼死了之後和你合葬，牌位入宗祠，受什麼後世之孫的香火奉養之類的，人都死了，什麼都不知道了，還管這些身後事做什麼？我是更不在乎的了。」見徐仲宣抿唇不語，她便嘆了一口氣，道：「算了，跟你說這些也沒意思。我們兩個畢竟價值觀不一樣，跟你說這些都是白搭。總之，我就告訴你一句，我沒有拿這些話來逼迫你，要你娶我為妻的意思，真的沒有，一點都沒有。」

說完她就想走，只是徐仲宣的一雙手依然緊緊地拉著她的胳膊，一點要放鬆的意思都沒有。

簡妍掙扎了幾下，可她越掙扎，徐仲宣就拽得越緊，她沒辦法，只好沈了臉，語氣也有些冷了下去。「大公子，自重。」

想來徐仲宣現在是一點都不想自重了，因他非但沒有放手，反而將另外一隻手也伸過來，拽住了她的另外一隻胳膊，將她整個人都鎖定在他的可控範圍之內。

「可是簡妍，我寧願妳是在逼迫我。」他聲音低了下去，帶著幾絲哀求之意。「告訴我，其實妳心中是對我有意的，是不是？」

若簡妍說的這些話其實是以退為進、欲擒故縱地逼迫他，想讓他娶她為正妻，那至少說明她心中還是有他的；可若是她一點逼迫之意都沒有，如她表面表現的那般無所謂，那也就說明，她心中是一點也沒有他了。

簡妍掙扎了一會兒，可壓根兒就掙脫不掉徐仲宣雙手對她的桎梏，她也有些惱了。

「大公子，」她沈了一張臉，冷冷地說著。「你這樣大家就沒意思了啊！寧兒和錦兒就在下面，但凡我叫喊一聲，她們就會上來，到時看見她們心中那個英明神武的大哥做了這樣登徒子的行為出來，她們會怎麼看你？」

徐仲宣明知道她說的是實情，理智告訴他應該放手，可他就是不想放手，而且非但如此，他還很急切地又問了一句。「告訴我，妳心中現下還有沒有我？」

簡妍皺了皺眉頭。他的雙手太用力了，抓得她的胳膊有點痛。

「有你又怎麼樣，沒你又怎麼樣？這都不是重點好嗎？重點是我們兩個人的價值觀不一樣。你自以為你做了最大的讓步，你給了我你所有能給的，可是這些我都不在乎，你明白嗎？」

「正妻呢？如果我給了妳正妻的名分呢？」

徐仲宣的臉逼近過來，縱然是隔著一層黑紗，簡妍依然還是能感受到他灼熱的氣息。

「如果我給了妳正妻的名分，且如妳所說，一輩子都不會有其他女人，只有妳一個，妳心中是不是就會繼續在意我，一輩子同我在一起？」

簡妍聞言怔了怔，她倒是沒想到徐仲宣竟然會這麼說。說不感動那是假的，畢竟徐仲宣從小到大耳濡目染的，只怕都是男人三妻四妾是很正常的事吧？更何況他還身居高位，一大幫子的人想著要將自己的女兒或者妹妹之類的女性親眷塞給他，旁的不說，今日不就有一個蘇慧娘在旁邊虎視眈眈的嗎？

只是，縱然心中再感動，簡妍也不敢相信。一輩子太長，她壓根兒就賭不起。

「徐仲宣，」她低聲問著。「你知道你剛剛說了什麼話嗎？你現下只不過是一時熱血上頭，話趕話的就對我說了這些，等你冷靜下來、恢復理智的時候，你還會這樣想嗎？還會對我說這樣的話嗎？」然後她略略提高了點聲音。「請你鬆手，放開我，不然我現下就叫寧兒和錦兒了！」

「簡妍……」徐仲宣忽然覺得心裡湧上了一股憤怒，憤怒之中還夾雜著一股悲涼。「妳到底要我怎麼做？告訴我，妳到底要我怎麼做，妳才會答應和我在一起？」

簡妍抿了抿唇，而後輕聲說：「你什麼都不做就足夠了。」

「可是我做不到！」徐仲宣忽然憤怒起來，聲音也大了起來。「明明前幾日妳還會對我薄怒輕嗔，會關心我，會同我鬧小脾氣，表現得那樣在乎我，可是為什麼今日妳卻這樣冷冰冰地對我？告訴我，這究竟是為什麼？」

簡妍語氣中也帶了幾分澀意。「前幾日是我做錯了。我不該，不該一時錯了主意，幻想一切根本不可能的事。」

「錯了主意？」徐仲宣的臉又湊近幾分過去，一隻手伸上前就要去取她頭上戴著的冪䍦，頗有幾分咬牙切齒、充滿怒氣地反問道：「妳錯了主意的時候就可以表現得那樣在意我，讓我的心中滿是歡喜，然後等到妳正了主意的時候，妳就這樣一腳將我踹開，如此冷冰冰地告訴我，妳壓根兒就沒有想過做我的妾，甚至是妻，讓我從今以後再也不要招惹妳？」

簡妍偏頭躲過了。

於是他的手便又狠狠地去握住她的雙臂，怒問：「簡妍，妳將我當成了什麼？召之即來，揮之即去嗎？妳信不信我現下就可以找人去與簡太太提親？我敢肯定，哪怕我就是對她說，想讓妳做我的妾，她都必然會立刻答應的？正所謂父母之命，媒妁之言，簡妍，到時只怕也由不得妳了！」說到最後一句話的時候，他的雙眼微微地瞇了瞇，語氣也有些冷漠。

想來這才是他身居高位多年養成的喜歡掌控所有事的真面目吧？

「是，父母之命，媒妁之言，由不得我。自我到了這個時代之後，所有的事都由不得我，可那又怎麼樣？」簡妍聽了他先前的那些話，原本心中還滿是愧疚，私心裡還覺得自己是那個玩弄了徐仲宣的感情，然後末了又始亂終棄的人，可是聽到後來徐仲宣說的那幾句話，她就覺得怒氣直沖頭頂。「至少我的這條命還是能由得我自己作主的！大不了我就撂挑子不幹了，幹麼要天天活得這麼辛苦？」她紅了一雙眼，瞪著徐仲宣，一字一句地說著。「徐仲宣，你記著，我寧為玉碎，不為瓦全！若是你想逼死我，儘管去和我母親提親，讓我做你的妾！我就不信了，一個人要尋死的時候，你還能一天到晚十二個時辰地著人看著我！」說完這話之後，她又抬高下巴，一臉無懼地望著他。「你若是不信，大可以試試！」

其實她這也是情感給占了上風，話趕話的就和徐仲宣這般賭氣地說了這些話。

若是按照她先前所想，便是徐仲宣一怒之下真的去和簡太太提了這事，她最理智的應答是她還在為父親守孝，沒有在為父親守孝的時候還嫁人的道理，所以即便現下定了親事，那也要推遲到十五個月之後才能舉行，而這段時間已經足夠她想法子擺脫簡太太的掌控。只是她心中隱隱還是仗著徐仲宣在意她，並不會真的逼迫她做這樣的事，所以才會這般有恃無恐地說出這樣的話來。

徐仲宣果然被她這有恃無恐的模樣給震住，片刻之後，他才以沙啞的聲音問道：「妳果真寧願死，也不願意做我的妾？」

簡妍點點頭，毅然決然地道：「是，寧死不為妾！」

徐仲宣死死地盯著她，但是隔著一層黑紗，他依然還是看不清此刻她面上到底是什麼表情？

「妻呢？」他又問著，雙目之中隱有希冀之光。「做我的妻呢？唯一的妻，妳願不願意？」

簡妍沈默了片刻，然後低聲道：「徐仲宣，對不住得很，只是我現下沒法信任你。一輩子太長，你又是……畢竟又是這個時代的人，有許多你認為再正常不過的事，可在我看來那都是接受不了的，你能明白嗎？我們兩個從源頭上就不一樣，價值觀有著太大的差異，即便勉強在一起了，只怕往後也不會幸福。算了，你還是饒過我，也饒過你自己，尋一個世家閨秀，好好地過你的日子吧，我衷心地祝你幸福。」

她這張好人卡發得徐仲宣顯然接受不了，因徐仲宣聽完她的這番話之後，又定定地望了她一會兒，忽然就放開了她，一語不發地轉身大踏步走了。

簡妍見他高大挺拔的背影很快地消失在蔥蘢花木之中，說不出來心中到底是什麼情緒，真的是五味雜陳。

既有一種終於和他將所有的事都說清了的釋然，可也有一種看著他就這般走了，心中隱隱不捨又失落的感覺。

她無力地癱坐在涼亭的美人靠上，伸手捂臉。她這做的到底都是些什麼破事啊？這一切怎麼就發展成這樣了？

第四十三章　對陣沈綽（上）

簡妍在涼亭裡坐了一會兒，見徐妙寧和徐妙錦還在下面的山澗裡玩水，便遣了四月去對她們說上一聲，只說讓她們兩個待會兒自行回吳氏那裡去，自己則是帶了白薇，也沒有什麼目的地，就信步在這玉皇廟裡亂走著。

既然是廟裡，最多的自然就是佛像了。簡妍走了一會兒，看到了一間有佛像的廂房，便抬腳走進去。

這廂房裡供奉的是釋迦牟尼，正端坐蓮花座上，慈顏微笑，廣視眾生。面前翹頭璃紋香案上擺放著一只三足紫銅香爐，旁邊湘妃竹香筒裡放著紫檀線香，又有兩只點了蠟燭的青瓷纏枝蓮紋燭臺擺放在兩側。

白薇已從香筒裡拿了三枝紫檀線香出來，在蠟燭上面點著了，然後一語不發地遞給簡妍。方才她雖站在涼亭外，可徐仲宣和簡妍的爭執她還是聽到了一些，自然知道簡妍現下心中很紛亂，於是這一路上她也就沒有說什麼話，只是安靜地跟在簡妍身後。

簡妍這時正伸手取下頭上一直戴著的冪蘺，遞給了白薇，而後才接過她遞過來的三枝檀香線香，合在了掌中。

香案面前擺了三只蒲團，簡妍便屈膝在正中間一只蒲團上跪了下去，闔上了雙眼。

白薇也隨即在另一只蒲團上跪下去。

簡妍只覺得心裡亂得很，縱然這廂房內的佛像面相看著再安靜祥和，手中的檀香氣味再輕盈淡雅，還是不能壓制住她心內亂紛紛的一片。

她雖然閉著雙眼，可眼前卻總是浮現徐仲宣的樣子出來。她明明知道剛剛徐仲宣說的那番娶她為正妻的話極有可能只是他的一時衝動，事過之後他可能會後悔；她也明知道前路艱險，縱然徐仲宣現下再喜歡她、寵愛她，可依然難保往後他不會變心。但就算是這樣，方才那會兒她也是動了心的，甚至都想一口答應了他。

她在想，她為什麼要那麼理智呢？為什麼要考慮到那麼多年以後的事呢？明天永遠都充滿了變數，把握現下才是最重要的不是嗎？所以為何不用力地去愛、不顧一切地去愛？這樣哪怕以後洪水滔天，至少等她老了的時候也沒什麼後悔的事了。

想到這裡，她幾乎都想跳起來跑去找徐仲宣，問上他：你是不是真的會娶我為妻？一輩子只有我一個人？只要你點頭說是，我便不會懷疑，然後將手交給你，攜手並行，直至往後你先鬆開我的手之前，我都不會鬆開你的手！

只是，不一會兒她又自嘲地想著：傻姑娘，妳以為妳是誰呢？徐仲宣又是誰呢？他並非是什麼不懂世事的毛頭小子，也不會是什麼衝冠一怒為紅顏的情種，他從來都是足夠理智，很明確地知道自己要的是什麼人，必要的時候他顯然也足夠狠心絕情，所以縱然這會兒他對自己再是兩情繾綣，可又怎麼抵得過權勢滔天對他的誘惑？若往後有一名門權勢之女出現，能幫助他在仕途上更進一步，只怕自己到時就會落個類似於妻不妻、妾不妾的下場。

既然明知道和徐仲宣在一起的未來茫然不確定，極有可能某一日就會身在懸崖，被傷得千瘡百孔，那現下選擇離開、懸崖勒馬，不才是最理智的嗎？

只是，她還是覺得心裡好亂。這些日子徐仲宣對她的維護關愛一一地浮現在她腦海，那夜的槐花糕潔白如雪，香甜若蜜，那滋味她一輩子都忘不了。

「白薇，」她白皙素淨的手掌中合著那三枝細細長長的線香，青白色的煙霧裊裊而上，模糊了她的臉龐，以及她眼角落下來的淚水。「我心裡很難受……」

她闔著雙目，只覺心裡似颱風之下的大海，起起伏伏個不住，壓根兒就沒法子靜下心來。她急切地想將心裡這股慌亂和壓抑都傾瀉出來，而白薇素來就是她信得過的人，自己和徐仲宣的事，她也是知道的，所以她忽然很想在白薇面前將自己心裡所想的事全都說出來。

只是心中實在覺得很悲痛，未語淚先落，她索性不管不顧，先低低地哭了一回，才哽咽著道：「白薇，怎麼辦呢？我明知道徐仲宣說的那句娶我為妻，一輩子只會有我一個人的話只是他一時衝動所說，過後極有可能會後悔，可我還是想去相信他。但是我也知道，我只是個商賈之女，身分低微，他又怎麼可能會真的娶我？至多也就只是讓我做一個妾罷了，因他好歹對我還有幾分情意，所以便能做一個寵妾。可是白薇，我想要的是做一個能和他處在同一個平等位置上的伴侶，而不是沒有自由和尊嚴地依附於他人的附屬品。便是我再喜歡他，我也不可能會自殘自己的驕傲和尊嚴去做一個妾，與其他女人共同擁有一個男人。白薇，我可以喜歡他，但我絕對不要為了愛情這樣自輕自賤，過著沒有尊嚴和地位的日子！」越說到後來，她便越激動，語速也越快。

她已經作出了抉擇不是嗎？生命誠可貴，愛情價更高，若為自由故，兩者皆可拋。

簡妍幽幽地嘆息一聲，長長地吐了一口氣，似是將心中所有的悲傷難過和不捨為難全都吐了出來，而後她睜開雙眼，站起身，將合在手掌中的三枝檀香線香全都插進香爐裡。

線香已在她手中燃了快有一小半了，插進香爐裡時，裊裊煙霧依舊緩緩升騰而上。

簡妍抬頭望了望面前的佛像，於那法相莊嚴肅穆之中，終於感覺到了內心的一片寧靜祥和，於是她又雙掌合起，虔誠地對著佛像彎腰行了個禮，而後她邊轉過身來，邊笑道：「白薇，怎麼這半日都沒有聽到妳說一句話……」然後，她的話戛然而止地頓在了她的喉間，又驚又怒地望著眼前的這一幕——

一個身形高大的勁裝男子，一手正緊緊地環著白薇的脖子，一手則緊緊地摀著白薇的嘴，白薇在他的手中壓根兒沒有半點掙扎的餘地，只能瞪圓一雙杏眼，滿是驚恐地望著簡妍。

而另一名男子則坐在方才白薇所跪的那只蒲團上，一手放於半曲起的那隻腿上，一手拿了柄描金扇抵著自己的下巴，彎了一雙細長的眉眼，面上帶著散漫的笑意望著簡妍，見到她轉過身來，他唇角的弧度一時就勾得越發大了。

「簡姑娘，」他微瞇了瞇雙眼望向她，輕輕地笑著，聲音低沈華麗。「好久不見啊！」

簡妍心想：好久不見個屁，我壓根兒就沒想過要見你！

這個人她自然是認得的，是沈綽。那日在桃園中見了一次，對了她出的對子的那個沈綽。

只是，他如何會在這裡，且還讓他的隨從這般勒著白薇？

眼見白薇眼中的驚恐之色越來越濃，簡妍不由得沈下臉來，冷聲地說：「放開她！」同時她暗暗地後退兩步，身子抵在香案上，一手悄然地摸到了香案上的香爐。

沈綽眼見她的這些小動作，遂笑道：「簡姑娘還是不要輕舉妄動的好，不說只是這樣的一只小香爐，簡姑娘就是將外面院子裡放著的那只大香爐舉在手中，定然也是傷不到沈某分毫的，倒是仔細傷了妳自己。沈某憐香惜玉，到時可是會心疼得緊呢！」

外面院子裡的那只大香爐，兩個人都合抱不過來，她怎麼可能舉得起來？

但簡妍還是側身伸手將小香爐拿在手中，冷聲地說：「不試試怎麼知道到底能不能傷到你呢？」手中有了點憑仗，好歹能增加點底氣不是？而且這香爐裡積了許多香灰，關鍵時刻用來撒人的眼睛是最好不過。

沈綽輕笑一聲，隨後拿著摺扇的手揮了揮，他身後的沈進立即鬆手放開白薇，同時伸手在她的背上輕輕推了一把。

白薇原就被嚇得雙腿發軟，又被沈進掐著脖子、摀著嘴這許多時候，身上哪裡還有半分力氣？沈進這一推，她身形便支撐不住地往地上撲下去。

簡妍立刻趕過去接住了她。

白薇伸手抓住簡妍的胳膊，縱然心中再怕，還是低聲急促地說：「姑娘，快跑！」

簡妍轉頭望了一眼，見沈進伸手將白薇推過來之後，已垂手站在門口正中，身形鐵塔似的，只將外面的日頭都擋了個嚴嚴實實，一點兒都透不進來。

只怕想跑那是不可能的了。

於是，她索性便在另外一只蒲團上坐下來，抬頭平靜地問沈綽。「沈公子，你這唱的是哪一齣？」

沈綽瞥了她一眼，而後竟然抬起手來，鼓了鼓掌，笑道：「若是其他的世家閨秀遇到這樣的事，只怕早已嚇得六神無主，只會尖叫哭泣了，簡姑娘卻還能這般神情自若地坐在這裡，問我到底在唱哪一齣，足可見簡姑娘並非一般的閨閣女子，沈某佩服！」

簡妍冷笑一聲。「沈公子若有話不妨直說，不用在這裡恭維我。若是無話，麻煩你現下放我主僕二人離開。」這裡畢竟是玉皇廟，今日往來的也都是各個世家權貴，沈綽定然不敢在這裡將她如何的，所以簡妍心中也並不是很懼怕。

沈綽笑道：「簡姑娘剛剛言語之中說起徐侍郎的時候可是那般繾綣纏綿，現下對著沈某的時候卻是這般冷若冰霜，真叫沈某傷心啊！」

簡妍原還在心裡快速地想著如何才能脫身的法子，這會兒驀地聽到沈綽說的這幾句話，她一時又是羞、又是氣，一張臉不禁全都放了下來。

很顯然，剛剛她閉著眼說的那些有關她和徐仲宣之間的話，沈綽全聽到了！

第四十四章　對陣沈綽（下）

「沈公子，」簡妍沈了一張臉，冷聲地說著。「請自重！」

沈綽見她雖然嚴詞厲色，但一張俏臉上自耳根開始，全都籠上了一層薄薄的紅暈，海棠醉日一般的嬌顏。縱使是一雙美目瞪著他的時候，那也非但全無半點駭人之處，反倒讓他覺得她眼波流轉，薄怒輕嗔之間皆是說不出的風情。

沈綽也不曉得為何，忽然就覺得心跳一滯。為了掩飾自己忽然而來的這份不自在，他隨即甩開了手裡原本合著的描金扇，慢慢地搖著，並沒有說話，只是別過頭去望著佛前香案上放著的那只雨過天青色瓷瓶中清水供養著的荷花。

菡萏半放，粉嫩淡雅至極，一顰一笑之間皆是令人心旌搖曳。

簡妍不想與他在這裡打什麼啞謎了，她見沈綽只是別過頭去，許久都沒有說話，索性就拉了白薇的手，抬腳走到門口，皺了眉頭，抬頭望著攔在門口的沈進，冷聲喝道：「讓開！」

但是未得沈綽的吩咐，沈進自然不會讓她們離開的。

他半垂著眼，低下頭，淡漠地望著站在他面前的簡妍和白薇，高大挺拔的身形一動不動地立在那裡，給人的威壓感極重。

簡妍心中實在是有些惱了，她狠狠地瞪了沈進一眼，心想：你不讓是吧？好，我便只和你的主子搭話！

將白薇安置在一旁之後，她幾步就走到沈綽的面前，抬頭問他。「沈公子，有話且直說。我母親還在那邊等著我，這會兒她見我還沒有回去，若是遣人來尋，看到沈公子這般扣著我不放，於沈公子的名聲而言，只怕是不大好的吧？」

沈綽收回了看著荷花的目光，低頭望著她。

實在是個小人兒。縱然是一臉慍怒地站在這裡，面上看起來氣勢很足，可也不過只到他的肩膀高罷了，所以落在他的眼中，她的這幾分氣勢又能怎麼樣呢？倒只會讓人覺得她甚為可愛嬌俏罷了。

於是他索性盤膝坐在蒲團上，而後伸手指了指對面的那只蒲團，笑道：「簡姑娘請坐。」

簡妍卻只是執拗地站在那裡，冷冷地望著他，絲毫沒有一點要坐的意思。

沈綽就笑道：「我們兩個人都站著的時候，妳那般抬頭望著我，脖頸子不累嗎？索性我們兩個人都坐下來，互相平視對方，這樣我們就都不會累了嘛。沈某這也是全心全意地為妳著想呢！」

簡妍一時真是氣得恨不能踢他。

這個沈綽說話如此惹人厭，跟他說話真的是隨時都要做好被氣死的準備。

但縱然她心中再氣，面上也沒有表現出分毫來，只是依然緊緊地繃著一張臉，冷冷地道：「與其坐在蒲團上和你平視，我更寧願站在這裡，低頭俯視著你。」

沈綽唇角微扯，輕輕地「嘖」了一聲，心想：還真是個倔強的小人兒啊！

「如果簡姑娘覺得這般低頭俯視著沈某，心中高興的話，那就儘管低頭俯視吧。」頓了頓，他又上半身傾了幾分過來，笑咪咪地問：「要不要我坐近一些過來，好方便妳更好低頭俯視著我呢？」

簡妍無語地抽了抽嘴角，費了好大的勁才控制住自己沒有一腳踹到他臉上去的衝動。

麻煩你，能和我來點正常的交流嗎？

「不用！」她頗為咬牙切齒地說著，同時又皺眉說：「我要回我母親那裡去了，沈公子若是無事，還請讓我離開。若不然，這廟裡往來之人眾多，我若是喊叫起來，於沈公子無益。」

沈綽斜斜地挑了一雙鳳眼，慢條斯理地搖著手裡的摺扇，笑道：「於我能有什麼無益的呢？大不了說上我一句風流放縱，在這裡堵著良家姑娘不放罷了，我沈綽並不怕擔一個這樣的名聲。喔，」他忽然又「唰」地一聲合起了手裡的摺扇，敲了敲手掌心，甚是感興趣地湊近幾分過來，說道：「只不過，若是來人看到簡姑娘被我堵在這裡，於簡姑娘的名聲倒是大大的無益了。不曉得這話若是傳到徐侍郎的耳中，他會是什麼反應呢？」

簡妍垂在身側的雙手有點暴躁地緊握成拳。好想給這人渣一拳啊，最好能揍掉他面上這討人厭的笑容！

她這番小動作，自然是一毫不差地悉數落入沈綽的眼中。都逗了她這麼長時間，難得她心中雖然如此動怒，但還忍住並沒有發作出來，實在是有意思得很啊！

於是，沈綽挑了挑一雙長眉，又再接再厲地逗了她一句。「若到時徐侍郎心中甚為介意此事，我倒是不介意吃虧一點，對簡姑娘負個責。」

「那我可還真是謝謝您了啊！」簡妍幾乎是從牙縫裡憋出了這幾個字來。

她只覺得她現下額頭的青筋跳得十分歡樂！縱然她覺得自己這麼多年修練下來，早已經能做到他強由他強，清風拂山崗；他橫由他橫，明月照大江的萬事無動於衷境界，可在這沈綽的面前，她還是秒秒鐘被氣得跟點燃的炮仗一般，下一刻就會咻的一聲直衝過去，然後手腳並用，揍他一個滿面桃花朵朵開！不怪她不夠淡定，實在是眼前的這個人太無恥了！

簡妍深呼吸了三下，勉力壓住了心頭的那股暴躁，然後一張俏臉越發沈了下來，聲音更跟淬了冰渣子一樣，冷颼颼的直往外撲。「沈公子特地將我堵在這裡，到底是因為什麼事？」

沈綽見逗她也逗得差不多了，再逗下去她鐵定得炸，於是他也見好就收，笑道：「也沒有什麼事，不過是方才正好路過這裡，聽見有人一面哭一面說話，心中好奇，便過來看一看，結果卻發現是簡姑娘，又好奇妳口中所說的那個男人到底是誰，竟能讓妳如此煩惱，於是沈某便留在這裡捨不得離開，一直看著簡姑娘了。」

簡妍聞言，心中又氣又羞，就冷道：「我臉上長了花嗎？有什麼好見的？現下可看完了？看完了那就讓我走！」

沈綽自然是不怕她的冷面冷語，當下依然油腔滑調地道：「簡姑娘的臉上雖然沒有長了花，可這世間只怕也是沒有哪朵花配長在簡姑娘的臉上。」

簡妍心中惱怒，越發地沈下臉來，轉身就要走，絲毫不想理會這沈綽。

沈綽便做了個手勢。

那邊沈進見狀，一個箭步過去，白薇立時又落入他的掌控之中。

「姑娘！」白薇驚叫了一聲。

簡妍見狀，也是面上變色，氣得雙手都有些軟了，一直顫個不住，心中更是越發惱怒起來。於是當下她也不曉得是哪裡來的膽量和勇氣，彎腰伸手拿了身旁放著的那只蒲團，然後劈手就朝沈綽砸了過去！

誰都沒有料到簡妍會有這樣一個舉動，且她和沈綽原就離得近，沈進一時間來不及救護，沈綽也沒有反應過來要避讓，於是那個蒲團就朝著沈綽的臉直撲了過去。

佛門原就講究的是苦修，這蒲團也不甚精細，乃是一般的蒲草編織而成，且不少地方都有鋒利的蒲草冒了出來，甚是簡單粗糙。而沈綽再是心眼比蓮蓬還多，可畢竟是自小錦衣玉食長大，皮嬌肉嫩的，這會兒結結實實地挨了這蒲團一砸，他立時只覺得右臉頰火辣辣的痛。抬手摸了摸，觸手滑膩，拿到眼前一看，白淨的手指尖是幾點猩紅之色。

「公子！」沈進此時已劈手扔開白薇，站在簡妍的身後，聲音低沈地叫了一句，恍似只要沈綽開口說一句，下一刻他就會伸出手，毫不猶豫地擰斷簡妍的脖子一樣。

簡妍方才的憤怒在看到沈綽右臉頰上一道長長的、冒著血的口子時，早就給嚇得煙消雲散，一點兒都不存在了。這會兒她心中只有害怕，因沈綽一雙鳳眼微微地眯了起來，只是望著自己手指間的那幾滴鮮血，且他面上也再無半點笑意，只有一片沈靜，這沈靜讓她覺得害怕。更何況，她還能感覺到沈進高大的身子就站在她身後，恍似下一刻就會毫不費力地、老鷹抓小雞一般地伸出巨大的爪子將她拎起來，然後隨意地伸出一根手指頭就能將她給弄死！

簡妍忍不住就想轉身落荒而逃，可她還是死死地壓制住心裡的恐懼，只是一動也不動地站在那裡，原本垮下來的脊背又直直地挺了起來，目光更是一錯不錯地盯著沈綽。

沈綽一抬眼，看到的就是簡妍的這副模樣。

想來她是想努力做出一副自己不害怕的模樣，所以面上的氣勢做了個十足十，只是她煞白的臉色、緊緊抿著的一雙唇，還是出賣了她。

沈綽忽然覺得很有趣，唇角一牽，扯了一個笑容出來。

這樣倔強的小姑娘他還真是第一次見，倒是有些捨不得傷害她了。

他手指輕搓了幾搓，將指間那幾滴猩紅的血搓散開了，而後斜斜地睨了簡妍一眼，面上似笑非笑地說：「簡姑娘，我這是和妳有多大的仇呢？妳竟存了心地要將我毀容啊！」

簡妍呼吸一窒，飛快地瞥了一眼沈綽的右臉頰。

沈綽原就生得白皙，現下這雪白的臉頰上有這麼一道長長的口子，且還在不斷地往外冒著猩紅的血，兩相對比之下，看著實在是觸目驚心，簡妍立時覺得有點心虛，不過她一點兒也不後悔方才那樣做。是沈綽對她和白薇無禮在先，那就怨不得她出手自衛了。

但對於沈綽右臉頰上這道觸目驚心的血痕，她頓了頓，十分誠摯地說了一句。「你的臉，醫藥費我來出。」

沈綽先是一怔，隨即便大笑起來。「簡姑娘……」他笑得前俯後仰，似乎心情十分愉悅。「妳這是在顯擺自己有銀子嗎？我沈綽便是再窮，可這點醫藥費還是能掏得出來的。」

「我不是這個意思！」簡妍搖搖手，道：「畢竟你的臉是我弄破的，這事我理應負責。」

「負責？」將摺扇在手指間輕輕巧巧地旋了兩圈之後，沈綽抬頭望著她，嘴角輕輕地勾了一個無聲的笑容出來。「簡姑娘想對我負什麼責？」

簡妍便又黑了臉。沈綽這麼斷章取義也是令人無言了。

「我的意思是，你臉上的這道口子是我弄的，我理應對你臉上的這道口子負責。」簡妍心裡只想著，和這沈綽說話只會越說越錯，不定就會被他摳到什麼字眼拿出來奚落她，所以還是儘量少說些的好。頓了頓，她又道：「弄到現下這樣的局面，沈公子還要繼續嗎？是不是能讓我們主僕兩個離開了？」

沈綽笑著瞥了她一眼，隨後拿著摺扇的手輕輕地晃了晃。

簡妍立時就感覺到身後那股壓迫感沒有了，想來是沈進已經讓開。

她心中鬆了鬆，忙去一旁扶起白薇，轉身就要離開這裡，只是一隻腳才剛跨過門檻，忽然就聽身後沈綽低沈正經的聲音響起——

「簡姑娘，自桃園初次相見之後，沈某心中對妳便甚為好奇，也不忍心見妳傷心難過，所以有些話沈某還是覺得有必要提醒妳。徐仲宣這個人，縱然在人前看著再溫和清雅、風光霽月，可混官場的人，誰背後沒有點見不得人的手段和齷齪？特別是像他這樣年紀輕輕就坐到禮部左侍郎的位置，其心機手段可想而知了。旁的不說，單就兩年前他被貶謫去了留都南京，年前卻能安然無恙地回到京城，且還升了官，做了三品大員，這內裡的門道和人脈，只要想一想就覺得可怕。況且，妳以為徐仲宣為什麼到現下還沒有成親？真的是他清高出塵得非要找個全心全意所愛的女子攜手到老嗎？不過是因為現下是梁、寧兩王相爭的關鍵時刻，朝中各臣子間的關係原就雲譎波詭，他若是在此刻同某一位官宦世家的女子成親，但凡那官宦世家沾了梁、寧兩王之中的任何一個，也就相當於無形之中成為某一黨。徐仲宣現下面上看著卻是一股清流，無論是梁王還是寧王，他都一視同仁，絲毫沒有偏向，又怎麼可能於此刻去考慮自己的親事？可無論他來日是同誰結親，想來他都給不了簡姑娘正妻之位。官場之人，彼此之間關係錯綜複雜，婚姻原就只是為了共贏，為了更利於自己的權勢，試問簡姑娘又能幫得了他什麼？為妾嗎？簡姑娘這般人物，為妾豈不是太委屈了？所以沈某奉勸簡姑娘一句，徐仲宣並非妳的良人，還是趁早丟開手的好。」

簡妍渾身一僵，片刻之後才低聲地說了一句。「多謝提醒。」

這時沈綽又笑道：「其實簡姑娘完全可以考慮考慮在下的嘛，若是簡姑娘願意，沈某的正妻之位定然是樂意雙手奉上的！」

「……」這個沈綽果然正經不過三秒。前一秒他還很正經地同她說著那般勸誡之語，下一秒就油腔滑調地同她說著這樣的話，真是狗嘴裡吐不出象牙！

簡妍不再理會他，只是沈著一張臉，扶著白薇，抬腳跨過了門檻。

身後沈綽的大笑之聲傳來，尚且還在說著——

「外面日光大，簡姑娘記得要戴上冪蘺啊，可別曬黑了妳那張白皙柔嫩的小臉才是！」

簡妍氣得牙根都癢癢了，恨不能折回去狠狠地給沈綽來個窩心的一腳。可她到底沒理他，只從白薇手中接過冪蘺，兜頭戴了上去，然後大步就走。

第四十五章　初見首輔

白薇方才被嚇得不輕，而簡妍心中其實也和剛坐完過山車一般，到了這會兒還沒有完全平靜下來，於是兩人索性找了一處樹蔭底下，坐在那裡，想著待心情平復了，再回簡太太那裡去。

因擔心白薇方才是否被沈進給傷到了，簡妍便仔細地看著白薇的脖頸那裡，可有什麼勒痕？只是，她不過才剛剛查看一會兒，就聽到旁側有一道柔婉疑惑的聲音響起——

「簡姑娘？」

簡妍循聲望了過去，見離她幾步遠的地方站著一位姑娘。

那姑娘身穿碧色梅花暗紋、淺綠鑲領的對襟披風，藕荷色百褶紗裙，雅致溫婉；頭上戴著帷帽，帽簷前面輕薄的白紗一直垂到了肩膀，且網簾上還有一圈細長的綠色翡翠珠子垂下來，一來是美觀，二來也可以防止風吹起那層白紗。

因那姑娘面前有一圈白紗所擋，縱然簡妍能影影綽綽地看到那姑娘的面部輪廓，依然看不分明那姑娘的模樣，於是便將目光望向那姑娘身旁站著的丫鬟——

淺藍上衣，白紗裙子，生得容長臉，五官清秀，正垂手恭敬地站在離那姑娘身後半步遠的地方。

這丫鬟簡妍還是有些印象的，上次在桃園綴霞閣中見過一次，知道她叫做挽翠，是周盈盈身邊貼身的大丫鬟。

那麼，面前這位戴帷帽的姑娘豈非就是……

簡妍忙站起來，先屈膝行了個禮，叫了一聲。「周姑娘。」

周盈盈伸手虛扶起她，笑道：「沒想到在這裡也能見到簡姑娘，可不就是巧得很？」又問簡妍今日到這玉皇廟來是為著何事？

簡妍便回答說是同母親以及姨母一塊兒來這裡看戲，其間覺得有些嫌悶，便帶了丫鬟出來走走，隨意地逛逛，因日頭太大，便和丫鬟躲在這樹蔭底下納涼之類的話。

周盈盈笑道：「我也是嫌一直坐在那裡悶得慌，便帶了丫鬟出來逛逛，沒想到就在這裡遇到簡姑娘，這可不就是老話說的緣分了？」她今兒是陪自己的伯父來這玉皇廟打醮，現下她伯父正同住持暢談佛法，她在旁邊聽了一會兒後，實在有些坐不住，便帶了丫鬟出來逛一逛。

簡妍知道周盈盈的伯父是當朝首輔，內閣大學士周元正，便笑問道：「原來周大人也來了？」

「伯父每年端午時都會來這玉皇廟一次。」周盈盈想來是不欲多談這事，只含糊一句話就帶了過去，隨即說：「上次在桃園見了簡姑娘繪的那幅畫、寫的那幾行字，心中欽佩，一直想著要和簡姑娘再見見，暢談一番書畫之事，只是總不得空。好不容易今兒見了，可是要好生地聊幾句才是！」

簡妍對這周盈盈還是有些好感的。上次在綴霞閣的時候，李念蘭和郭丹琴言語中那般奚落嘲諷，甚至一度逼得她動了氣，可周盈盈在一旁從頭至尾都沒有參與進來。且這周盈盈瞧著也甚是溫婉雅致的姑娘，面上見了就很容易讓人產生好感。

簡妍便笑道：「不過是粗鄙之作罷了，倒是教周姑娘見笑。」

「簡姑娘這話說得就差了！」周盈盈的語氣聽上去頗有些一本正經，還有些不忿的意思。「我是自來瞧不上那些所謂閨閣之中婉轉雅淡風格的畫作和字兒，怎麼我們女子的畫就該秀雅，寫的字就該婉麗？就不能如同男兒一般磅礴、剛勁嗎？簡姑娘當日畫的那幅畫、寫的那首陳子昂的詩，我就覺得意境甚是磅礴大氣，心中很佩服簡姑娘的心胸開闊豁達，絕非一般閨閣女子所能比。」

簡妍忙道：「周姑娘謬讚了。」不過因著這番話，她心中對周盈盈的好感就更濃了，又道：「若是往後得了空，咱們兩個倒確實是可以聚在一塊兒好好地聊一聊書畫的事。只是現下我出來得久了，恐母親和姨母惦念，卻是要趕著回去的，只好改日再見了。」

周盈盈便也道：「是呢，我出來得也久了，也該回去尋我伯父。改日我再下帖子請妳出來，我伯父那裡有幾張前人的字畫，著實不錯；京裡也有兩處還不錯的書齋，賣著最好的紙墨筆硯，還有前人和今人出色的畫作、書法，得空了我們可以一起去看看。」又問簡妍的母親和姨母現下在何處？隨後便笑說她伯父也正在那附近的一間禪房內，兩人倒是同路。

於是兩人便結伴而行，途中說了一些各自對書畫的體悟。

這般行了一會兒之後，就聽周盈盈身後的挽翠低聲地說著——

「姑娘，老爺在前面呢！」

周盈盈抬頭望過去，隨即叫了一聲。「伯父，我在這裡。」

周元正已看到了她，正背著雙手，不急不緩地朝她這邊走過來。

簡妍知來人是周元正，也抬頭看了過去。

但見這周元正五十歲出頭的年紀，身形高瘦，著一身石青色竹葉梅花暗紋的寬袍，瞧著很是風姿雋雅。

待他走近之後，周盈盈又叫了一聲。「伯父。」

周元正淡淡地「嗯」了一聲，隨即目光在簡妍身上轉了一轉，不過稍縱即逝，又收了回去。

周盈盈在一旁笑著介紹簡妍。「這位就是上次我同您提起過的那位簡姑娘。」

簡妍已屈膝行禮，恭恭敬敬地道：「小女簡妍，見過周大人。」

簡妍知道內閣是有票擬的權力，甚至對皇帝下達一些他們認為不合理的詔旨，都可以拒絕草擬，封還執奏。而作為內閣之首的首輔，主持內閣大政，權力之大自然是可想而知。若是遇上一個不怎麼管事的皇帝，這首輔可真正就能一手遮天了。

所以簡妍現下見著周元正，絲毫不敢大意，只是一味小心謹慎。

周元正模模糊糊地記得周盈盈這些日子似是和他提起過一位姓簡的姑娘，但其實他並沒有什麼印象，且簡妍又戴著冪蘺，整張臉都裹在一片黑紗之中，壓根兒就看不見容顏。不過他聽簡妍的聲音極柔極清，崑腔似的柔曼悠遠，面上原先淡漠的神情倒也緩和了幾分。

「妳既是盈盈的好友，在我面前倒也無須如此多禮。」他的聲音聽上去溫和圓潤。「起來吧。」

簡妍低低地道了一聲謝，隨即便直起身來。

周元正的身旁還站著其他幾個人。當先一個少年，十歲左右的模樣，生得眉目清秀，只是看人的時候目光有些躲躲閃閃，看著就很怯懦。他旁邊跟著一位小廝、一位四十來歲的嬤嬤，以及一位丫鬟。

簡妍偷眼見這少年身上穿的是白綢圓領袍子，袖口用銀線繡了如意雲紋，又有幾片藍綠色絲線繡的竹葉，素雅高貴；又見他頭上戴了珍珠簪纓素冠，那一顆顆珍珠瞧著既圓且潤，個頂個的都不是凡品。便是他身旁站著的那小廝、丫鬟和嬤嬤的穿戴都不俗，簡妍心中不由得想著，這少年是哪個權貴之家的公子？

周盈盈此時也低聲地問著周元正這事。

周元正隨即轉身給她介紹了那位少年。「這位是鄭國公世子。」

原來是鄭國公的兒子。今日這玉皇廟裡的平安醮原就是鄭國公夫人為夭折的女兒所打，再看這位鄭國公世子一身白色素服，想來是特地來這玉皇廟，為自己那位從未見過面的胞姊拈香來了。

國公世子，地位自然尊貴，簡妍和周盈盈忙屈膝行禮。

這位鄭國公世子卻是頗為靦覥，紅著臉搖搖手，結結巴巴地說：「兩、兩位姑娘請、請起。」

他身旁站著的那位嬤嬤此時卻上前對周元正斂裾行了一禮，而後直起身來，不卑不亢地說：「周大人，世子今日來此玉皇廟原是為自己的嫡姊上香，現香已上畢，在這廟裡耽擱得也有些時候了，若回去晚了，恐夫人惦念，這便先告辭。」

周元正便也微微地躬身，口中說著恭送世子，只是面上的神情和語氣裡實在是看不到、也聽不到什麼恭敬的意思。

那嬤嬤也沒有再理會他，只轉身請世子先行，自己和丫鬟及小廝跟隨在後。

簡妍眼見他們一行人去得遠了，想著自己現下也該告辭，便也開口恭恭敬敬地向周元正和周盈盈辭行。

周元正神情溫和地對她點點頭，周盈盈則說過些日子會下帖子請她出來，讓她到時不要推辭。

簡妍一一地應了，隨後便帶著白薇回到了簡太太處。

待上了二樓之後，她目光快速地在二樓掃了一遍，見出去逛的眾人都回來了，只是不見徐仲宣的身影，她一時心中有些如釋重負的感覺，可隱隱也有些失落。

伸手取下頭上一直戴著的冪䍦交給白薇，她緩步上前，先是對著蘇慧娘、吳氏等人行禮，再對著簡太太行了個禮，輕聲細語地說了一聲。「母親，我回來了。」

簡太太原先見出去逛的眾人都回來了，只有簡妍和徐仲宣沒有回來，她心裡還暗自高興著，只以為他們兩個人在一塊兒。可這會兒見只有簡妍一個人回來，身後並沒有徐仲宣的身影，她不由得蹙了眉頭，語氣有些不好地問：「妳去了哪裡？怎麼回來得這樣晚？」

簡妍垂首斂目，依然細聲細氣地說：「女兒方才見這各處殿中都供奉了菩薩，心裡想著要為母親和兄長祈福，便一一在各位菩薩面前磕頭，默默地祝禱了一番自己的心願，因此便回來得有些晚了，還請母親不要怪罪女兒才是。」

她這話一說出來，簡太太還怎麼怪罪？若是怪罪，不是顯得她不夠通情達理了？

蘇慧娘此時笑著瞥了簡妍一眼，而後對簡太太笑道：「簡太太好福氣，竟生了這樣一位頂有孝心的女兒！」

吳氏等人也是開口附和。

簡太太聽了，更加不好說簡妍什麼，反而還得面色和緩，聲音溫和地說「簡妍有心了」，又說天氣熱，讓她快些去吃個涼碗子，去去暑氣。

簡妍便恭順地告退，坐到自己先前坐的桌子旁邊去。

第四十六章　提親之事

徐妙寧和徐妙錦早已坐在桌旁了，這時見簡妍過來，兩人交換一下眼神，徐妙寧便率先開口，低聲地問簡妍。「表姊，方才妳和大哥吵架了嗎？錦兒說大哥氣得面上都變了色，匆匆地就直接下山回去了。」

簡妍沒有答話，只是拿了桌上的涼碗子，垂著頭，用銀勺子舀著裡面的甜瓜果藕，慢慢一口口地吃著。

這甜瓜果藕都是冰鎮過的，上面還撒了一層細細的碎冰，吃下去，只一路冰到了心裡。

等簡妍慢慢將這份涼碗子吃完，便有丫鬟、僕婦上前請示蘇慧娘，問要不要現下就擺菜上酒？

蘇慧娘想了想，便點頭依了，於是一時各丫鬟、僕婦便捧著酒菜，流水樣地送上來。因是在廟裡，所以席面上都是一些素菜，但偏偏多數又取了葷菜的名字，叫做什麼素火腿、素雞、素鴨、素魚翅之類，且吃在口中，味道與真的火腿、雞鴨魚翅等也都差不多。

簡妍伸筷子挾了一只油炸豆腐丸子，慢慢地放入了口中。

一旁的徐妙寧卻始終糾結著簡妍和徐仲宣今日到底是怎麼了？雖說先前問了兩次，簡妍都沒有回答，可這會兒她見簡妍面色平靜，想來心情應當不會太差，於是她躊躇了一會兒，終究還是不死心地將身子靠了些過去，再次開口問了一次。

但簡妍只是慢慢將口中的豆腐丸子嚼碎嚥了下去，而後頭也沒抬，又伸筷子去挾了一只豆腐丸子，才慢慢地說了一句。「食不言。」頓了頓，又說了一句。「這豆腐丸子滋味不錯，妳嚐嚐？」

徐妙寧無語。看來真的是什麼話都問不出來了。

另一邊，吳氏心中也正糾結著。

她原本是想著，趁著今日徐仲宣在這邊的時候，和簡太太提一提撮合簡妍和徐仲景的事，好給徐仲宣添點堵，發洩一下上次他攆吳靜萱離開徐宅，以及自己這麼多年來被他無視的不滿。只是誰承想，這關鍵時刻，徐仲宣竟然直接下山走人，且壓根兒都沒有遣人來對她說一聲，還是方才她見徐仲宣沒有回來，問了徐妙錦，才曉得這事！

既然徐仲宣都已經不在這裡了，簡妍和徐仲景的事到底要不要對簡太太提起呢？

吳氏心中沒有什麼主意，便趁著去更衣的時候，低聲問了祝嬤嬤。

祝嬤嬤的意思是——提啊，做什麼不提？便是他徐仲宣現下不在這裡，可只要簡姑娘和二公子的事定了下來，回去他會不知道？到時他一樣是心裡添堵！且到時簡姑娘和徐仲景的事都已經定了，他縱然是百爪撓心，也是無力挽回的，心裡更添堵！

吳氏一聽，好像確實是這麼個理！於是她便決定，在飯桌上要好好地和簡太太提一提這事才是！

現下酒過三巡，菜過五味，吳氏抬眼見席面上各人之間的氣氛甚是良好，便放下手裡的竹筷，笑道：「趁著大家都在這裡，老身倒是有一件事想要說一說。」

蘇慧娘便笑著問是何事？

吳氏笑著望向她，又笑道：「是一件喜事，到時還要請杜太太喝杯喜酒呢！」

蘇慧娘心中立時一喜。吳氏既然說是喜酒，難不成是想開口提徐仲宣和蘇瑾娘的婚事？一想到這裡，蘇慧娘面上的笑容是越發明豔了。果然這些日子與吳氏等人多套近乎是對的，不然吳氏怎麼會主動提起這事來？她心中不由得大喜，忙笑道：「老太太，是什麼樣的好事？快說出來讓我們都樂一樂才是！」

吳氏先是望了簡妍一眼，而後收回了目光，望著簡太太，笑道：「簡姑娘這個孩子，溫婉賢淑又心細，且又極有孝心，我很是喜歡她。」

蘇慧娘一聽吳氏忽然話鋒一轉，說到了簡妍，她面上的笑容頓時僵在那裡。

簡太太這時心中卻是喜道：難不成這老太太是想撮合簡妍和徐仲宣？若真是這樣，那可是再好也沒有的了！

思及此，簡太太面上便堆滿了笑，對吳氏道：「老太太謬讚了。妍姊兒能入老太太的眼，那是她幾輩子修來的福氣呢！」

簡妍心中卻想著：什麼幾輩子修來的福氣？分明就是幾輩子修來的禍氣！不過她心中對吳氏說的這句話還是有些忐忑。難不成是徐仲宣真的對吳氏提了和她之間的事，所以才託了吳氏來對簡太太提起這事？倒是不知道他到底是和吳氏說讓她做妾，還是做妻？若是做妾，往後她是真的可以不必再理會他，快快地尋個機會金蟬脫殼也就是了；若是做妻……他若是真的讓她做妻，那豈非是說，先前在涼亭裡，他對自己說的話全都是認真的？

讓她做他的正妻，且一輩子都只有她一個人，若果真如此……簡妍心中剎那竟是湧上了一層甜蜜和激動。

若果真如此，那這場賭博，她是願意去賭一賭的。

因著緊張，她拿著筷子的右手一直輕輕地顫著，心裡也是快速地跳個不停，但她還是屏息凝氣，凝神靜聽著吳氏的話，生怕自己錯漏了一個字。

吳氏笑道：「簡太太太謙虛了，簡姑娘這樣好的姑娘，誰不喜歡呢？」又招手示意坐在旁邊另一桌的徐仲景上前來，拉著他的手，呵呵笑道：「我這個孫兒，模樣還算好，難得的是學問也還不錯，早幾年就考中了秀才。前些日子我聽教導他的先生說，這孩子學問上的火候也到了，今年秋闈他勢必能榜上有名，簡太太您瞧瞧，我的這個孫兒，配您的妍姊兒可是配不配得上呢？」

她這番話一說完，屋內各人面上神色各異。

徐妙寧和徐妙錦面上滿滿的都是詫異和不可置信；蘇瑾娘面上表情一黯；俞氏雖然面上不動聲色，右手卻緊緊地握了起來，幾欲將手中的筷子折斷；簡太太面上的笑容僵在那裡，半晌沒有反應過來。

蘇慧娘面上卻是立時就露出喜色來！她原以為吳氏是要撮合簡妍和徐仲宣，心中正急得不知該怎麼辦，忽然得知吳氏是要撮合簡妍和徐仲景，她心中如何會不喜？且早先一個多月在桃園的那會兒，她就看出來徐仲宣對簡妍的特別之處，心裡只想著，縱然簡妍出身差，只能給徐仲宣做個妾，可一個寵妾的地位依然是不可小覷；更何況這簡妍看著便是個冷靜內斂的性子，想來心裡也是個有見識的，而自家三妹卻是個溫婉柔和的人，到時便是三妹嫁給徐仲宣為正妻，只怕都轄制不住簡妍。不想，現下吳氏卻是有心要撮合簡妍和徐仲景，這可不是最好的局面？

於是蘇慧娘忙對吳氏笑道：「哎喲，老太太您這媒作得好！簡姑娘生得嬌柔，二公子學問好，可不就是郎才女貌？這杯喜酒我可是要喝定了呢！」一邊又對簡太太說：「簡太太，這樣好的親事，打著燈籠也難找的，您可一定要答應啊！」

徐仲景的父親雖然是個庶子，且一早就死了，但說到底徐仲景畢竟是徐家的子孫，自己還是個爭氣的，前幾年就考中了秀才，今年參加秋闈也是有指望能高中的，簡妍一個商賈之女能嫁與他為正妻，說起來實在是高攀了。

徐仲景這時站在吳氏身旁，聽眾人都在打趣他和簡妍的親事，一張臉火燒雲似的，全都紅透，只是垂著頭，看著自己的腳尖，但面上卻是沒有不樂意的意思。

蘇慧娘看了他一眼，隨即又笑道：「你們看，二公子都臉紅害羞了呢，看來這二公子心中對簡姑娘也是有意的。」又對俞氏笑道：「三太太，現下二公子和簡姑娘訂了親，今年秋闈之時二公子再榜上有名，這可是雙喜臨門啊，您真是好福氣！」

俞氏扯了扯嘴角，面上的笑容十分勉強。

簡妍在聽到吳氏撮合的竟然是她和徐仲景之後，心中說不出來到底是個什麼情緒。

她想著，她果然還是自作多情了，竟真的以為徐仲宣先時和她說的那幾句話是真的。

心中是掩也掩不住的失落感，酸澀得厲害，她便伸手拿了桌上的酒杯，慢慢地抿著裡面的酒水。酒是素酒，百果聚樽，日久成酒，又香氣濃郁，入口甘甜清涼，便是怎麼喝都是喝不醉的。

她倒是不擔心吳氏說的這事，因她知道簡太太一定會想法子拒絕。

雖然認真說起來，以她商女的身分，能嫁給徐仲景為正妻那是再好不過，若遇著一般父母，只怕是忙不迭就會答應下來，只是，簡太太又哪裡是一般的父母呢？簡太太花費重金請人教了她這許多才藝，又不惜砸了銀錢給她置辦這樣多的好行頭，想著的可是要最大限度地讓她能傍上個高官，好為兒子將來的仕途鋪平道路，又怎麼會去理會哪樣對她是最好的呢？

徐仲景雖然也是徐家的子孫，也算有功名在身，可那又怎麼樣？便是他今年秋闈榜上有名，也不過是從一個品級低的小官慢慢做起，簡太太定然是等不及熬到他做了高官的那會兒。下一刻，果然就見簡太太回過神來，面上難掩失落之色，便是面上有幾分笑意，那看著也是很勉強的。

「老太太，」簡太太對著吳氏道：「多謝您對妍姊兒的厚愛，只是妍姊兒這個孩子，一則是年歲還少，還未滿十四；二則，她父親沒了才剛過一年，她身上還背著孝呢，所以現下我竟是不大想給她定親事，實在是教老太太錯愛了。」

她這番話一說完，俞氏立時鬆了一口氣，面上神情放鬆了不少，連緊緊握著筷子的手也鬆開了些。

徐仲景則是難言失望之色，只是抿著唇，抬頭望著簡太太。

其他各人的面上全都是一副「這簡太太是不是傻啊？這樣好的一門親事竟都不給自己的女兒定下來？」不可置信的表情。

因簡太太說的那兩個理由，實在是有些站不住腳。

十三、四歲定下親事，甚至就已經成親的人又不是沒有，多著呢！

而還在守孝的那個理由更無法說服人。現下把親事定下來，等到守完孝再成親不也是一樣的？

蘇慧娘就道：「簡太太您可要想好了，這樣好的親事，錯過了這村，可就沒這店了！」

簡太太只是微笑，說：「還是等妍姊兒年歲再大一些，給她父親守完孝再說吧。」

徐仲景此時抬起頭來，望著俞氏，略帶焦急地叫了一聲。「母親！」

自簡妍來徐宅之後，他也是見過簡妍幾次的，心中早對簡妍有意。他原就想著要母親去同簡太太提起這事，但俞氏一直不同意，便也只得作罷。現下見吳氏提起這事，他心中自然是高興的，只以為他和簡妍的親事自然會成，可沒想到簡太太會開口拒絕。他心中著急，便叫了俞氏一聲，也是想讓俞氏開口，讓簡太太能同意他和簡妍這門親事。

俞氏又怎會不知道自己兒子的意思？她在心中暗暗地埋怨著，她這個兒子怎麼就偏生這樣傻？簡妍只是個商賈之女，但徐仲景往後是要做官的，娶她為妻，可不是自貶身價的事？這樣的親事是推都推不及的，好不容易簡太太自己開口拒絕，他倒是還在那裡著急上，想讓她開口再和簡太太說說，好促成這門親事？她若是依了他，想法兒地促成這門親事，她才是那個最傻的呢！

於是俞氏便面上帶著笑意，對吳氏說：「簡太太這話說得在理。這門親事，還是等簡姑娘年歲再大些，給她父親守完二十七個月的孝再說吧。且不過三個月，景哥兒便要參加秋闈，還是先讓他安心在學問上用功，至於其他的，還是往後再說吧。」言下之意，也就是拒絕了。

吳氏的面子有些掛不住。她活了這麼大的年紀，頭一次給人作媒，心裡只想著俞氏是個好揉捏的，簡太太是個身分低的，這門親事還不是她一提就一個準話？但是沒想到簡太太竟直接開口拒絕，俞氏隨即也拒絕了！雖說兩人拒絕的時候都說得委婉，可是現下有這麼多人看著，她這張老臉往哪兒擱啊？吳氏便有些不高興。

在座眾人也都提不起什麼興來，於是一頓飯不過匆匆地吃完，隨即坐沒一會兒，吳氏等人便與蘇慧娘告辭下了山，或是坐轎子，或是坐馬車回去了。

一路上，簡妍依然沒有什麼表情，恍似方才她壓根兒就不是眾人的焦點之一。徐妙寧和徐妙錦在一旁見了，只心中納罕，可到底也是不敢問什麼。

等徐妙錦回到自己的凝翠軒，便見著先行下山的徐仲宣手裡拿著一卷書，正躺靠在她書房的圈椅上。

只是，他雖然手裡拿了書，卻只將手腕擱在扶手上，並沒有在看；另一隻胳膊則支在另一側的扶手上，正伸了手扶著額頭，閉著眼，一雙長眉微微地皺著。

聽到腳步聲，徐仲宣一雙長眉十分不耐地又皺緊了些，雙目沒有睜開，語氣冰冷地直接喝道：「滾出去！」

想來他以為這是哪個小丫鬟進來打擾他吧？徐妙錦被他這聲冷喝給怔了一會兒，片刻後才輕聲地說了一句。「大哥，是我。」

徐仲宣這才睜開雙眼，抬起頭望過去。一見是徐妙錦，他面上的冷色和緩了一些，不過神情之間依然有些疲憊，有些敷衍地說著。「喔，妳回來了。」

徐妙錦冰雪聰明，先前就已看出來簡妍和徐仲宣兩人之間定然是有了爭執，所以徐仲宣才會一氣之下先行下山回來，這會兒又心情不好地躲在這裡；簡妍那邊雖然將所有的事都壓在了心裡，並沒有說些什麼，可看著也與平日有些不大一樣。

徐妙錦想了想，終究還是小心翼翼地問了一句。「大哥，你和妍姊姊之間究竟發生了什麼事？」

「沒什麼事。」徐仲宣坐直了身子，將手裡拿著的書卷扔到面前的書案上，淡淡地說著。「大人之間的事，小孩子不要亂打聽。」

「喔。」徐妙錦同樣淡淡地回答了一聲，頓了頓之後，她又用同樣淡淡的語氣道：「那有一件事，我這個做小孩子的要不要告訴你這個大人呢？」

「什麼事？」徐仲宣問得簡單扼要。

徐妙錦同樣也回答得簡潔明瞭。「方才在席間，祖母拉著二哥的手，說是要給他和妍姊姊作媒呢！」

徐仲宣猛然抬頭，冷凝著一張臉，眸光完全黯了下去，語帶冷厲地問：「什麼意思？」

徐妙錦被他這冰冷而凌厲的模樣給嚇得心跳漏了一拍，不禁往後退了兩步。

第四十七章 暗下決心

徐妙錦竭力斂下心裡的恐懼，反而刻意對他點點頭，又道：「我見二哥恍似還歡喜得很呢，一張臉都紅了，也不知道是激動的還是——」一語未了，卻見徐仲宣已雙手撐著書案站了起來。

徐仲宣冷聲道：「說重點！這門親事最後可成了？」

徐妙錦原本還有心想再逗一逗他，可到底還是被他身上這忽然就外放的冰冷凌厲氣勢給嚇得心中有點發怵。見他雖然口中沒說，但也是真的急了，撐在書案上的兩隻手都蜷了起來，白皙的手背上幾條淡青色的青筋高高地鼓起。

她心中長長地嘆了一口氣，便道：「沒有成。簡太太和三嬸都沒有答應。」

雖然徐妙錦如此說了，但徐仲宣一顆緊緊提著的心並沒有完全放下來，提著的一口氣也完完整整地憋在他的胸中，只堵得他整個人都說不出來的難受。

原來在他離開的這麼一小會兒竟已發生了這樣的事？多虧是沒有成，不然……

大起大落之間，他忽然就有些脫力的感覺。

他無力地跌坐回圈椅，兩條胳膊竟微微地顫著，胸腔裡的一顆心更是顫得厲害，有一種失而復得之後說不出口的慶幸及酸澀。

頓了頓之後，他又沈聲地問徐妙錦。「到底是怎麼一回事？從頭至尾，一個字都不漏地對我說一遍。」身居高位久了，平日裡若不是他刻意收斂，那威嚴逼迫的氣勢總是會不自覺就流露出來。

徐妙錦被他這散發出來的上位者氣勢給逼得有些透不過氣，深呼吸兩口之後，她才慢慢將席面上發生的事都細細地說了。

徐仲宣沈默片刻之後，首先問出來的第一個問題是——

「她當時對這事是什麼反應？」

雖然他沒有指名道姓地說這個「她」是誰，但徐妙錦自然是知道的。

她細細地回想了一會兒，然後搖搖頭，有些疑惑地說：「妍姊姊好像……好像從頭至尾都沒有什麼反應，很是平靜，好似祖母撮合的壓根兒就不是她和二哥一般。」

徐仲宣略略地放下些心來。

既然她沒什麼反應，自然就是說她對徐仲景是無意的，而且，估計她心中一早就知道簡太太是不會答應這門親事的。

徐仲宣隨即皺了皺眉。她為何如此篤定簡太太不會答應這門親事？畢竟認真說起來，和徐仲景的這門親事其實還是簡家高攀了才是，可簡太太竟然用那樣兩個蹩腳的理由拒絕了。所以，簡太太到底在想什麼？待價而沽嗎？可簡妍是她的女兒，並非是什麼物品啊……

電光石火間，他忽然想到了一件事。

面上看起來，簡妍的穿戴從來都是精美至極，若是這樣一瞧，簡太太應當很疼愛簡妍才是，可唯獨在飲食這一項上，簡太太確實對簡妍極為苛刻，甚至簡妍的飲食都比不上她身邊兩個丫鬟。

對此，簡太太對外說的理由是簡妍脾胃弱，大夫曾一再囑咐，讓她只能吃些清淡的飯菜，且還不能吃多，可據他讓齊桑查探來的消息，簡妍自己倒是會拿了銀子，遣了白薇去小廚房裡賄賂夏嬤嬤，就為了不時拿一些糕點回去。而前段時間他幾次與簡妍一起用飯的時候，她可是什麼葷菜都吃，一點兒都不忌口，事後她的身子也沒有什麼問題，由此可見，簡太太說的那番理由完全就是扯謊。

再聯想到簡妍甚是多才多藝，琴棋書畫無一不會，無一不精，徐仲宣的一顆心就慢慢地揪了起來，只覺得酸澀、生疼得厲害。

他知道揚州富庶，有那一等人會買了貧苦家庭中面貌姣好的童女回來調習，教會她們各樣才藝，但為了保持她們的體態輕盈，每頓都不會給她們吃飽，只是餓著，待她們長成了，那上等資質的便會被賣給官宦富商為妾。

簡太太這分明就是將簡妍當作瘦馬來養啊！

她簡家原就是富商，自是瞧不上那等富商的，想來她還是想將簡妍送給官宦為妾，這應當就是簡太太為什麼今日會拒絕徐仲景這門親事的緣故。

徐仲景現下並無官職在身，簡太太想來是瞧不上他的。

而簡妍那時之所以面色會如此平靜，想來是她也知道簡太太瞧不上徐仲景的緣故。也就是說，她其實一早就已經知道簡太太是將她當作瘦馬來養，好預備往後送給官宦為妾，所以她才會那般決絕地對他說，她寧死不為妾。

她到底是什麼時候開始知道這事的？而知道了這事之後，這些年她到底是如何過來的？她性子是如此執拗剛強，這些年豈不是日日夜夜都是煎熬？她的面上看著從來都是那樣平靜淡然，卻會在那樣夜深無人之時，躲在池塘旁邊悄悄地哭泣。

可即便是哭，也只是拚命壓抑著，生怕被別人知道……

徐妙錦原本還在一旁忐忑不安地望著冷凝著一張臉沈思的徐仲宣，心中七上八下的，猜不到他現下到底是想到了什麼事，面色竟是如此駭人。可後來她猛然就見他上半身往前撲伏在書案上，且右手還按在左胸的心口處，面上一片痛楚。

徐妙錦嚇了一大跳，忙兩步趕上前去，伸手拽住他的胳膊，問道：「大哥，你怎麼了？」

徐仲宣對她搖搖手，努力地平復自己的心情，只是心中酸澀痛楚的感覺依然如影隨形，是如何也驅散不了。

「去叫齊桑進來。」他啞聲吩咐著徐妙錦。

徐妙錦聞言，忙走出書房，喊著青竹，讓她去將在院外伺候著的齊桑叫進來。

齊桑很快就來了，而徐仲宣此時已端坐在圈椅中，除卻面色較往日有些陰沈之外，其他的並無異常。

齊桑進了書房，對徐仲宣行了半跪禮。

「起來。」

齊桑忙起身，垂手站在一旁，靜聽著徐仲宣說話。

徐仲宣聲音清淡。「現下你親自跑一趟，去五太太那裡替我傳句話，就說讓她轉告簡太太，我心中甚喜簡妍，有意想留簡妍在身邊，只是簡妍年紀還小，我近期又有事要去山東一趟，讓簡太太這段時間內暫且照顧好簡妍，不要減了簡妍的飲食。」

待聽清楚後，齊桑忙退下去，至紀氏那裡傳話去了。

徐妙錦此時卻是驚疑不定，訝然地問著。「大哥，你這般做，豈非……豈非向五嬸和簡太太都言明了妍姊姊是你看中的人？」

徐仲宣不答，只是垂下頭，伸手將左手腕上戴著的迦南手串摘下來，用右手拿了，然後大拇指慢慢地、一粒一粒地撥弄著那十八顆打磨得圓潤的珠子。

他心想，簡太太瞧不上徐仲景，但他這個朝廷的三品大員，料想她應當還是瞧得上的。既如此，他說的話她自然就會聽，並且會照著去做，這樣就算他不在徐宅的這段日子，簡太太也決然不敢再苛刻她的飲食。

不論是妻是妾，這輩子他都會將簡妍納入他的羽翼之中，絕不會再讓她受半點苦。

簡妍現下心中極納悶，因她發現今日珍珠給她拿過來的午飯竟較往日豐盛了不少。水晶蹄膀、火腿煨肉、牛乳煨雞、醉魚湯，並著一大碗熱騰騰的荷香飯。

簡太太這是要做什麼？

簡妍望著面前擺放在炕桌上的飯菜，舉著手裡的筷子，竟是不敢去吃。

珍珠已動手將竹雕大漆描金食盒一層層都收了起來，一邊又垂手恭敬地說：「太太讓奴婢告知姑娘，這些飯菜您先吃著，若還有什麼想吃的，您儘管說，太太自然是無一不允的。」

簡妍心裡就想著，珍珠這樣一說，她就越發不敢吃了。

怎麼有一種好吃好喝地餵著一頭豬，讓牠快快地長膘，然後好殺了過年的感覺？怎麼，簡太太這是嫌她長得慢了？養了這麼些時候都還沒到出欄的標準嗎？

只是，簡妍也不好自己開口問什麼，便對著站在旁側的白薇使了個眼色。

白薇剛剛見珍珠從食盒裡拿了這幾樣飯菜出來，也是一怔，心中滿是納罕。這會兒見簡妍對她使眼色，心中自然是明白的，便轉身拉了珍珠的手，笑道：「昨兒個我得了一碟子玉皇李子，最是肉厚汁多的，捨不得吃，還放在那裡沒動呢！可巧現下妳來了，可不是有口福的？來、來，快隨我到我屋裡去吃上幾個！」珍珠還待推辭，白薇已吩咐四月。「我記著前些日子姑娘賞了我們一罐子好茶葉，妳還不快去煮水來，泡給妳珍珠姊姊喝？」

四月清脆地答應了一聲，忙忙地掀開簾子去了。

這邊白薇也是死活拉著珍珠到了自己的屋裡去。

等她們都走了之後，簡妍垂頭望著這一炕桌的好菜，想了半日，依然還是不敢吃，只將手裡的筷子放下，反倒自一旁的攢盒裡拿了兩塊核桃糕慢慢地吃起來，等著白薇。

一頓飯的工夫之後，白薇回來了。

簡妍手裡的兩塊核桃糕已經吃得只剩小半塊，見白薇掀了竹簾子進來，她忙放下手裡的核桃糕，問著：「怎麼樣？可是套出了珍珠的話來？」

白薇搖搖頭。「並沒有套出什麼有用的話來。珍珠只說，昨日下午姨太太去了太太那裡，兩個人關著門說了好一會兒的話，隨後太太便吩咐下來，只說讓拿銀子給小廚房裡的夏嬤嬤，讓她每日都給您做些好吃的送過來。」

紀氏？簡妍伸手拿了那剩下的小半塊核桃糕，一面慢慢地吃著，腦子裡一面飛快地想著這事。

這些日子她每日的飲食寡淡至極，紀氏也並非不知道，但說起來畢竟只是個姨母，總是隔著一層，便是真的看出什麼來，真心心疼她，那也應當是一早就替她和簡太太說情了，何至於等到現下才來說？且簡太太既然一心想餓著她，以保持她的體態輕盈纖弱，只怕便是紀氏再如何說情，簡太太也是不會答應的，怎麼現下紀氏一說，倒是立刻就答應了呢？

簡妍心中其實知道，簡太太是個執拗的性子，自己認定了的事，旁人再如何說都是不會聽的，沒地現下紀氏說的話有個聽進去的時候，除非……

她心中忽然一沈。

除非，這話並非是紀氏所說，紀氏只是受人之託，來對簡太太說這事罷了。

而這般關心自己每日飯菜寡淡與否，甚至說了這樣的話之後，簡太太馬上就會聽從的人，她想來想去，就只有一個人。

徐仲宣這到底是要做什麼？而他又對簡太太說了什麼樣的話？

第四十八章 鴻雁傳書

簡妍想了兩日，原本想趁徐仲宣下一次休沐回來的日子找到他，直接明明白白地問一問他，到底對簡太太說了什麼？

直覺來說，能讓簡太太如此立時就執行的話，定然是與她的婚事有關。

或許，徐仲宣已經向簡太太提了要納她為妾的事，只不過因自己那日決絕的態度，所以不敢將這話讓她先行知道？

只是等到了徐仲宣休沐的日子，她卻被徐妙錦告知，說徐仲宣早先兩日就已經出發前往山東主持山東的鄉試去了。

簡妍知道鄉試是每三年一次，考試一共分三場，分別於八月九日、十二日和十五日進行。考生考完試之後，考官自然也要審閱各位考生的答卷，那等大一些的省分便要於九月十五日之前發榜，中等的省分要九月十日之前發榜，小一些的則要在九月五日之前發榜。山東省怎麼說也是個大省，自然要到九月十五左右才會發榜了，再加上這年頭交通不發達，從山東到京城，路上怎麼著也要費一些時日。換言之，在十月之前，她是別想見到徐仲宣了。

簡妍聽到這則消息之後，心中真真是五味雜陳。

她一方面想著，這些日子徐仲宣都不在，她終於不用費盡心思地想著怎麼躲避他，完全可以輕輕鬆鬆地過完這四個多月；可另一方面，她心中也有著淡淡的失落，竟是要四個多月都見不到他嗎？

這些日子她手中也攢了一些銀錢，便是逃離出去，到了外地異鄉也不至於過不了日子，她正想著要尋了時機逃離簡太太的掌控，不定在這四個月之中就能逃出去呢！而逃出去之後，她又豈會再回來？那也就是說，她和徐仲宣這輩子再也見不了面了？

想到這裡，簡妍就一路心情低落地回到自己的屋子，且回去之後也只是悶悶地坐在炕上，望著窗外的芭蕉和院角的那株紫薇花出神。

四月還不曉得發生了什麼事，正興沖沖地拿了紙筆想進來請簡妍教她寫字，卻被站在碧紗櫥外的白薇劈手給拉住了，對她搖了搖手，示意她先別進去。

原來這些日子簡妍因見白薇和四月都不識字，而兩人又都有想識字的意思，於是閒來無事的時候就教她二人識些字，還教她二人一些簡單的算術。四月大為感興趣，鎮日都在鑽研這事。

這會兒見白薇拉著她不讓她進去，四月望了望面前碧紗櫥上吊著的竹簾，低聲問道：「姑娘這是怎麼了？」

白薇也沒有對她言明，只含含糊糊地說：「姑娘心情不好著呢，咱們先別過去煩她，讓她一個人坐一會兒，不定等會兒就好了。」

剛剛白薇隨簡妍一起去了凝翠軒，當徐妙錦說徐仲宣去了山東主持鄉試，近期都不會回來的時候，她立時就抬眼望著簡妍，果真見簡妍面上的神情瞬間就黯淡了下去。

白薇在心中暗嘆一口氣，只想著，姑娘雖說自己心裡跟明鏡似的，知道自己與大公子在一起未必會有什麼好結果，可情之一字，到底不是說斷就能斷的。她嘆了一口氣，拉了四月的手，道：「走吧，咱們還是先回房吧，待會兒再過來看姑娘也是一樣的。」

四月懵懵懂懂地點頭，轉身隨著白薇就要回房。她雖然不曉得到底發生了什麼事，可白薇嘆的這口氣她還是聽到了。

只是兩人還沒走到自己的屋裡，忽然就聽簡妍叫著她們。

白薇聽了，忙轉身，兩三步地趕了過去，伸手揭開竹簾，問道：「姑娘有什麼吩咐？」

四月隨即也忙揭開竹簾跟了進去。

原來是簡妍想要繡東西，便叫著白薇和四月進來幫忙。

白薇偷眼見簡妍手中拿著的是一幅荷葉錦鯉圖。這幅圖她倒也是識得的，還是前些日子在涼亭裡賞荷花的時候，因三姑娘的一句玩笑話，說是讓大公子畫一幅荷花圖，然後交由簡妍繡出來。那日夜間，大公子就遣了青竹送了這幅荷葉錦鯉圖來，只是簡妍一直將這幅圖放在書架上，壓根兒就沒有要繡的意思，怎麼今日卻說要繡了？

白薇也不敢多問，只是問著這幅圖要繡來做什麼呢？

簡妍想了想，而後便說：「便繡了來做個屏風吧。」

白薇心中便有了數，隨即讓四月找了大一些的繡繃來，兩個人立時便忙活開了。

簡妍自己也從箱子裡尋了一塊上好的素絹出來，交由白薇和四月在繡繃上固定繃緊了。

自那日之後，簡妍沒事的時候就會坐在屋子裡，垂頭繡著那幅荷葉錦鯉圖。

白薇和四月都很擔心她，不時就會勸說她別繡了，出去走走，散散心也是好的，不然整日這樣垂頭刺繡，對眼睛不好。

簡妍卻也只是笑笑，並沒有說什麼。

這樣的一座屏風，想來也是要繡一段時日的，趕早繡了出來，若是她這些日子能脫離簡太太的掌控，離開這裡，好歹也能留點什麼東西給徐仲宣做個念想。

在這些忙忙碌碌中，簡妍的生日也到來了。

說起來倒也是巧得很，上輩子簡妍是七月二十日生的，這輩子的生日倒也是在這一日。

以往這日子，簡太太並不怎麼理會，只當自己不知道，只是今年，她倒是吩咐廚房給她做了一碗荷包麵，讓珍珠給她送過來。

簡妍接了過來，安心地吃著。

這些日子簡太太每日都是好吃好喝地款待著她，她也沒有推拒，但凡只要是珍珠拿過來的飯菜，她都是照吃不誤，可心裡到底是跟扎了根刺似的，很不舒服。

以前是餓著她，整頓給她吃些寡淡的飯食，還不給吃飽；如今雖然是鎮日的魚肉給她補著，可她始終還是覺得自己沒有任何尊嚴可談。

其實，她心中對徐仲宣也是頗有微詞。

這算什麼呢？他這是真的關心她，所以才去跟簡太太求情？還是只當她是個禁臠般的存在，所以他便明確地告知簡太太，她是他徐仲宣定下的人，縱然他現下人不在這徐宅裡，可也不能讓人怠慢了她？

傍晚時，青竹過來了，雙手珍而重之地奉上一只錦盒，說是大公子託人從山東帶過來，特地囑咐要親手交到她手上。

簡妍垂眼望著那只盒子，心中說不出來是什麼，有慌亂、有不安，可也有著期盼。她深深地吸了一口氣，顫著雙手打開錦盒。

裡面放著一支白玉簪子。

上好的羊脂白玉，溫潤無瑕，簪頭那裡雕成了桃花的式樣，恍惚中似可看到三月枝頭桃花嬌妍開放。

簡妍的雙手越發顫得厲害。

青竹這時又遞了一封信過來，說也是大公子囑咐的，讓務必交到她的手上。

簡妍心中顫了顫，目光只在那封信上梭巡，發現自己竟然不敢伸手去接這封信。片刻之後，她還是緊緊地抿著唇，伸手自青竹的手中將這封信接過來。

青竹這時已開口告退，白薇很有眼色地拉了四月一起出去送她。

雖然她們三人都出了屋子，簡妍也沒有立時就打開這封信。

她只是垂著頭，望著信封上寫的那一筆飄逸流動的行草。

徐仲宣在人前從來都是寫的一手方正勻整的臺閣體，私底下卻是寫著這樣一手放縱灑落的行草。先時她也不知，可是後來在一起相處得久了，她又是個心細謹慎的性子，有些事自然就會慢慢察覺到。

所以這封私底下的信裡到底是寫著什麼呢？

簡妍深深地吸了一口氣，顫著雙手將信紙從信封裡取出來，慢慢在眼前展開。

然後，她就傻眼了。

饒是簡妍自覺一開始就已經做好足夠的心理準備，可當她將信紙展開，看到上面並沒有一個字，甚至連一個墨點都沒有，只有一張空空白白、比初雪還白的紙時，她還是傻了足足有好一會兒。

隨後她便輕笑一聲，將手中的信封和信紙擱到了手邊的炕桌上。

徐仲宣這是什麼意思呢？一面交代青竹務必將這封信親手交到她的手中，一面信紙上卻是一個字都沒有。

他是想表示他對她無話可說嗎？還是壓根兒就不知道該和她說些什麼？還是，這是他徐仲宣式的一種撩妹手段？

畢竟若是往深裡說起來，一張空白信紙裡涵蓋的內容可是比寫滿字的多得多了。

寫滿字的信紙，內容如何，一覽無遺，過後也不會去多想什麼，可如果只是一張空白的信紙，收信的人心中總歸會想著對方到底是想對她說什麼？於是接下來便會一直腦補，往裡面填著自己所有能想像出來的、各種各樣的內容，而情緒也會隨著自己所填的內容，變得時而快樂，時而憂傷。只怕是腦補到後來，那個人還沒回來，她都已經愛上那個人了。

所以，簡妍當機立斷就將這張空白的信紙疊好，重新塞回信封裡，將它束之高閣，同時告誡自己，絕對不要再去想這件事。

雖然後來簡妍偶爾靜下來時，還是忍不住會想徐仲宣到底想對她說什麼？可每當這時，她就會和白薇或四月閒聊，或是出去走一走，或是找事來給自己做，絕對不讓自己閒著，這才將這心思給混了過去。

而十日之後，徐仲宣給她的信又一次來了。

這次卻不是空白的一張信紙，而是兩頁寫滿字的。

按照簡妍的說法，徐仲宣寫給她的這封信，其實有點類似於遊記，無非是說著山東那裡的風土人情，說近期他在那裡遇到了什麼好玩的事？吃到了什麼當地的小吃美食？甚至還對她說，他有一次吃到了一道白玉羹，味極鮮美，他便特地請教那位廚師這白玉羹的燒法。且他說他已用心記了下來，打算回來之後讓夏嬤嬤依著這做法，原樣燒出來，讓簡妍也嚐一嚐。

再十日之後，又是一封信到，同樣說著他這幾日在山東做了些什麼？吃了些什麼美食？

哪一道菜他覺得好，也去請教廚師，將方法記了下來，回來讓夏嬤嬤原樣燒出來給簡妍也嚐嚐。

簡妍不由得在心裡起疑。她在徐仲宣的心中到底是個什麼樣的存在呢？怎麼從相識開始，他就這麼熱衷於投餵她？

自此之後，一直到九月底，每隔十日準時有一封從山東來的信送到簡妍的手裡。

只不過，徐仲宣雖然寫了許多的信過來，簡妍卻是一封都沒有回過，但每一封信她都仔仔細細地看過，然後仔仔細細地摺疊好，放到了一只香樟木的盒子裡。

她想，等她老得走不動的時候，芭蕉夜雨，梧桐葉落時，拿了這盒子出來，逐字逐句地看著這些信，心裡總歸還是會很溫暖的吧？

畢竟在這個時代，在她日日為著未來擔憂惶恐的時候，還是有一個人曾經這樣關心過她，關心她日日吃些什麼？有沒有餓著肚子？便是他自己出去吃了什麼美食，也還會在心中惦記著她，願意寫信來和她分享，甚至還特地去請教廚師燒製的方法，想著回來要原樣燒給她吃，讓她也嚐一嚐他曾經吃過的那些美食……

第四十九章 闊別重逢

轉眼已是暮秋初冬之時，西風颯颯，草木黃落。

京城的綺紅閣裡，沈綽正散漫地斜坐在圈椅中，雙臂隨意地分搭在兩邊扶手上，嘴角噙著一絲笑意，歪著頭觀看面前美人的輕歌曼舞。

美人名叫綠珠，是綺紅閣的頭牌。

綠珠生得清麗脫俗，琴棋書畫皆會不說，且還體態瘦削輕盈，腰肢柔軟，盈盈能做掌上舞。因這緣故，老鴇便將她待價而沽，所以這綠珠雖已年過十六，依然還是個清倌，並沒有被人梳弄過。

沈綽於一次請人吃飯的時候無意中遇到綠珠，自此過後，他偶爾閒暇時就會來這綺紅閣一次，花費重金，點名就要綠珠，但也不過是看她歌舞幾曲，再是有一搭、沒一搭地同她說些閒話，喝上幾杯酒罷了。

他很欣賞綠珠跳的舞，翩若驚鴻，婉若遊龍，甚是飄逸輕盈。

而綠珠見沈綽出手闊綽，是京城中人人皆知的沈家當家人，又生得外表俊俏，人物風流，心中其實甚是有意於他。於是每次但凡沈綽來了，必使盡渾身解數，欲讓沈綽傾心於她。

誰願意一輩子在這紅粉場中浮沈?與其老大嫁作商人婦，為什麼不現下趁著自己還是清白之身時便依仗一個人呢?更何況，對方還生得這般相貌俊雅、身家豪富。

今日綠珠身上穿的是一套大紅色的襦裙，胸前用金線繡了一朵國色天香的牡丹。縱然已是暮秋初冬之時，她也只是在這襦裙外披了一層薄紗罷了，越發顯出那玲瓏有致的雪脯來。

一曲舞罷，美人香汗淋漓，嬌喘細細。但當她轉身抬眼望著沈綽的時候，卻發現他雖然目視著她這邊，但很顯然的，心卻不在這裡。

他在走神。

縱然方才他眼中有她的這一舞，但她的身影卻沒能落入他的心中去。

綠珠心中微沈，但她還是瞬間就斂去面上的不快，轉而笑盈盈地倒了一杯酒，雙手擎著，高高地舉到沈綽的面前去。

「公子，」她顏如舜華，唇角一抹盈盈淺笑。「請滿飲此杯。」

沈綽回過神來，細長的鳳眼瞥了她一下，唇角勾起一道弧度，伸手自她手中接過這只酒杯，隨即微微仰頭，一飲而盡。

綠珠趕忙又拿起桌上的酒，重新在他的杯中續滿，嬌笑著說道：「好事成雙，公子再飲了此杯。」

沈綽也沒有推辭，依然又是端起酒杯，一飲而盡。

綠珠欲待再續杯，可沈綽已伸手蓋住。

他的手長得甚為好看，優雅白皙，白玉雕成的一般。

「綠珠，」沈綽望著她，面上是似醉非醉的笑。「夠了。」

綠珠微微一怔。

沈綽的酒量極大，以往在她這裡的時候，至少都要飲夠一壺酒的，可今日才喝了兩杯而已，他竟是就不再喝了。

他今日如此一反常態，綠珠心中的慌亂一時就越發深了，但她面上並沒有表現出分毫來，只是放下手裡的酒壺，繼續撒嬌賣癡地笑道：「那公子，綠珠撫琴給你聽，你想聽什麼曲子呢？」

沈綽卻自圈椅中站起來，伸手抖了抖自己絳紫色的湖綢衣襬，笑道：「還是改日再來聽吧。」

言下之意也就是拒絕了。

但綠珠卻覺得，沈綽口中說的改日，那是不會再有了。

自沈綽來她這裡的時候，她心中知道他多數只是敷衍，可那至少也是會笑著和她說話、聽她撫琴、看她跳舞，可是今日，他面上的笑看著也都是虛的，他人雖是坐在這裡看著她，可一顆心早就不曉得飛到哪裡去了。

綠珠心中很是苦澀。

她縱然是因沈綽的豪富身家而刻意想與他接近，欲待抱緊他這棵大樹，從這紅粉場中脫身，可她對沈綽也是付出幾分真心的。

這些年中，她接待過的達官貴人無數，比沈綽有權有勢的也不是沒有，只是沈綽卻是他們當中生得最好的，言語也詼諧，又會討女孩子歡心，她如何會不傾心於他？

只是現下這會兒……綠珠心中苦笑一聲，想著，看他這模樣，似乎是對她厭煩了啊！

「公子，」綠珠輕移蓮步，站在沈綽的面前，伸手去拂他微有皺褶的衣領，面上依然是盈盈淺笑，口中卻是打趣著。「公子這是看中了哪家秦樓楚館裡的女子，倒捨得將奴一個人丟在這裡冷清清的？」

依著女子的直覺，她覺得沈綽心中是對哪位姑娘上了心，所以今日在她這裡一整日才會如此心不在焉。

只是她話語剛落，伸出的那隻手就被人大力地握住了。她纖細素白的指尖尚且都還沒有觸碰到沈綽的衣領，就被他伸手緊緊地握住了手腕。

她心中先是一驚，過後又是一喜，只以為沈綽這是捨不得她，於是忙眉眼之間蘊了柔柔的笑意，抬頭望了過去。

而只這一眼，她面上的笑意就僵在了那裡。

沈綽生了一雙仰月唇，縱然是不笑的時候，唇角兩端也是往上翹著的，再加上他眉眼輕挑的模樣，任何時候看著，他面上似是都有笑意一般。可是這會兒，綠珠卻見他一張臉都陰沈下來，眉目冷清，看著就顯得極其冷淡及絕情。

「綠珠，」沈綽將她的手甩開，冷冷淡淡地說：「妳忘了自己的身分了。」

這個人對人好起來的時候，但凡只要她流露出任何一點不高興出來，他都會軟語溫存，恨不能將天上的月亮都摘下來給她把玩，真真是能把她的一顆心都給寵化了；可是當他無情起來的時候，話如尖刀，專往她心窩上最柔軟的地方戳。

「綠珠並不敢忘記自己的身分。」綠珠心思急轉，一雙星眸中忙蓄了一汪淚水，面上作了哀戚之色，看起來分外教人憐惜。「綠珠錯了，綠珠不該吃那位姑娘的醋。」

沈綽輕笑一聲，卻也只是冷淡地說著。「她和妳不一樣，不要將她和妳放在一起比較。」

綠珠被他這句話給說得面上立時灰敗一片，眼中原本只是裝樣子的淚水頓時就真的紛紛落了下來。

「公子，」一見沈綽轉身要走，綠珠再也忍不住，連忙兩步衝了過去，伸出雙臂環住他的腰，哭道：「綠珠不求名分，只願能日日在公子身邊侍奉就心滿意足了。」

但沈綽卻很不耐地扳開了她的雙臂，也沒有轉身，只是背對著她，極其殘酷地道：「妳是綠珠，我卻不是石崇。我來妳這裡尋歡作樂，是付了銀子的。怎麼，妳見著我手裡有大把散漫的銀子，人又生得俊俏，慣會軟語溫存，哄妳開心，妳就存了這樣的心思？大家只不過都是逢場作戲罷了，若是妳真的認真了，那反而就沒什麼意思了。」說罷，不再理會她，伸手拉開兩扇合起來的門，徑直地走了。

出了這綺紅閣的大門之後，沈綽背著雙手，只在街上慢慢地走著。

暮秋初冬的風，颳在身上雖然不是刺骨的寒冷，但依然還是有幾分微微的寒意。

沈綽想著，這些日子他為何總是會想起簡妍？甚至剛剛當綠珠言語之間問著他心中的姑娘是哪家秦樓楚館的姑娘時，他忽然覺得怒不可遏。

那樣性子執拗倔強的姑娘，怎麼可能如同綠珠一樣的存在？她就該是驕縱的性子，被人讓著、哄著，讓她能發自內心的展顏一笑；又或者是閒來無事的時候逗逗她，看著她跺腳、板臉生氣的嬌俏模樣，然後氣極了的時候，伸了她自認尖銳的爪子就來撓他。

想到這裡，沈綽不由得抬手摸了摸自己的右臉頰。

那日在玉皇廟裡被簡妍一蒲團砸在臉上，雖然他這右臉頰立時就被劃了一道長長的口子出來，且還流了血，看著甚是駭人，但隨後請醫用藥，也不過十來日的工夫就好了，連疤都沒有留一個。

只是就算如此，現下他伸手摸著自己右臉頰時，眼前依然恍惚可見簡妍當時氣極的模樣，以及那時候她真誠地對他道歉，說著她要對這件事負責，醫藥費由她來出之類的話。

沈綽想到這裡，不由得就笑了。

倒是有好些日子沒有見到簡妍了啊！只是她身處徐宅，並不輕易出門，便是想見她也實在是不易啊！

他想了想，隨即便停住腳步，轉過身來。

沈進正跟在他身後三步遠的地方，一見沈綽停下來，轉身望著他，他立即往前緊走了兩步，垂手恭敬地問著。「公子有何吩咐？」

沈綽吩咐道：「你現下立時就回去，遣個伶俐的小廝，即刻動身去徐宅門口蹲守著，探聽一下徐家那位叫做簡妍的表姑娘何時會出門，而後速來報我。」

沈進答應了，轉身自去辦這事。

兩日後，那小廝就來回報，說是他已探聽得知，周元正周大人的姪女周盈盈下了帖子，邀請那位簡姑娘明日至京城裡的夢墨齋裡看字畫，那簡姑娘已是應了，明日上午就會過來京城這邊。

沈綽伸手輕叩著桌面，心想她這交友手段也是夠厲害的啊，竟連周元正的姪女都結交上了。只是有這周盈盈在，明日他倒也不便去夢墨齋裡守候，只得暫且跟著她們，隨後等簡妍一個人的時候，他尋了個什麼適當時機再去見她才好。

簡妍也沒想到周盈盈這麼快就會下帖子請她去看書畫。

自然，周盈盈的帖子下到了徐宅，簡太太必然就知道了這事，而當她知道周盈盈是當朝首輔的姪女之後，便喜得笑逐顏開。

她再想不到簡妍竟是如此有手段，連當朝首輔的姪女都能結交得上，所以簡妍尚且還沒說自己到底要不要去赴周盈盈的這個約，簡太太已催促她一定要答應了。隨後她又去同紀氏說了這事，說是明兒煩勞徐家派一輛馬車和兩個小廝，護送簡妍去京城裡的夢墨齋。

於是接了帖子的次日，簡妍便好生地打扮了一番，然後帶著白薇，乘著馬車，前來京城與周盈盈在夢墨齋裡看了一下午，也說了一下午的字畫後，兩個人約定好過些日子再一起出來看字畫，然後便分手各自回家。

簡妍此時想起用來繡那幅荷葉錦鯉圖的幾樣絲線已經用完了，便帶了白薇去了一處絲線鋪子，想著要買一些回去。

她正在絲線鋪子裡挑揀絲線的時候，眼角餘光見到有一道頎長的人影走過來。

這人俊眼修眉，形貌昳麗，雖怒時而若笑，即嗔時而有情，正是沈綽無疑。

簡妍微微地沈下臉來，心裡只想著，這沈綽怎麼來了？

絲線鋪子裡的夥計一見沈綽，便恭敬地迎上前。

原來，此處鋪子竟是沈綽名下的產業。

沈綽低聲吩咐小夥計遣走屋裡其他正在買絲線的客人，又將鋪子的門關起來，不放其他閒雜人等進來，隨後他微微地勾起唇，對著簡妍一笑。

「簡姑娘，」他笑道：「可不是巧得很？今兒個我正好閒著，便想著要來這處絲線鋪子看看，不想妳卻也在這裡，這可不就是人們常說的有緣千里來相會嗎？」

簡妍直覺他在扯謊，但面上也不好說什麼，只能皺著眉頭，緊緊地抿著唇，沒有說話，同時目光快速地望著這絲線鋪子裡的各處，心裡想著脫身之法。鋪子一側角落裡擺著兩張圈椅，中間一張小小的几案，几案上面放著果盒，以及一盆天目松盆景。

沈綽對於簡妍的這份鎮定倒是真心有幾分佩服。一般閨閣女子遇到這樣的情形，只怕早就嚇得尖叫，求著他放她出去了，可簡妍卻能如此淡定地站在那裡，除卻皺眉抿緊唇，面上竟然一點慌亂的神色都沒有。

沈綽覺得他越發對簡妍感興趣起來，於是他緩步上前走到圈椅旁，對簡妍伸手做了一個「請」的手勢，笑道：「簡姑娘請坐。」頓了頓，又安撫似的笑著說了一句。「簡姑娘請放心，沈某也不是什麼下流之人，絕不會對妳做出什麼下流的事來，之所以讓小夥計遣走客人、關了門，也不過是想和妳清清靜靜地說幾句話罷了。」

簡妍望了他一眼，依然沒有說話，不過到底還是在圈椅中坐了下來。

現下這裡都是沈綽的人，形勢於她不利，驚慌無用，也唯有走一步看一步了。

沈綽隨後也坐到了圈椅中。

立時又有小夥計用填漆茶盤奉了兩盅茶過來。

簡妍伸手端起了几案上的茶盅，揭開茶蓋，不疾不徐地撇著水面上的茶葉沫子，垂著頭，慢慢地喝著。

她想的是，敵不動，我不動。她今日倒要看看沈綽到底是要怎樣？

而沈綽這邊，這時看到的唯有簡妍那低垂的眉眼，以及垂下頭時露出來的那一截白皙滑膩的脖子，他忽然很想伸手去摸一摸她露出來的那截脖子。

簡妍這時已放下了茶盅，抬眼望向他。

沈綽忙收回自己的目光，輕咳了一聲，掩飾自己的失態，隨即便又如往常一般，露出了讓簡妍看來很欠揍的笑容，說：「沈某今日來，是想向簡姑娘討要醫藥費的。」隨後伸手，笑著指了指自己的右臉頰。

簡妍會意，隨即也挑了眉，笑道：「一百兩，夠不夠？」

「……」怎麼感覺他這是被簡妍給調戲了呢？

門外，有一頂兩人轎子正經過，裡面坐著的是散值準備回家的徐仲宣，此時他正坐在裡面閉目養神，而轎子外面，他的隨從齊桑則坐在馬上，緊緊地跟隨在轎側。

齊桑的目光瞟到絲線鋪子門口站著的那兩個小廝後，忽然傾身低聲向轎子裡面說：「公子，這絲線鋪子門口站著的那兩個小廝好像是咱們家的，莫不成是咱們家有什麼人在這鋪子裡面？」

「去問問。」徐仲宣並沒有睜開眼，只是淡淡地吩咐著。

齊桑喝住了轎夫，自己則翻身下馬去問那兩個小廝。

那兩個小廝一見齊桑，自然是認得的，立時便躬身請安問好。待聽得齊桑問誰在鋪子裡時，兩人也不敢隱瞞，只說是簡姑娘在裡面。

齊桑一聽，忙忙就去回報了徐仲宣。「公子，小廝說是簡姑娘在鋪子裡。」話音才落，墨綠色的轎簾已被人從裡面揭開來。

徐仲宣低頭從轎子裡走出來，大踏步地朝絲線鋪子而去。

齊桑見狀，忙也跟上前去。

那兩個小廝一見徐仲宣，忙恭恭敬敬地躬身請安問好。

徐仲宣沒有理會他們，伸手就去推兩人身後的兩扇門。

但兩扇門卻從裡被門住了，徐仲宣一時推不開。

大白日的，絲線鋪子為何卻這樣關起門來，而且還上了門閂？徐仲宣心中擔憂簡妍，當下不及多想，抬腳便朝面前的這兩扇門狠狠地踹了過去。

哢嚓一聲響，門閂瞬間斷裂，兩扇木門也瞬間開了。徐仲宣隨後便大步地跨過門檻走了進去，目光在鋪子裡四處地尋著簡妍的身影。

屋內的沈綽和簡妍聽到開門聲，一個是抬眼望了過去，一個則是轉身望了過去。

當兩人看到進來的人是徐仲宣時，齊齊都怔住了。

沈綽率先反應過來，笑問道：「原來是徐侍郎！不知徐侍郎身著官服來我這絲線鋪子，還如此踹壞我這鋪子的門，所為何事？」

徐仲宣自進來之後，目光只定定地盯在簡妍的身上，這會兒聽沈綽發問，也沒有看向他，依然只是望定簡妍，慢慢地、冷聲地說著：「接人！」

第五十章　同處一車

簡妍從來沒有見過這樣的徐仲宣。

印象中，徐仲宣的衣著從來都是極為素雅，這使他整個人看上去如同是一幅淡雅的山水墨畫。縱然明知道他為人內裡或許是手段狠辣、占有慾極強的，可從面上看來，至少還是眉眼平和、溫雅雋秀的。

而現下的徐仲宣，緋色圓領的袍子，前胸後背孔雀妝花補子，革帶皂靴，將他整個人映襯得較往日俊朗奪目了不少。只是，他此刻眸色陰沈地望著她，這讓她覺得壓力極大。

原本簡妍看到他踹門進來的那一刻，心中是極其欣喜的，覺得自己現下的困境終於被他給解救了，可在他這種目光的注視下，恍惚之中她竟覺得自己和沈綽在這裡做了什麼對不起他的事似的。

簡妍心裡有些不爽，便也不去看徐仲宣的目光，只是垂下頭，望著面前案上擺放的那盆天目松盆景。

沈綽早就察覺到了不對勁。他不想在明面上與徐仲宣鬧僵，畢竟說白了，他縱然再是豪富，可徐仲宣卻是個三品的朝廷大員，若是惹惱了對方，只怕肯定是夠自己大大地喝一壺了。且這個人若是貪愛金銀之物倒還好說，那自然是有把柄握在自己的手中，只是據他暗中遣人查探的結果來看，徐仲宣竟是個不愛財的，於女色上也不好。聽說曾有下屬想討好巴結他，偷偷地給他送了一個絕色美女，卻是被他當場冷著臉拒絕了，事後他甚至還參了那名下屬一本，將那下屬遠遠地發配到雲南去。至於其他方面，沈綽也不曾聽說過徐仲宣有什麼特殊的嗜好。這個人，周身緊密，水潑不進，實在是難纏得緊。

現下沈綽望著徐仲宣周身極冷厲的氣勢，心中想著，他恐怕是拂到徐仲宣的逆鱗了。徐仲宣竟然這般緊張簡妍？在乎得哪怕只是看到她同另一個男人坐在一起閒聊，便發這樣大的火？

他有些黯然地想著，但凡有徐仲宣在，只怕他與簡妍間的關係是無法再進一步的了。徐仲宣自從進了這絲線鋪子的門後，從頭至尾壓根兒連個正眼都沒有給過沈綽，他的目光只是緊緊地鎖定在簡妍的身上。這會兒見簡妍垂著頭避開他的目光，霎時只覺心中一把無名之火騰的一聲就蓬了起來，燎得他心神俱搖，理智將無。

他定定地望著簡妍，片刻之後，見她依然還是輕抿著唇，壓根兒就沒有一點要抬頭看他的意思，他終於沒有忍住，冷聲道：「過來！」

雖然他沒有指名道姓，但屋中所有的人都知道他在說誰。

簡妍自然也知道徐仲宣這兩個字是對她所說，瞬間也教他這言語中的冷意給激得渾身輕顫，連帶著胸腔裡的一顆心也顫抖了起來。

只是這懼怕之中，卻也有那麼幾絲倔強不屈的意思。

她就想著：憑什麼你叫我過去我就要過去？我做錯了什麼事，由得你想讓我怎樣我就怎樣？

所以縱然她心中再害怕，還是緊緊地抿著唇，只是坐在那裡，一動也不動，可攏在袖中的雙手卻是緊緊地交握在一起，一雙睫毛也是顫如抖動的蝶翅。

徐仲宣等了好一會兒，依然沒見到簡妍有過來的意思，最後他無奈，只好自己抬腳向她走了過去。

站在他身後的齊桑見狀，無語地抽了抽眉毛。

公子，您怎麼就這麼沈不住氣呢？沒見您先前那般氣勢駭人地開口讓簡姑娘過來嗎？現下人家堅持著不過來，自己就巴巴地親自過去了，這往後妥妥的就是要被壓的啊！

簡妍眼角餘光見徐仲宣走了過來，站在她身邊，嘴唇動了動，想來是要開口對她說什麼。但她沒有等到他開這個口，忽然就站起來，然後冷聲吩咐站在一側的白薇。「白薇，我們走！」

原本白薇站在那裡，看著徐仲宣和簡妍兩人之間這無聲湧動、劍拔弩張的氣氛，緊張得手心裡直冒冷汗，這會兒聽到簡妍的吩咐，明擺著就是要和徐仲宣對著幹的意思，她心中一時就越發緊張了。只是簡妍的吩咐她自然是要聽的，當下就「喔」了一聲，然後急急忙忙地跟在簡妍的身後往外走。

徐仲宣沒料到簡妍的性子竟是倔強至此。縱然他放下姿態自己過來了，可她依然還是不理會他，恍若她眼中壓根兒就沒他這個人似的，帶著自己的丫鬟轉身就走。

眼見她人都快要出門了，徐仲宣想也不想的，隨即大步地就跟上前去。

齊桑在一旁見證了這戲劇化的一幕，都已經風中凌亂得不曉得到底該如何說了。

明明先前無論從氣勢還是其他方面來說，公子都是占了絕對的優勢，可是這會兒，卻是被簡姑娘給硬生生地將這局面逆轉過來，變成簡姑娘占有絕對的優勢。只怕過得一會兒，並不是簡姑娘跟公子解釋她剛剛為何會和沈綽在一塊兒，而會是公子向她道歉他不應當語氣冷厲地讓她過來了。

眼見徐仲宣已追趕著簡妍出了門，齊桑也趕忙追了出去。

等到他追出去的時候，就見簡妍剛剛上了馬車，正低聲吩咐車夫趕車回去，而白薇原本也想要隨著簡妍上馬車，卻被徐仲宣伸手指了指旁側停著的轎子，示意她過去。

於是，白薇頓時也風中凌亂了。那可是官轎啊！她一個丫鬟，哪裡敢坐官轎？她雙手亂搖，結結巴巴地說：「奴、奴婢不敢坐！」

齊桑已在旁笑道：「白薇姑娘若是不敢坐，我這就讓人去給妳雇一頂民轎來，妳等著。」說罷，他忙忙地吩咐其中一個轎夫速去雇民轎來。

那轎夫得了吩咐，轉身飛快地跑了。

那邊，徐仲宣已經伸手掀開了馬車簾子，矮身進了馬車廂內。

猩紅繡花軟簾起落的瞬間，簡妍眼尖地看到了站在車外的白薇無奈的眼神。

簡妍只覺得肺都快要氣炸了，一瞬間真想抬腳朝徐仲宣的臉就直接來那麼一下子，但她還是竭力忍住了，只是一張臉整個沈下來，冷聲對徐仲宣說：「下去！」

沒在這兩個字前面加個「滾」字，她都覺得自己已經夠對得起他了。

但徐仲宣非但沒有下去，反而輕瞥了她一眼，隨即便輕撩袍角，在她的對面坐下來。

看他那樣，分明就是一點要下去的意思都沒有！

簡妍一瞬間只覺得氣沖斗牛，連面上都紅了薄薄的一層。

她心想：好，你不下去，那我下去總行吧！

徐仲宣顯然看穿了她的意圖，她不過才剛起身的工夫，他已伸手過來拽住了她的手腕。

徐仲宣低聲說了一句。「別鬧。」

到底是誰在鬧？他這般不顧身分地和她坐在一起，他不要名聲不要緊，可她還要名聲呢！回去若教徐宅裡的人知道了，往後她在徐宅還怎麼做人？那些人的唾沫星子就足夠淹死她了。

她用力地掙脫他的箝制，一面又冷聲地說：「二選一，要麼你下去，要麼我下去！」

徐仲宣的選擇是——「妳不下去，我也不下去。」隨即他便隔著車簾，吩咐齊桑讓車夫趕車，只說先不回通州，暫去他那裡。

簡妍一聽，自然更為光火，又冷聲說：「現下天色已晚，恐母親惦念，我要趕回去，還請大公子放行。」

徐仲宣自然是不會放行的。「既是天色已晚，妳們主僕回去的路上恐不太平，我並不放心；且明日休沐，我原就準備回通州，待會兒我與妳同行。」

簡妍還待要開口反駁，忽然只聽徐仲宣幽幽地嘆了一聲，隨即又聽他低聲地說——

「簡妍，妳我數月未見，難道真的要一見面便如此吵鬧嗎？」

馬車行走之間，兩旁窗上的紗簾子被微風鼓起又落下，暮秋暖橘色的日光隨之漏了進來，復又被簾子擋住，車廂內時而明亮，時而晦暗。

簡妍就見徐仲宣在說這句話的時候，垂頭斂目，鴉羽似的睫毛輕顫，說不出的滿面落寞寂寥之色。簡妍怔了怔，忽然就停止了掙扎

她想到了這些日子徐仲宣給她寫的那些信。素白的高麗紙，灑落俊秀的行草，一字字、一句句地對她說著他今日又吃了什麼美食，覺得其味甚好，特地尋了廚師討要燒製的方法，等回來之後再一一地原樣做出來給她也嚐一嚐之類的話，她不由得就心中一軟。

但她也不肯立時就範，依然全身緊緊地繃著，一雙柔軟的紅唇也緊緊地抿著。

徐仲宣察言觀色，知道她內心其實已經放軟下來，只是面上並不肯立即就依順著他的話罷了。

他心中喜了喜，當機立斷就放開了緊握著她手腕的手，又將自己的雙手都背在身後，輕聲地說：「妳好好坐著，我保證不會碰妳。妳放心，待會兒我自是會嚴命這車夫和那兩個小廝，對今日妳我共坐一車的事守口如瓶，絕對不會教其他任何人知曉半個字。」

徐仲宣精明的地方就在於，他知道簡妍是個吃軟不吃硬的性子，且她的心也極軟，所以只要她生氣的時候順著毛摸，再說上幾句服軟可憐的話，將自己的姿態放低下去，她的火氣頓時就會消散不少。更何況，現下他甚至都將她所有的後顧之憂都解決了。

於是簡妍想了想之後，也只能無奈地又坐了回去。

她倒是有敢跳車的勇氣，可跳下去之後又能如何？鬧騰得這滿大街的人都知道嗎？既然徐仲宣已將她最擔憂的事都說了出來，並且都給了保證，那暫且也就只能如此了。

只是坐在那裡的時候，簡妍也只是袖著雙手，一動也不動地坐著，垂頭望著自己袖口上精細的折枝梅花如意雲紋刺繡。

徐仲宣卻坐在這搖晃的馬車裡，雙眼一眨也不眨地望著簡妍，而越望，他的眉頭就皺得越緊。

怎麼她現下瞧著比他離開的時候還要清瘦幾分？縱然是因著天冷，她穿了厚一些的粉紫縷金撒花緞面夾襖，但依然可見纖腰一束，盈盈不堪一握。

自己離開之前，不是明明交代過簡太太，不可在日常飲食中嚴苛她的嗎？難不成簡太太竟然沒有聽他的話？

徐仲宣的一雙長眉一時就皺得越發緊了。

想了想之後，他便側身輕敲了兩下馬車壁，掀開窗上的簾子，低聲對跟隨在外的齊桑吩咐了兩句。

齊桑在外聽得分明，隨即一拉手中韁繩，撥轉馬頭，絕塵而去。

簡妍在一旁自然也是聽得分明。

徐仲宣是吩咐齊桑去附近的什麼酒樓裡訂一桌席面來，再去桂香樓裡買幾樣特色的糕點和乾果來。

她都不曉得到底該說些什麼了。怎麼和徐仲宣在一起的時候，他心心念念的都是要投餵她呢？不把她餵成個大胖子他就不肯甘休，是嗎？

簡妍原是不想和徐仲宣說話的，最好是兩個人就這麼一路無言地到了徐宅，然後和平分手，各回各自的院子才是最好的狀態。可是這會兒她卻又忍不住，終究還是開口說：「我並不餓，也不想吃任何東西。」

徐仲宣聽她主動和他開口說話，心中自然是欣喜的，於是他眉眼之間就蘊了三分笑意，連帶著說出來的話也柔和了不少。「我餓了，想吃，妳陪我一起用膳好嗎？」見簡妍又要開口，不用想他也知道那定然是拒絕的話，他忙又道：「我今日一早才從山東趕回來，趕著就去向聖上稟報山東此次秋闈之事，接著又到禮部去處理其他的事，竟連早膳和午膳都沒有來得及用……」這話裡隱隱就帶了幾絲裝可憐的意思。

簡妍一聽，不好意思拒絕不說，反倒還隱隱有幾分心疼。不過她面上依然沈著一張臉，面無表情地說：「既是你餓了，那你可以自己用膳，做什麼要我陪？」

徐仲宣笑道：「有妳陪著，我應當會多吃一碗飯。」

他這句話中曖昧的意思就比較明顯了。簡妍也聽了出來，她只當自己沒有聽到，並沒接話，重又袖著雙手，垂著頭，木雕泥塑似的坐在那裡不再搭理他。

徐仲宣心中卻還是歡喜的。無論她現下如何表現出對他的漠視來，至少她並沒有很嚴詞厲色地拒絕他。他知道她還是心疼他的，即便她不說，也沒有流露出這樣的神情來，可徐仲宣覺得自己就是知道。

兩個人又相對安靜了一會兒，徐仲宣心中便又想起了剛剛的事。她和沈綽如何會坐在一起喝茶呢？且還關了鋪子的門，甚至從裡面落了門閂。

只是他雖有心想問，卻又怕簡妍著惱。方才在絲線鋪子時，無論他是如何的盛怒，還是服軟，簡妍可都沒理會他，此時若是再問，只怕她一個生氣，便真的會不理睬他。

可若是不問，這事卻如鯁在喉，教他往深了多想一些就會覺得心口被堵得發慌。

他想了想之後，決定還是要問一問簡妍，不過要換一種問法。於是他便小心翼翼地問道：「妳和沈綽，是恰巧在絲線鋪子裡遇到了，而後發現彼此相識，便坐在一起喝茶，閒聊了幾句，是嗎？」但到底為什麼一定要關著門？難不成他們的談話有什麼見不得人的嗎？

徐仲宣心中發緊，可又不敢這般直接就問出這樣的話來，於是他想了想，又小心翼翼地繼續說：「只是沈綽這個人，面上瞧著和善可親，內裡其實甚為狡詐，往後妳還是不要和他接觸的好。」

簡妍依然是垂著頭，望著自己袖口上精細的刺繡花卉，並沒有回答半個字。

徐仲宣不由得忐忑了起來，他摸不透簡妍此時的沈默是什麼意思？是她和沈綽其實並不是偶遇？是覺得他過多地干預了她的事？還是她對他那樣評價沈綽覺得不高興？又或者是乾脆不想和他說話？

放在膝上的雙手蜷起又鬆開，鬆開又蜷起。徐仲宣在想，他是不是該對簡妍解釋一下他剛剛那番話的意思呢？可怎麼解釋才能讓她不誤解？

但其實他的意思就是，他並不喜歡看到簡妍和沈綽會面！準確來說，他並不想看到簡妍和除卻他之外的任何男人會面！她就該是他的，日日夜夜，時時刻刻，眼中只有他一個人就夠了。只怕他無論是如何解釋，這層意思依然都不會變。

而這時，他就聽得簡妍冷淡的聲音慢慢地響起——

「徐仲宣，我覺得我們上次在玉皇廟時，就已經將所有的事都說得清楚明白了，那麼現下，你又為什麼要來管我的事呢？」

簡妍冷靜地說完這句話之後，抬起頭來，一臉平靜地望著徐仲宣。

第五十一章　算計人心

徐仲宣一剎那間只覺得她的目光有種洞悉人心的穿透力，簡直就要看清他心中那些所有見不得人的齷齪心思一般。他心中慌了慌，立時就想開口解釋，可是馬車忽然停了，車夫的聲音隔著車簾小心地傳了進來——

「大公子、簡姑娘，咱們到了。」

簡妍聞言，站起身，半彎著腰就要下車。

徐仲宣下意識地就伸手去拉她，只是他的手才剛剛觸碰到她的手腕，卻見簡妍忽然回頭，聲音很冷淡地說著「放手」。

徐仲宣也不知為何，竟瞬間就被她說的這兩個字給燙到了一般，明明腦子裡還沒有反應過來，但緊握著她手腕的手卻已先行放開了。

簡妍覷得這個機會，伸手揭開車簾子，矮身就走了出去。

白薇早就站在馬車外等候了，這時見簡妍出來，忙伸手扶她下了馬車。

徐仲宣隨即也下了馬車。

簡妍並沒有看他，只是抬頭望著眼前這處院落。

灰白臺階，黑漆大門，深灰瓦頂。門前一棵銀杏，滿樹金黃色的葉子，偶有風至，枝幹輕搖，悠悠地飄落幾片葉子下來。

徐仲宣望了她一眼，見她只是專注地望著銀杏樹，便也沒有開口說什麼，只是從身後越過了她，過去拍著門上的錫環。

灰撲撲的青磚路面早就鋪了一層薄薄的金黃色銀杏葉，當徐仲宣走過去的時候，簡妍聽見沙沙之聲響起，細細密密的，似是有螞蟻輕輕地爬過她的心間，酸澀苦悶，偏偏又沒有辦法說出來。

她還記得，讀大二那年秋天，她曾和朋友去過一趟太湖。

金秋十月，原就是落霞與孤鶩齊飛，楓紅銀杏蘆花白的時節，滿目都是各種各樣直擊人心的顏色。可是那時她們年輕，她們自由，她們可以把握自己的人生，所以少年不識愁滋味，只是肆意歡笑，肆意奔跑。可是現下，想起那些前塵往事，只覺得內心被塞了一大團吸飽了水的棉花一般，梗得她極其難受。

簡妍不由得鼻子有些發酸，眼睛也有些發澀，忙掩飾地低下頭去。

可是徐仲宣已經看到了。

他忙兩步走下臺階，來到她的身旁，低聲地問：「妳怎麼了？」

簡妍正平復著自己的心情，沒有立時回答。

徐仲宣只以為她是介意著剛剛馬車上的事，於是低聲道：「妳不要哭。我保證往後但凡妳不想說的話，我絕對不會強迫妳說。」

簡妍心裡只想著：我若是真的不想說的話，原本就是你再如何強迫，我都不會說的。不過聽徐仲宣這樣跟她保證，心裡還是隱隱有些觸動。

於是她抬起頭來，唇角勉強地扯了個弧度，只說：「沒有什麼，只不過剛剛看到這棵銀杏樹，不曉得為什麼想起兩句詩來，一時有感而發罷了。」

「是什麼詩呢？」徐仲宣很想伸手去握她的手，可又不敢。

方才他轉身的一剎那，看到簡妍眼角發紅，眼中水光隱約閃現，那一刻他忽然覺得心中似是有鋼針猛然戳過，泛起細細密密的痛。

簡妍見他一副打破砂鍋問到底的模樣，少不得只能在腦海裡快速地搜索了兩句還算應景的詩出來。「蕭蕭遠樹疏林外，一半秋山帶夕陽。」

徐仲宣自然知道這首詩，正因為知道，所以曉得詩裡其實是有秋怨和悵惘的意思。他又想起簡妍自小就知道自己的處境，一直隱忍至今，他心中那層細細密密的痛一時就越發密集，但也唯有低聲地勸慰她。「妳還小，這樣的詩以後還是少讀些。」頓了頓，他又低聲說了一句。「妳放心，萬事有我，妳不用擔憂那麼多的事。」

他這話說得含糊，簡妍聽了也沒有往心裡去。

她想著，自己的事，自然是要憑自己來解決，難不成有了什麼難辨的事，就要去向別人哭訴求救，企望別人來幫忙？靠誰都不如靠自己來得有安穩感。

身後的大門早就開了，齊暉站在門口，略覺得有點尷尬。

剛剛徐仲宣過來拍錫環的時候，他立時就跑過來開門，一眼看到徐仲宣，「公子」兩個字還卡在嗓子眼裡沒有喊出來，下一刻就眼睜睜地見徐仲宣轉身急急地下了臺階，垂頭低聲安慰站在門口的簡姑娘。不過好在這會兒兩個人的私密話總算說完了，徐仲宣在前，簡妍跟在他身後兩步，兩個人都朝著門口過來。

齊暉忙垂手讓至一旁站立，恭恭敬敬地叫了一聲。「大公子、簡姑娘。」

簡妍對他點點頭，和善地笑了笑，而後跟在徐仲宣身後，進了他這在京城裡的院子。

兩進的小小院落，青石臺基上面是三間小小的廳堂，前面院落裡一條曲折的武康石砌成的路面，兩旁竹林茂密，假山嶙峋。

徐仲宣引她徑直到了明間，讓她先坐著，自己則先去臥房，打算換下身上的官袍。只是出了廊廡之後，他沒有立時就回臥房，而是在那兒悄悄地站立了一會兒，見齊暉正端了茶盤過來送茶，徐仲宣便招手示意他過來。

待齊暉走近，徐仲宣便低聲地問他。「小毛團在哪裡？」

齊暉不提防他忽然有此一問，下意識地「啊」了一聲，隨後就道：「不知道啊，這樣好的天氣，誰知道牠又窩在哪裡睡覺呢？」

「速去將牠找出來，然後將牠悄無聲息地放到堂屋裡去。若是簡姑娘問起，你明白該怎麼說？」

齊暉沒有他哥齊桑精明，會揣摩徐仲宣的心思，所以當下他就茫然著一雙眼，想了想，還是老實地搖搖頭，說道：「不明白。」

「……」都是從一個娘肚子裡出來的，怎麼差別就這樣大呢？好在這時徐仲宣眼見齊桑身後跟著幾個小廝，提了食盒正進門來，他便招手示意齊桑過來。

齊桑忙麻溜地趕過來。

這邊徐仲宣已吩咐齊暉。「將茶端進去之後，你便帶著小廝們去抬桌擺盤，仔細小心些。」

齊暉「喔」了一聲，轉身用粗笨的手腳去做著丫鬟、僕婦做的精細事了。

這邊徐仲宣已將剛剛對齊暉說的話又對齊桑說了一遍。

齊桑一聽，立時就明瞭，只點頭道：「公子，屬下明白。您放心，屬下一定將此事辦得滴水不漏，絕不會教簡姑娘看出來是咱們故意做的。」

徐仲宣這才滿意地回臥房換衣服了。

既然簡妍心軟，可偏生性子倔強，他無法對她來什麼強硬的手段，只能一點一滴、水滴石穿的，從最細微的小事著手去感動她。直至有一日，她習慣了有他的存在，發現自己再也無法離開他的時候，自然就會功德圓滿，修成正果了。

而現下，他並不著急。他可以耐心地等，一直等，等到自己悄悄占據她整顆心的那一刻。

簡妍渾然不知她被徐仲宣在心中這樣算計著，她只是坐在明間左手邊的第一張圈椅中，一面吃著茶，一面打量屋內的陳設。

正面壁上掛著唐人張璪的松石圖，兩旁一幅對子，看得出來應當是徐仲宣自己所寫。書畫前面是一張花梨木的平頭長案，上面擺放著英石盆景，兩旁是兩只青釉琮式瓶；長案兩邊又有一對高几，上面擺放著時新花卉盆景；而長案前面則是一張八仙桌，兩旁擺放著兩張圈椅；地上左右兩溜又是兩張圈椅，中間隔著小小的一張几案。

簡妍還想打量屋內其他的擺設，這時忽然聽見「喵嗚」的一聲叫喚，緊接著就看到一道肥胖的影子從門外直竄了進來，噌的一聲就跳上了八仙桌，然後尾巴盤了起來，蹲坐在上面，睜著一雙滴溜溜的眼，在屋內各處掃視著。

簡妍定睛望了過去，見那是一隻圓滾滾的貓，想來這貓的日子過得甚是不錯，不說體型肥大，便是身上棕褐色的皮毛都是水光油滑，上好的綢緞一般，閃著光。

難得的是牠鼻尖上還有一小塊白色，也算得是全身的點睛之筆了。

這隻貓一點兒都不怕人，看到簡妍望著牠，就喵嗚地叫了一聲，然後抬起一隻前爪，伸了舌頭出來舔啊舔的，末了又順勢在臉上抹了一把。

「……」貓果然是一種極其省水的動物啊！至少洗臉的時候是從來不用水的。

簡妍一開始並沒有認出這隻貓，實在是那時候在梅林裡看到的那隻小奶貓小得都可以蹲坐在她的掌心裡，兩根手指就能拎得起來，可眼前的這隻……唔，體型龐大得估計得要用兩隻手去抱才行。

她只是心中詫異，徐仲宣那樣的人竟然會養貓？而且還一隻這樣的肥貓？而想完之後，她就收回目光，繼續打量這屋內各處。

齊桑這時匆匆地從門外跑進來，甚至都來不及對簡妍行禮，只是三步併作兩步的就跑到那隻貓的面前，伸出雙手將牠抱在懷裡，然後責備著牠。「小毛團，你今日去哪裡了？怎麼到處亂跑，教我們都找不見？剛剛公子還問起你呢，只說一定要找到你，不然我們可都是要挨板子的！」

簡妍渾身一震，迅速地轉過頭去看齊桑懷裡抱著的貓。

棕褐色的貓，鼻尖上一小塊白色，而且牠也叫做小毛團……

「牠……你說牠叫什麼？」她不可置信地開口問著齊桑。

齊桑這時抱著小毛團正要離開，聞言先是低頭望了小毛團一眼，而後轉身抬頭望著簡妍笑道：「牠啊？牠叫做小毛團。簡姑娘是不是覺得牠太胖了，叫小毛團不適合，叫個大毛團或者胖毛團才適合？我也是這樣想的，也曾對公子提起過，可公子卻堅持要叫牠小毛團，我也不知道是什麼緣故？」

簡妍再問：「牠是你們從哪裡得來的？」

齊桑搖搖頭。「我不知道，小毛團是公子帶回來的。我記得好像是二、三月的時候吧，總之那會兒桃花才剛剛開放，忽然有一日公子休沐，還在通州的時候，就帶了小毛團回來，只說讓我們好生照顧著，但其實但凡他有空閒都是他在照顧的，不然拎回來時才那樣小的一隻小奶貓，怎麼才這麼半年的工夫就胖成了這樣？」

二、三月桃花剛剛開放的時候……

簡妍細細地回想。自己正是那時第一次在梅林裡看到了小毛團，蹲在梅花樹下與牠玩了一會兒之後，很想將牠帶回去養著，還給牠取了個名字叫做小毛團。只是迫於簡太太最是厭惡貓狗的緣故，所以最後未帶牠回去。可怎麼徐仲宣卻是養了牠，且給牠取的名字也是小毛團？難不成那日徐仲宣也在那梅林中？自己怎麼沒有注意到他？

於是她便開始回想自己那日在梅林中做了些什麼事？越想她就越覺得後背汗涔涔的一片，最後竟連小腹都覺得開始隱隱作痛起來……

第五十二章　循循善誘

秋冬之交，日短夜長。簡妍和徐仲宣用完晚膳後，也不過酉初時刻，可外面天色卻已然都黑了。

馬車外簷上掛了兩盞明晃晃的羊角燈，車廂裡也有一盞琉璃風燈，照得裡面亮堂堂的一片。

徐仲宣先行上了馬車，然後朝簡妍伸出手，眉眼之間笑意溫和。「上來。」

簡妍卻是倔強地站在那裡沒有動，只是問著。「白薇呢？我和她坐一輛馬車即可，不敢煩勞大公子。」

徐仲宣此時身上穿的是一件佛頭青秋羅夾直裰，因天冷，外面又罩了一件玄色的鶴氅，映著暖橘色的燭光，越發顯出他面容的溫潤來。

他見簡妍開口拒絕，眉眼間的笑意仍絲毫沒有褪去，反倒是微微地歪了歪頭，笑道：「我已讓齊桑另雇了一輛馬車讓白薇坐，妳和我同坐這一輛。」

簡妍一聽，往旁邊望了望，果見後面還停著一輛馬車，不過因天黑，那輛馬車前面又沒有點燈，所以她一時之間就沒有注意到。

這會兒既然聽到徐仲宣這般說了，簡妍二話不說，立時就抬腳朝後面的那輛馬車走去，但腰間忽然一緊，有臂膀攬了過來！

許是因夜色的掩護，徐仲宣的膽也變肥了，許多平日裡只敢想卻不敢做的事，此刻竟敢出手去做了。

她實在是瘦弱啊！抱著簡妍的時候，徐仲宣就在心裡感嘆著。明明是費盡心思給她吃了那麼些好的，可將她抱在臂彎中，依然是身無二兩肉，輕飄飄的感覺。

被他這樣突兀地抱著，簡妍自然是要掙扎的。

徐仲宣垂下眼，望著她笑道：「若是再鬧騰，真的是要眾人皆知了。」一面又將她放在馬車裡坐好，自己卻伸手撩開了面前的車簾，對垂頭斂目，只當自己眼瞎耳瞎，什麼都沒有看到也沒有聽到的齊桑問道：「吩咐你的事都辦好了？」與方才對簡妍說話時的淺笑低語不同，現下他的語氣是低沈嚴厲的。

齊桑躬身，恭敬地回答：「是。屬下已按照公子的吩咐，先是恫嚇了那名車夫和兩名小廝一番，隨後又用銀錢封口，恩威並用，想來他們自然會對今日之事守口如瓶的。」

徐仲宣滿意地點頭，隨即放下手裡的車簾子。

簡妍此時縮在車廂裡的一角，心想，徐仲宣這是什麼意思呢？這樣的話竟然都不避忌著她，難不成他也想對她來個恩威並用，好讓自己屈服？

徐仲宣心細如髮，一見簡妍此刻望著他的警戒目光，就已知道她心中在想些什麼，於是他便解釋。「妳不要多想，我並沒有想對妳也這樣的意思。」

但簡妍依然戒備地望著他。

徐仲宣見了，嘆了一口氣，抬眼定定地望著她，低聲又甚為誠摯地對她說：「我只是想讓妳知道我到底是個什麼樣的人。好的一面、壞的一面，我都想讓妳知道，畢竟這樣才是真實的我。」頓了頓，他又繼續說：「我希望妳在我面前也能展現最真實的妳。簡妍，我想看到的是最真實的妳，而不是時時刻刻在我面前客套又疏離的妳，不要用應付外人的那一套來應付我，那樣我會傷心。」

簡妍抿唇不答，心裡卻想：為什麼要在你面前展現最真實的自己？便是最親密的夫妻之間都會有所隱藏，我又憑什麼要在你面前展現我真實的自己？

徐仲宣見她面上防備的神情，便知道自己的這番話她並沒有聽進去。

他又嘆了一口氣，伸手想摸她的頭髮，卻被簡妍偏頭給躲開，同時一雙眼就如同受驚的小動物一般，戒備地盯著他，大有一種「你再敢動手碰我，信不信我就張口咬你」的意思。

抬在半空的手便這樣僵在那裡，片刻之後，徐仲宣才無奈地苦笑一聲，收回了自己的雙手，可到底還是好聲好氣地和她商量著。「不要張著妳滿身的刺對著我，乖乖地讓我寵著妳，不好嗎？」

「不好。」簡妍冷漠以答。「我並不是什麼寵物，需要有人來寵著，我完全可以自己寵我自己。」

徐仲宣又嘆氣。「簡妍，妳的性子為什麼要這樣剛強呢？過剛易折，這樣並不好。」

簡妍冷笑一聲。徐仲宣這是打算給她來一番心理戰嗎？先是用言語推心置腹，言真意切，只當他將自己的所有全都在她面前坦誠了，想以此換來她的敞開心扉，感激涕零。見此舉不行，隨即又說她的性子過於剛強，貌似一片誠心地為她著想，這樣還不是恩威並用？如此循循善誘，最終目的還不是想讓她乖乖聽話地依附於他？

於是簡妍便冷冷地道：「我折不折是我的事，並不敢勞大公子掛心。」說罷，便側過身去，伸手撩起車廂壁上掛著的車窗簾子，轉頭望著外面。但其實外面又有什麼好看的呢？不過是一片漆黑罷了。

徐仲宣見她惱了，一時倒不敢再說什麼；又見她撩開車窗簾子，外面的冷風直灌進來，吹得她鬢髮飛揚，擔心她這樣一直吹風會著風寒，便溫聲地說：「將窗簾子放下來吧，這樣容易著涼。」

簡妍並沒有理會他。

徐仲宣無法，只得又道：「不然我現在下了馬車去騎馬？妳一個人在這裡坐著，沒有我在妳眼前晃著，妳總歸不用看外面了吧？」說罷，低聲吩咐外面的車夫停車，自己又起身欲下去，忽然就聽簡妍冷淡的聲音隨著凜冽的夜風一起傳入耳中——

「既然早先都已鬧成了那樣，教他們都知道咱們兩個同坐一車了，這會兒又避個什麼嫌？老老實實地坐著就好。」她一面說，一面伸手摩挲著膝上放著的紅木五彩螺鈿花鳥瑞獸攢盒。

這攢盒是先前她離開徐仲宣院子的時候，徐仲宣塞給她的，只說讓她路上吃。她曾打開看過，裡面一共是九個格子，裝的都是各色糕點蜜餞、瓜子乾果之類的吃食。

螺鈿是用螺殼與海貝磨製成的薄片，按著需要鑲嵌了各色圖案在各種器具上。只是，便是這些螺殼與海貝磨製得再薄，伸手摸上去時，依然可感覺到指尖傳來微微刺痛酥麻感。

簡妍悲哀地發現，縱然徐仲宣在她的面前再是費盡心思地用著心計，但不可否認，他還是對她很好的。她發現自己也是很可恥地貪戀著他給的這些溫暖，所以不捨得讓他在這樣冷的寒夜裡出去坐在馬上吹風。

對於簡妍這句面上瞧著是嘲諷，但內裡卻是關心的話，徐仲宣自然是能明白的。當下他心中大喜，隨即便從善如流的沒有下車，隔著車簾子吩咐前面的車夫繼續趕路，一面又低聲說著簡妍。「那妳還不將窗簾子放下來？凍到了真不是好玩的。」

簡妍沒有說話，但到底還是伸手將窗簾放下，又轉過頭來，立即就垂下頭，只是望著膝上的攢盒出神。

徐仲宣且進且退，一旦察覺到簡妍的抗拒，他便明智地選擇閉口不再說話。

黑夜本就寂靜，簡妍恍惚間可聽到外面夜風吹過樹枝時的嗚嗚聲、馬兒得得的馬蹄聲、轆轆滾動的車輪聲，以及掛在馬車前面的羊角燈被風吹得左右晃動，咯吱咯吱響個不住的聲音。

這樣的時刻，原就是心靈最脆弱的時候，更何況自己面前坐著的這個人，明明自己喜歡著他，他也喜歡著自己，可為什麼他要這樣一直試探、算計她，她又為什麼要這樣一直防備、提防他？便是自己那日在玉皇廟中鼓起所有的勇氣，以為已經將所有的事都和他說得足夠明白了，只求他從此不再相擾，她就可以繼續過著自己以往那樣安安靜靜的日子，心中再無半點波瀾起伏。可是他卻不肯爽爽利利地放開她，依然繼續糾纏著她。

簡妍只覺得自己如同是落入蛛網中的一隻小蟲子，每次都拚命地掙扎，眼見即將脫離苦海，下一刻，總是會有一根蛛絲悄無聲息地伸過來，再一次緊緊地黏住她。這樣真的好玩嗎？她只覺得好累。

眼淚無聲地緩緩滑落，她並沒有伸手去擦，只是任由這些淚水滑過她的臉頰，靜悄悄地落到她的衣裙上。

她一直都低著頭，也沒有什麼異樣，徐仲宣原本只認為她在生氣不理他，並沒有多想。只是後來，他聽到極細微的一聲沈悶的咚聲，似是有水珠落到了攢盒上，初時他還以為是自己的錯覺，可是緊接著，又是兩聲這樣的細微沈悶聲傳來，他才心中一驚，忙試探地喚了一聲。「簡妍？」

簡妍並沒有應答，甚至都沒有動，依然維持著先前垂頭坐在那裡的姿勢。

徐仲宣也顧不得去想她會不會生氣的事，忙自座位上下來，一條腿半跪了下去，伸了雙手就去捧簡妍低垂的頭。

簡妍尚且還在抗拒，並不想抬頭，只是徐仲宣的力氣極大，她絲毫抵抗不得，只能被迫抬起頭來。

於是，在車廂內不算明亮的燭光中，徐仲宣就看到簡妍不知何時已是滿面淚痕。

他先是一怔，繼而只覺心中一陣陣的鈍痛傳來，五臟六腑都是痛的。

這樣倔強的小姑娘，便是哭的時候都是一個人這般隱忍地哭，不教他知道。

第五十三章 第一個吻

簡妍還在掙扎想別過頭或垂下頭去，她並不想讓徐仲宣看到自己脆弱的一面。

但徐仲宣卻雙手用力地捧著她的臉，讓她望著自己，而後又輕嘆了一聲，低聲地說：「傻姑娘，哭什麼呢？便是再想哭，也可以到我懷裡來哭，為什麼要這樣倔強地躲起來，一個人偷偷地哭？」

簡妍沒有回答，只是緊緊地抿著自己的唇。她也不想哭，可是不曉得為什麼，忽然就覺得自己很悲傷，眼淚竟忍也忍不住地就落了下來。

徐仲宣伸了手，輕輕地擦著她面上的淚水。

她看起來是極其悲傷的模樣，雖是哭得無聲，可雙唇卻是顫抖著，唯有緊緊地用牙咬著，才不至於顫抖得那麼劇烈。

徐仲宣現下半跪在她面前，可即便是這樣，依然還是比坐著的她高了半個頭。

他的手輕撫過她顫抖的雙唇，柔軟一片。然後他忽然將頭抵了過去，低聲問：「簡妍，我想吻妳，可以嗎？」雖是詢問，又不待她回答，隨即便垂頭小心翼翼地吻上了她的唇。

怕她會拒絕，怕她會抗拒，所以他一開始並不敢太孟浪，只是輕柔地吻著她的唇角。後來察覺到她沒有抗拒的意思，便小心又溫柔的，一點點地吻住了她的雙唇。

她的唇上有酸澀鹹濕的淚水，徐仲宣耐心地一點一點將所有的淚水全都吮吸乾淨，然後一手攬著她柔軟的腰身，一手放在她的後腦勺上，不容她躲避，慢慢將自己的整個身子都逼近過去，漸漸地加深了這個吻。

簡妍沒有抗拒，也沒有主動，只是任由徐仲宣這般吻著她，可是心裡還是覺得很難過啊！她到底要怎麼說、怎麼做，才能斷了自己心裡那份無望的奢求？才能讓徐仲宣放手，不再糾纏於她？眼中的淚水一時往外滾落得就越發多了。

徐仲宣察覺到了，離開了她的唇，抬手輕輕地擦著她面上的淚水，又低聲嘆道：「怎麼又哭得這麼厲害了？可是不願意我吻妳？」

簡妍並沒有回答，只是伸了兩隻手去抓徐仲宣的衣襟，只是手上也是沒有力氣的，指尖不過才剛剛觸碰到他的前襟，便又無力地滑落下來。

她想說話，可是無語凝噎，悲痛氣塞，張了半天的口，竟還是什麼話都說不出來。

徐仲宣便將她攬在懷中，一下一下地輕撫著她的背，幫她順氣，一面又柔聲問她。「妳想對我說什麼呢？」

簡妍忽然伸手抓住他的前襟，用力之大，十指指甲都泛白成一片。

「徐仲宣……」她流著淚，抬起頭，淚眼模糊地望著這個一直不停將她往地獄裡拉的男人，急促又低聲地說：「求求你，放過我，好不好？」

正輕撫著她後背的手驀然一頓，但是很快的，那隻手又如先前一般，不疾不徐地輕撫著她的背。「不好。」

徐仲宣的聲音明明是又輕又柔的，可是聽在簡妍耳中，卻覺得這兩個字就如同一把鋒利的刀子，狠狠地朝她的心口戳了下去。

「為什麼？」她繼續落淚，有些癲狂地抓著他的前襟搖晃著，憤怒地質問他。「你為什麼就是不肯放過我！」

「因為我愛妳。」徐仲宣垂下頭，在她的臉頰上輕輕地吻了一下。「我發現現下已經不再是喜歡妳這麼簡單了。簡妍，我愛妳，我希望妳也能好好地愛我，但凡只要妳說出來，我會給妳這世上所有最好的東西。」

簡妍覺得自己壓根兒就沒有法子和他交流。

他願意給她這世上所有最好的東西，可是卻做不到一輩子只有她一個妻子，這算什麼？那那些東西她又有什麼好稀罕的？簡妍只覺得累。

她原本想繼續這樣質問徐仲宣，可是想了想之後又覺得，若是她這樣質問了，只怕就要教徐仲宣以為自己這樣又哭又鬧的，無非就是為了那正妻之位而已。

她仍然記得這幾句話：你這一生一世，可別去求人家什麼。人家心中想給你的，你不用求，人家自然會給你；人家不肯給你的，你便是苦苦哀求也無用，反而會惹得人家討厭。

所以，為什麼要教他那樣小瞧了自己？簡妍不再說話，只是抬手擦乾了面上的淚水，在徐仲宣的懷中起身，一言不發的又坐到了對面的位子上去。

懷中驀然一空，徐仲宣有些訝異地抬眼望著簡妍。

明明方才她還哭得那般傷心，在他的懷中先是低聲懇求，後是怒聲質問，可是現下卻又一臉平靜，甚至是淡漠地坐著，恍似方才那一切都只是他的幻覺而已。

「簡妍……」徐仲宣心中有些發慌，傾身過去想再吻她。

可是簡妍卻迅速地偏過頭去，緊緊地抿起唇，無聲地拒絕他的親吻。

徐仲宣全身僵了僵，雙唇堪堪擦過她因剛剛一番哭泣而微涼的雙頰，隨後默默無言的坐了回來。

他並不想強迫她。像她這樣剛強的性子，若是逼迫得太緊了，真的是會寧為玉碎，不為瓦全。他不想看到那樣的局面。

於是他只是打開一旁放著的櫸木茶桶，將裡面一直溫著的提梁壺拎出來，倒了一盅滾燙的茶水，無聲地遞給了簡妍。

簡妍剛剛不受控制地哭了那麼一會兒，早就覺得喉嚨發乾，且可能是因剛剛哭得太用力的緣故，現下覺得小腹也一抽一抽地痛著，因此她沒有推辭，伸手接過徐仲宣遞過來的茶盅，捧在手中，慢慢地喝著。

溫熱的茶水喝下去，小腹的痛楚總算減緩了一些。

接下來，兩人之間再無言語，直至馬車停下，車夫的聲音隔著車簾低低地傳進來——

「大公子，到了。」

簡妍聞言，側身掀開車窗簾的一角往外看了看，便見著兩扇黑漆的大門，門首掛著兩盞大大的、寫著「徐宅」兩個字的明角燈，正在夜風中左右晃個不住。

她便「唰」的一聲放下手裡的窗簾，轉頭對徐仲宣道：「讓車夫將車趕到後面去，我在那裡下車。」在徐宅大門口下車，被人看到她和徐仲宣同坐一車，那下場可不是一般的驚悚。

她這兩句話說得簡潔俐落，且有那麼一點命令的語氣在裡面，徐仲宣不禁望了她一眼。他習慣了命令他人，並不習慣被他人命令的感覺，但如果這個他人是簡妍的話，那也是可以接受的。於是他便隔著車簾，將簡妍的話對車夫重複了一遍。

馬車再次動了起來，不過片刻的工夫，後門到了，馬車再次停住。簡妍起身，並不欲與徐仲宣客套虛偽地打什麼招呼，轉身就要下車。但是手才剛搭上車簾，還沒來得及出去，腰間忽然一緊，她整個人不受控制的就被人往後拉了過去，掀開了一半的車簾子瞬間又落了下來！

簡妍怒了，轉頭低聲地喝斥他。「徐仲宣，你做什麼？這可是在徐家門口，教人看到了成什麼樣子？你不要名聲我還要呢！」只是一轉頭，卻看到徐仲宣望著她的神情甚是古怪。

簡妍也不想理會他，掙扎著就又想走，但是環在她腰間的胳膊卻是越發緊了，她壓根兒就掙脫不掉。

「徐仲宣，你——」她怒而回頭，正要開口再喝斥他幾句，卻聽得徐仲宣的聲音乾乾地響起——

「簡妍……妳……妳好像來了月事。」

月事？簡妍茫然地望著徐仲宣，心想：月事是個什麼鬼東西？

徐仲宣伸手指了指方才她坐過的地方。

墨綠色的暗紋綢緞坐墊上有一灘暗褐色的、濕濕的玩意兒。

這、這好像是……

同時，小腹那裡應景地抽了抽，而後似是有什麼東西正緩緩地由下方流了出來。

這種久違的熟悉感覺……

簡妍瞬間只覺得血衝大腦，四肢冰涼一片，直接風中凌亂了。

月事就是大姨媽啊！她自穿越到這年代以來，都已經有十四年沒有來過大姨媽了，壓根兒就已經忘了這個親密東西的存在了好嗎？

繼四肢冰涼一片之後，她瞬間又覺得一張臉滾燙了起來，不用看也知道臉上現下定然是紅得可與晚霞媲美了。

偏偏徐仲宣在那裡看著她這風中凌亂的窘樣之後，還甚為閒情逸致地笑著問了一句。

「第一次？」

笑個毛！簡妍狠狠地瞪了他一眼，繼而又想到，既然這坐墊上都已經沾染上了血跡，那不用說，她的衣裙上肯定也是姹紫嫣紅的一片了！

來了大姨媽自己不自知，竟然還被徐仲宣看到。簡妍一時覺得真是什麼臉都給丟光了。

悄悄地抬了一隻手擋住半邊臉，簡妍通紅著一張臉，惱羞成怒地低喝著。「你還坐在這裡做什麼？還不快滾下去將白薇叫過來！」

雖然是被罵了，但徐仲宣面上的笑意卻是越發濃了。他伸手解下身上的鶴氅，披在她身上，笑道：「披著這個。」

簡妍劈手扯了下來，又甩回到他身上去，說：「白薇那裡有我的斗篷，讓她拿過來！」

徐仲宣笑著「喔」了一聲，隨即伸手挑開車簾，下車去後面的馬車上喚了白薇過來。

白薇還不知道發生了什麼事，徐仲宣也沒有對她明說，只是說著簡妍讓她過去，她便忙忙過來了。見簡妍正一張臉紅透地坐在那裡，便低聲問：「姑娘，妳怎麼了？」

簡妍紅著臉沒回答，只低聲讓白薇將她早間穿的那領蜜合色妝花斗篷自包裹裡取出。

白薇依言自包裹裡將這領斗篷尋了出來。

簡妍接過，披在身後，繫上帶子，然後扶著白薇的手下了馬車。

門前廊下，燭光影中，徐仲宣正背著雙手站在那裡，唇角帶笑，眼中盡是頭頂燭光瑩瑩的風華，悠然飄逸，看著她慢慢走近。

簡妍一見著他面上此刻的笑意，不由得一張臉就又紅了。

她腳步匆匆地從他的身邊走過，頓了頓，忽然又低聲說了一句。「那個……車上……你處理一下，不要教其他人知道。」

徐仲宣輕輕點頭，笑道：「我知道。」

簡妍的臉更紅了。這次她沒有再說什麼，只是匆匆地帶著白薇進了後門。

徐仲宣則是待她進去了好一會兒之後，才抬腳走入後門。

一路到了凝翠軒中，徐妙錦正坐在燈下看書。

徐仲宣解下身上的鶴氅遞給一旁的青竹，隨後笑道：「晚上就著燭光看書，仔細對眼睛不好。」

徐妙錦聞言，抬起頭望過來，見他眼角眉梢皆是掩都掩不住的滿滿笑意，遂挑了眉，問道：「大哥，你看起來好像很高興？」

「是。」徐仲宣走至她身側的一張椅中坐了，面上笑意不減，道：「我剛剛作了一個很重要的決定。」

徐妙錦自然是好奇的，忍不住就問了一句。「什麼樣重要的決定？」

徐仲宣微微垂頭，想起方才簡妍在他面前通紅著一張臉的窘迫模樣，不由得便唇角笑意柔和，胸腔中的一顆心也慢慢柔軟了下來，滿滿的都是柔情無限。

「我想娶簡妍為妻。」他優雅白皙的手掌虛覆在桌面上，抬頭望著徐妙錦，眼中的光芒一剎那蓋過了屋中所有的燭光，熠熠生輝，流光溢彩一片。

第五十四章　決心已定

「你瘋了！」徐妙錦被他這句話給駭得猛然從椅中站了起來，低聲說：「縱然你再是喜愛妍姊姊，可她畢竟只是個商賈之女啊！一個朝廷堂堂的三品大員卻要去娶一個商女為正妻，傳出去別人不會笑話嗎？至多也就是個妾室罷了，到時你多疼愛她一些也是可以的，為什麼一定要娶她做正妻？」

「我並沒有瘋。」徐仲宣的聲音聽起來平和冷靜得很。「在山東的那幾個月，我一直都在考慮這個問題。大哥並不瞞妳，直至今日看到簡妍之前，我都沒有下定決心要娶她為正妻，只以為讓她做一個寵妾罷了。可是錦兒妳知道嗎？今日當我見著她和另外一個男人坐在一起喝茶，哪怕他們僅僅只是偶然相遇，彼此清談幾句，我卻發現自己都是沒法忍受的。且後來，我見著她哭了，明明哭得那樣傷心，悲痛氣塞，無語凝噎，可還是哀求著我放過她，那一刻我就知道，我是再也沒有法子放開她的。不說只是個正妻之位，這世上的任何東西，但凡她開口，我都是沒有法子拒絕的。」

當他親吻上她的雙唇，將她攬入懷中的那一刻，他就知道，縱然是她再如何哀求他放過她，他都是無法放手。而當她從他的懷中起身，他懷裡驀然一空，心中突然起了慌亂感，他就知道，但求她不推開他，無論她要什麼，他都是願意給的，不說只是個正妻之位而已。只是這些心裡的話，並不足以與外人道罷了。

徐妙錦急道：「不是我在背後說妍姊姊的壞話。只是大哥，你難道就沒聽說過『欲擒故縱』這四個字嗎？妍姊姊她自己自然也是知道，依著她的身分，是絕對不可能給你做正妻的，只是她可能又不願意做妾，又知道你心中在意她，便故意在你面前做了這番樣子出來也未可知，大哥你可要想好啊！」

「她並不是那樣的人。」徐仲宣想都沒想就開口說著。「我知道，她是不屑於用這種手段的。」頓了頓，他又笑著說了一句。「便是她真的在我身上用了欲擒故縱這一招，那也沒有關係。但凡她想要的，我會竭盡所能地給她就是了。」

「大哥，你真是魔怔了。」徐妙錦深深地嘆了一口氣，只覺得自徐仲宣遇見簡妍之後，便再也不是她從前那個理智冷靜的大哥了。「娶商女為正妻，你讓你的同僚們怎麼看你？那些同僚們的女眷又如何看妍姊姊？且說這事也不是你一個人的事，便是你再想如此，只怕母親和祖母都是不會答應的。」

「我不在意別人怎麼樣看我。正所謂夫榮妻貴，我一步步地坐到今天這個位置，往後定然還會坐上更高的位置，那些同僚們自然只會更加敬畏我；他們的女眷縱然是因著出身的緣故從心裡看不上簡妍，可在面上還是得對她畢恭畢敬、言語客氣，絲毫不敢觸犯她，否則要我這個做丈夫的做什麼？至於母親和祖母那裡，」徐仲宣虛覆在桌面上的手掌慢慢收攏，目光忽然就變得有些森冷灼人。「我徐仲宣決定的事，她們又怎麼敢在一旁指手畫腳？」

徐妙錦的雙眼瞳孔微微收縮。

這一刻的徐仲宣讓她有一種他會為了簡妍負天下人的感覺，只怕她這個做妹妹的若是在這件事上再多說些什麼，也是會惹他不高興的吧？

徐妙錦暗暗地長嘆了一口氣，選擇了見好就收，轉而又問：「今日你怎麼和妍姊姊遇上的？」

徐仲宣回答得很含糊，不過幾句話帶過，並沒有多說什麼。

徐妙錦見他不想說，便也沒有多問。只是片刻之後，她到底還是忍不住地問了一句其他的話。「你打算娶妍姊姊為正妻的這事，有沒有對妍姊姊說過呢？」

徐仲宣搖搖頭。「並沒有說過，我也暫且不打算對她說的，等過些時日再說吧。」

玉皇廟裡簡妍對他說的那些決絕的話言猶在耳，剛剛在馬車上的時候她又是那樣求著他放過她，就算現下對她說他會娶她為妻，一生一世只有她一個女人，只怕她都是不會相信他的。

她那樣剛強的性子，他實在是不敢逼得她太緊。他現下也唯有寬慰自己，再等等、再等等，時日長了，他的心思簡妍最終會看明白的，到時水到渠成豈不是更好？

轉念一想，她今夜第一次來了月事，往後就是大姑娘，不再是小姑娘，是可以嫁人成親了，他一時恨不能就遣人去對簡太太提親。又想到女子月事期間失血那樣多，她的身子又是那樣瘦弱，便喚了青竹過來，吩咐她。「明日一早妳拿些銀子去跟小廚房裡的夏嬤嬤說一聲，讓她這幾日多做些能補血的飯菜給簡姑娘送過去。」

青竹已然十六歲，聽徐仲宣這般說，她立時就明白了是怎麼回事，忙屈膝應道：「是，奴婢明白。」

徐仲宣又想著，今夜簡妍第一次有月事的事偏生就教他看到，只怕她心中是不自在的，更是抹不開臉見他了。罷了，看來明日暫且還是不能去見她，不然到時她惱羞成怒，這樣的小日子偏生又氣到了自己，可怎麼是好？還是下次休沐的時候再想法子見她吧。

一轉頭，卻見徐妙錦正盯著他看，於是他便問：「妳這樣看著我做什麼？」

徐妙錦想了想，終於還是決定實話實話。「我覺得剛剛的你壓根兒就不是平日裡我認得的那個大哥。大哥你不該是冷靜理智，一心只在朝堂大事上的嗎？又怎麼會對婦人的這些小事這樣掛心？」

「等妳真的喜歡一個人的時候就會知道，對方什麼樣的小事在妳看來都會是一件大事。」徐仲宣發現，現下但凡是他想到簡妍的時候，總是會覺得心裡滿滿當當的，面上總是不可抑制的就會帶了幾分柔和笑意。「妳還小，這些事現下妳也不懂。等妳大了，遇著妳命中注定的那個人時，妳自然就曉得了。」

徐妙錦忍不住又問道：「大哥你就這樣在乎妍姊姊？若有一日，權勢和妍姊姊只能二選一，你會如何選？」她知道徐仲宣心中對於權勢的渴望。

他是庶子出身，自小受盡冷眼嘲諷，深知唯有站到了高處，才能讓所有人都敬畏仰望他，再也不敢存了小覷他的心。

徐仲宣被她這句犀利尖銳的話給問得一窒，片刻之後才說：「自然是權勢我要，簡妍我也要，妳說的二選一這樣的事，永遠都不會發生。無論如何，我定然不會讓事情走到那樣的一步。」

徐妙錦沒有再說話，心裡卻想：未來那樣長，到底會有什麼樣的事發生，誰會知道呢？

簡妍此刻手中抱了裝滿熱水的湯婆子，歪在床上發呆。

只要想到剛剛來了大姨媽，搞到了衣服和馬車的坐墊上，卻被徐仲宣給看了個精光，還笑問她是不是第一次的時候，她就忍不住想將整顆頭都塞到被子裡面去。

今天在徐仲宣面前，實在是什麼臉都丟盡了。

先是那般無緣無故地哭了一頓，又是不抗拒地被他親吻了一番，最後又來了大姨媽這麼一齣，不曉得現下在徐仲宣的心裡，她會被打上些什麼樣奇異的標籤？

白薇在一旁忙進忙出，因見簡妍躺在那裡發呆，就輕聲地問了一句。「姑娘，湯婆子裡的水可冷了？讓奴婢重新去給您灌些熱水過來吧？」

簡妍睜開閉著的雙眼，見白薇一臉笑容，忍不住就問道：「什麼事竟是教妳高興成這樣？」

「奴婢是在為姑娘高興呀！」白薇伸手接過她遞過來的已有些冷的湯婆子，笑道：「來了月事，就意味著姑娘是大姑娘了，是可以嫁人生子了呀！」

簡妍抽了抽唇角。

她現下最不想聽到的就是嫁人生子這樣的話。女人首先是人，然後才是女人，然後才是其他各種各樣的社會角色，並不是來到這世間走一遭就只是為了嫁人及生子這兩件事的。

可這樣的話也不好對白薇說，且白薇畢竟也是一番好心好意的為她著想，所以簡妍就沒有說什麼，只說今兒白薇隨她出去，也累了一天，現下就去歇著吧。

白薇應了聲「是」，躬身退了下去。

簡妍隨後也拉高被子，準備睡覺。不過這一夜她沒有睡好，一則是久違的大姨媽來了，身子多少有些不舒服；二來則是，但凡她閉上眼，總是能想起馬車上徐仲宣俯首過來親吻她的那一幕。

他身上淡淡的迦南手串的幽香，他溫暖柔軟的雙唇一寸寸地碾過她的雙唇，輕吮慢吸，明明是那樣輕柔，卻挑動著她全身的每一根神經，連現下想起來的時候，甚至都覺得全身乃至手指尖、腳趾尖都是酥麻一片，連面上都是滾燙滾燙的。

長長地嘆了一口氣後，簡妍伸手捣住自己的臉。怎麼辦呢？保留了這麼多年的初吻，就這麼簡單地交代出去。當時她為什麼木雕泥塑似的，就沒有一點反抗呢？還是她壓根兒就不想反抗，其實內心也期待徐仲宣這樣親吻她？

這一夜，注定是個不眠夜。

半夜好不容易迷迷糊糊地睡著了，又有淋淋漓漓的秋雨下起，一聲聲地敲打著窗前的芭蕉……

第五十五章　兩兩相見

這場秋雨連著下了兩日，直到第三日天才放晴，細細密密的暖陽從雲層中漏了下來。

秦氏讓小丫鬟抬了躺椅放到院子裡，墊好了水獺絨毛皮的坐墊和靠背，旁側又放了一只花梨木的几案，上面放了茶盅和果盒，然後才扶著芸香的手，搖搖晃晃地從屋子裡走出來，半躺在躺椅中，閉著雙眼曬暖。

耳中聽得兩邊廂房裡叮叮咚咚的聲音響個不住，她也沒有睜開雙眼，只是吩咐芸香。「妳和惠香好生督促那些婆子和小丫鬟收拾兩側廂房。若是有那偷懶的、做事不細緻的，告訴了我，直接拖出去先敲個二十棍子！」

「奴婢知道。」芸香忙回道：「太太您就好好地曬暖吧，一切有奴婢們呢，您不用操心。」

秦氏淡淡地「嗯」了一聲，便不再說話，只是專注地曬著初冬暖和的日頭。

前些日子她兄長來了一封信，說是他有個庶子在今年秋闈考中了舉人，因想著這通州畢竟離京城近，早些過來熟悉熟悉，為了明年的春闈做準備也是好的。且徐仲景今年秋闈也是考中的，徐仲宣又是那樣才華滿腹，秦氏的兄長就想著讓他這個庶子到徐宅來，日常與徐仲景在時文上多交流交流，沒事的時候再多請教徐仲宣一些時文上的事，必是對他這庶子好處良多。又因秦氏前些日子去信，只問著可有那等待字閨中、容貌姣好的姪女？她有意想親上加親，將之許配給徐仲宣為妻。於是她兄長就讓她嫂子帶了自己的嫡次女和這中了舉的庶子一塊兒過來，不日就會到通州。

秦氏接了她兄長的消息後，今日趁著天氣好，便趕著讓丫鬟、婆子收拾了自己院子裡的兩側廂房出來，只想著到時好好地接待她的嫂子、姪子和姪女。又在心裡算著他們的行程，想來兩日後也該到了。

這世上有會做官的，自然也有那不會做官的。

秦氏的兄長雖然是兩榜進士出身，但官海浮沈二十幾年，到現下也只不過是做到了從六品陝西秦州州同知而已；他的太太周氏則是個武官之女，性子強勢，做事極其雷厲風行。

秦氏未出嫁之時周氏就已嫁了過來，姑嫂兩個雖然心裡多少都有些看對方不順眼，但好歹面上總歸還是過得去，且多年不見，猛然一見面，自然較往日親熱了許多。

所以姑嫂兩個這一見面，什麼話都還沒有說，彼此倒都先摟著痛痛快快地哭了一場。

秦氏這些年不容易，嫁到這徐家來，一直都沒能生個一兒半女下來，可她又心氣高，不肯將庶子記到自己的名下來，只以為自己定然能生個兒子出來的。可誰知道熬了那麼多年，熬到自己的丈夫都死了也愣是半個兒子都沒能生下來，這時她倒是急急忙忙地將一對庶子、庶女都記到自己的名下，可是又有什麼用呢？庶子早就大了，且又是個性子淡漠、極有主見的，那是壓根兒就不會跟她親近。這些年說起來，這庶子一路官場得意，做到了如今這樣的一個高官，可對她這個嫡母卻不親近，不過維持著面上喚她一聲母親的樣兒罷了，內裡只怕是對她十分淡薄的。所以她有時也在想著，沒有自己的孩子，等到老了可怎麼辦呢？便是徐仲宣生的孩子再叫她一聲祖母，可到底也是隔著好幾層，親近不起來。

周氏這些年也不容易。秦氏的兄長性子懦弱，仕途上一直不順暢，起起落落數年，一會兒是在這個州了，一會兒又在那個府了，她便跟著他這個州、那個府的跑。且這些年，秦氏的兄長做的又都是些小官，每月的俸祿原就只有那麼多，卻還有一大家子要養，哪裡夠？便是這次為了上通州來，硬是咬了咬牙，特地置辦一身新衣裙，可與秦氏這滿身綢緞綾絹、頭上珠翠堆滿一比，那可就是不夠看了。是以姑嫂兩個這別後經年相逢，只覺這些年中各有各的心酸，竟是一哭就止不住。

旁邊的丫鬟、嬤嬤自然是各自上前來解勸。好一會兒，姑嫂兩個才止住了哭，分了賓主坐下來。

周氏這時招呼著跟她一起來的女兒和庶子上前來拜見秦氏。

「這是我的二女兒，叫做素馨，現年十六歲了。」一面又喚著秦素馨。「還不快來拜見妳的姑母。」

秦氏抬眼看這秦素馨，見她穿著粉紫緞面的撒花對襟披風、緋色百褶裙，頭上不過簪著一支白色珠簪並著兩支緋色的堆紗絹花而已。生得倒也柔婉清秀，只是很有些小家子氣，見著她這姑母也是紅透了一張臉，聲若蚊蚋，行禮時也是逼手逼腳的，很是放不開。

那秦素馨剛剛向她拜下去的時候，秦氏已傾身彎腰，一把扶起了她。

「好孩子。」她笑道：「都是自家人，對姑母可不用這般客氣。」

一邊說，一邊又伸手拔下自己鬢邊戴著的一支鳳釵，抬手插到了秦素馨的頭上，笑道：「第一次見面，這是姑母的一點心意，妳可別嫌輕薄才是。」

這是一支赤金點翠鳳釵。三支細薄鳳尾蜿蜒向上，鳳口中又銜了一串細長珍珠流蘇下來，看著就極精緻貴重。

秦素馨心中有些拿不定主意，到底該不該接這支鳳釵？便轉頭去看周氏，見周氏對她點頭，她才轉過頭來，又對秦氏屈膝行禮，細聲細氣地說：「多謝姑母賞賜。」

秦氏便笑著讓她到一旁坐了。

這時周氏又指著後面一位十八、九歲的少年，對秦氏笑道：「這是秦彥。」一邊又轉頭對秦彥道：「過來拜見你姑母。」與剛剛介紹秦素馨時的親暱語氣不同，秦氏這會子的語氣就透著那麼幾分冷淡。

秦氏心裡就想，她這嫂子也是個心裡沒成算的。雖然早知道她善妒，並不喜歡哥哥有什麼姨娘、通房丫頭之類的，更是對哥哥那些庶子、庶女冷眼以待，可說到底，這個秦彥現下好歹也考中了舉人，往後是極有可能進仕途的，指不定秦家往後的興盛都要指靠著他呢！不說有多巴結討好他吧，可至少也不能這麼鼻子不是鼻子、眼睛不是眼睛的冷言冷語吧？

是以，當秦彥向她躬身行禮時，她也如同對待秦素馨一般，立時就傾身彎腰扶住了他的賂賻，只道：「都是自家人，彥兒這麼客氣做什麼？」一邊又讓芸香拿來給他的見面禮。一只朱漆描金方盤上，依次擺著的是一方端硯、兩匣松煙墨、兩本新書。

秦彥伸手接過來，然後遞給一旁站著的丫鬟，再拱手行禮。「多謝姑母。」

秦氏冷眼見著他行事進退有據，與她說話時又是不卑不亢的模樣，一點兒小家子氣都沒有，倒是落落大方得很，又抬眼仔細地打量他一番。

見他穿著月白色的直裰，腰間繫著寶藍色的雙穗絲條。看得出來他身上的這件直裰也是新做的，雖料子不及秦素馨身上衣裙的料子，瞧著有些寒酸，細微的皺褶甚多，仍硬是教他穿出了幾分清貴冷傲的感覺來。

秦氏便暗自地點頭，心想，她這個庶出的姪兒瞧著倒不是個池中物，只怕來日會有些成就也說不定，於是言語之中就越發對他親近了起來。

一時又吩咐芸香，讓她帶了兩個小丫鬟速去請大公子和四姑娘過來。

芸香答應了一聲，轉身帶著小丫鬟自去了。

這邊周氏原本見秦氏言語態度之間對秦彥很是親近，心中已有點不大自在，這會兒見秦氏讓丫鬟去請徐仲宣和徐妙錦，便有些不悅地問：「宣哥兒和錦姊兒不知道我這個做舅母的今日過來嗎？」言下之意，就是有些怪罪他們沒有過來迎接，反倒要秦氏去請他們過來相見。

秦氏就道：「現下的宣哥兒哪裡是以往的宣哥兒？現下他可是禮部的左侍郎呢，便是我這個嫡母見著他都要客客氣氣的，不敢高聲，往日裡讓人去請了十次，能來五次已是不錯的了，也不曉得待會兒會不會過來呢？」

周氏便從鼻中輕哼一聲，說：「妳是嫡母，他是庶子，再是做到了什麼樣的高官，還敢對妳不尊敬？咱們聖上是以仁孝治天下的，好不好，一紙狀紙告到衙門裡去，只說他不孝，到時便是個再大的官兒，有了這個不孝的罪名，往後他也別想在仕途上有什麼大作為了！」

這話其實很有點敲山震虎的意思。秦氏暗暗地瞥了秦彥一眼，見他放在膝上的兩隻手緊緊地蜷起來，手背上淡青色的青筋高高地鼓起來，一張俊臉也是繃得緊緊的。

她心裡就想，她這姪兒到底還是年輕，沈不住氣。這事要是放在徐仲宣身上，只怕他就能做到不動聲色，然後等他羽翼豐滿之後，再來讓妳一直受著零零碎碎的罪，讓妳為現下說的這句話付出代價。

「嫂子這話就說差了。」秦氏收回瞥秦彥的目光，轉而又對周氏笑道：「他再是個庶子，可說到底也是我名下的兒子，我與他也算得是母子的關係，一榮俱榮，一損俱損，沒地有個讓他混得不好我就好的道理。」

周氏自然知道她這話是什麼意思，所以她輕哼一聲，便不再說話，只是低下頭喝茶，不過心裡還是對她的這句話很不以為意。

秦氏便也不再說什麼。說白了，她雖然再是希望秦家興盛，可她畢竟是個嫁出去的女兒，周氏如何對待秦彥的事她是插不進手去的。於是她便轉而只是問著一些這些年他們在秦州過得如何，哥哥現下身子可好，其他的姪兒、姪女如何之類的閒話。

茶水換了兩遍之後，外面終於有小丫鬟進來通報，說是大公子和四姑娘來了。

話音才落，早就有丫鬟打起了門口垂掛著的碧青繡花夾門簾來。

徐仲宣俊雅，徐妙錦嬌柔，兄妹兩人穿戴都是極好的，站在一起就好像畫上才有的人一般。

兩人先是拜見了秦氏，秦氏忙讓他們兩人不必多禮，又引見著周氏，說這是他們的舅母，讓他們過去拜見。

周氏是見過徐仲宣的。

秦家祖上也是京城裡的官員，一直都住在京城。她嫁過來的頭幾年，丈夫還沒能考中進士，只在家裡讀書，她便也隨之住在京城。那時秦氏嫁到徐家來，逢年過節的兩家也是會互相走動的。而徐仲宣那會兒已然出生，所以周氏自是見過他。

周氏打量了徐仲宣一番，心裡只想著：倒是沒看出來，當年不過是一個丫鬟所生的，上不得檯面的庶子罷了，這會兒卻成了個朝廷的三品大員！

只是周氏對徐仲宣的印象始終還停留在那個路都不會走，只會被人抱在懷裡逗弄的小人兒上，且剛剛又聽秦氏明裡暗裡地勸誡她要對秦彥好一些的話，肚子裡早就存了幾分氣，難免就對面前這個同樣是庶子出身的徐仲宣沒什麼好臉色，心裡並無一些對他的忌憚之心，笑道：「一晃二十多年過去，宣哥兒竟是這般大了。我記得上一次看到你的時候，你還是個只會吐口水的小毛團呢！」頓了頓，她又偏頭對秦氏說了一句。「我記著那會兒我過來的時候，還是雲姨娘給我打的簾子、奉的茶呢！到底是個丫鬟出身，伺候起人來可比姑爺從外地買來的那些姨娘們嫻熟多了！」

秦氏聞言，面上就有些變了色。

雲姨娘正是徐仲宣的生母，而徐仲宣對他這個生母甚是看重，可周氏現下見著徐仲宣，言語之中竟然這般貶低雲姨娘，可不是不知死？

她還以為徐仲宣是當年那個不會說話、由著她掐一下也只會哭的小毛團嗎？人家現下可是手握重權的朝廷高官呢！

第五十六章　相見學長

周氏這句一說完，屋內立時就靜寂一片。

秦氏偷眼望了徐仲宣一眼，見他面上神情如舊，依然還是先前那般的淡淡笑容，並不見有一絲著惱的意思，恍似他剛剛壓根兒就沒有聽到周氏說的那話一般。

周氏心中未免就有些得意，只覺得這徐仲宣面上看起來很和煦溫和，哪裡有秦氏說的那麼誇張了？便又讓隨身丫鬟拿了見面禮出來給徐妙錦。

徐仲宣她是見過的，這徐妙錦她卻是沒有見過。論理她這個做長輩的第一次見到這個名義上的外甥女，自然是得有點見面禮。

見面禮是一支赤金的簪子。簪頭打造成一支薄薄的梧桐葉，上面趴著一隻白玉做的夏蟬。

這還是周氏自己當年的嫁妝。她也是狠了狠心才決定將這支簪子拿出來給徐妙錦做見面禮的。

但徐妙錦瞧著打開的錦盒裡的這只簪子，並沒有伸手去接，只是側頭吩咐站在她身旁的青竹。「去接過來。」

青竹依言上前接過了。

徐妙錦這時又道：「青竹，這支簪子賞妳了。」

她話一說完，周氏的面上就變了色。

這支簪子不說是赤金白玉打造，價值不菲，最主要的，這是她這個做長輩的送給小輩的禮物，可這小輩卻當著她的面就將這簪子賞給了丫鬟，這把她的臉放在哪裡？可不是明晃晃地打著她的臉？

於是周氏便沈了臉，語氣不善地問徐妙錦。「錦姊兒這是什麼意思？」

「並沒有什麼意思。」徐妙錦神色淡淡地說著。「只是這簪子既然是舅母給我的，那豈非就已經是我的了？我將自己的東西賞給自己的丫鬟，難不成不可以？」

周氏被她這番話給堵得無話可說，青白了一張臉，張口「妳」了半日，到底還是沒「妳」出個下文來，最後她便轉過頭去，望著秦氏，咬牙恨道：「這樣一個不尊長輩的庶女，妳這個做嫡母的也不管一管？」

秦氏對於她這樣禍水東引的做法真心覺得有點無奈。

徐妙錦她自然是不懼的，可徐妙錦身後站著的人是徐仲宣，這就有點難辦了。

恰好這時徐仲宣的聲音適時地響起來。

「舅母見諒。」他的聲音還是一如既往的清潤，山間清澈溪水般不疾不徐流淌過的模樣。「錦兒年幼，不知事，衝撞了妳，我自會說她。」

周氏聞言，心中剛好受了一點，忽然又聽徐仲宣對徐妙錦說——

「往日裡我是怎麼教導妳的？對著那等不值得尊重的人，何必要多費唇舌？不理會也就是了。難不成狗咬了妳一口，妳還要咬還回去不成？」

周氏的面上一時陰沈得都能滴下水來。

徐妙錦卻是掌不住，噗哧一聲笑了，隨後就說：「大哥教導得是，錦兒記住了。」

秦氏這時忙開口岔開話題，引領他們兄妹二人和秦素馨、秦彥相見。

秦素馨也還罷了，徐仲宣聽她喚了一聲表兄，略略地點了點頭就算是打過招呼，只是對著秦彥的時候，他倒是很仔細地打量了一番。

少年身形修長，外貌俊朗，舉止進退有據，與人交談時不卑不亢，琳琅珠玉般的人物，無論放在哪裡都很打眼。只是那滿身的孤傲清冷之意，竟是絲毫都不掩飾，讓人見了，未免就會覺得此人有些不大好相處。

過於鋒芒畢露也並非什麼好事，不過姑且體諒他少年意氣，也是可以理解的。且聽聞他今科秋闈已中，來京也是為明年春闈準備，若是屆時他能再中進士，有著表兄弟的這層關係在，往後官場之中總歸是較別人親密好辦事些。

於是，徐仲宣對秦彥的態度、言語也還算客氣。

見秦彥對他拱手行禮，叫著表兄，他便也平還了一禮，叫了一聲表弟，竟是絲毫都沒有一點托大的意思。

秦氏坐在羅漢床上冷眼見著徐仲宣和秦彥之間相處得還算融洽，倒巴不得徐仲宣和徐妙錦趕快離開此地——那邊周氏的面上都已經是烏雲罩頂了，她實在有些擔心下一刻就會電閃雷鳴。到時親戚之間若是撕破了臉皮，總歸是有些不大好看。且私心裡來說，她也是欲將秦素馨許配給徐仲宣，所以不希望徐仲宣和周氏撕破臉皮鬧開了。

其實她一早就想過這個問題。依徐仲宣現下的身分地位，只怕來日他的妻子定然也是出身高門。她原就只是徐仲宣的嫡母，隔著一層肚皮不說，他年幼的時候她對他也甚是冷淡，並沒有什麼好言語對他，他心中能有多少敬意給她？做妻子的還不是看著自己丈夫對嫡母如何，她就跟著如何？與其到時年紀大了晚景淒涼，倒不如現下就開始籌謀。

拿捏不住徐仲宣，那就想著拿捏住他的妻子，所以這妻子最好便是她指定的。而這樣一想，她娘家姪女就是最好的選擇了，親上加親，有這層姑姪女的關係在裡面不說，且今日她一見這秦素馨，生得眉眼不錯，也是個我見猶憐的美人兒，而性子怯弱，想來是個好拿捏的，實在是個上上人選。

秦氏心裡還想著，即便這秦素馨到最後做不成徐仲宣的正妻，就算只是做了個妾室，可來日她生了子女，總歸是與自己有幾分血緣關係在，到時自己再好生教導他們一番，也不至於到老了，落得個身邊並無半個親人的下場。

這主意一打定，秦氏自然不願徐仲宣與周氏鬧什麼不愉快出來，至少明面上那是不能的。

於是她便對徐仲宣等人笑道：「我與你們舅母在這裡說些閒話，你們想來在一旁聽著也嫌悶，既如此，彥哥兒和馨姊兒也是第一次來，你們且領他們兩個去園子裡逛逛也是好的。待會兒也不必回我這裡了，直接去松鶴堂吧，老太太知道他們要來，說要設宴請一請他們呢！」

上次簡太太一家來了，吳氏設宴給他們一家子接風洗塵，這次周氏他們三人來了，為了不顯示自己厚此薄彼，吳氏自然也得設宴款待他們一番。

徐仲宣和徐妙錦原本也不欲在這裡多待，這時聽秦氏這般說，兩個人便起身作辭。

那邊秦彥和秦素馨也跟著起身作辭，隨徐仲宣和徐妙錦出了門。

徐妙錦和秦素馨是沒什麼好說的。剛剛徐妙錦在屋子裡做的那一齣，明擺著就是給周氏沒臉，秦素馨心裡自然是有幾分想法；且她原就是個膽小怯弱的性子，這會兒初到一個陌生的地方，富貴繁華皆是自己以往沒有見過的，不由得心中很是慌亂，一時只緊緊地抓著自己的衣袖，跟在眾人身後四處亂看罷了。

那邊秦彥倒是絲毫慌亂都沒有，只是和徐仲宣並排走在前面，只不過他話並不多，便是有時候徐仲宣問他幾句，他也只是寥寥以答，並不肯多說半個字。

徐仲宣就皺了皺眉。他這個小表弟給人的感覺實在是有點太高傲了。

少年人可以意氣，可以目空一切，只覺得自己是這世間最厲害、最獨一無二的，可這些藏在心裡便罷了，明晃晃地露在面上教人看出來就不大好了。但他沒有表現什麼出來，依然溫和地偶爾同秦彥說著話。

簡妍正臨窗坐著，一面在繡繃上繡著荷葉錦鯉圖，一面在心中想著事，想的是如何才能成功逃離簡太太的掌控？

前兩日她清點了一下自己這些年積攢下來的銀錢和首飾，約莫出去之後也是能去一個偏遠些的小城鎮，買個小院子，過著普普通通的日子。

至於如何才能做到金蟬脫殼的事，她也是想好了。

以往她難出門，只能在內宅裡活動，便是偶爾出門，簡太太也看得緊，難做什麼手腳。但是最近這些日子，周盈盈經常給她下帖子，邀她出去鑑賞書畫，簡太太每次都放行。簡妍現下想的就是，莫不如趁著這樣的機會，尋了個適當時機，逃離眾人的眼線，然後雇了車馬，徑直出了京城，再沿路換車馬，直至一處偏遠小城鎮。

這個時代的消息原就算不得發達，到時簡太太找到她的概率想來是極小的。說不定到後來簡太太都懶得找她，那她往後豈不是就能自由自在了？想得太入神，一個沒留神，手中的繡花針就戳到了手指尖！

簡妍吃痛，猛然回過神來，目光望向眼前的繡繃。她原是在繡一朵荷花的，現下荷花鵝黃色的花蕊已繡好了，她便換了粉色的絲線，想繡著荷花周邊的花瓣。只是她心中忽然又想到了徐仲宣，於是心裡亂紛紛的一片，再也沒法子靜下心來做繡活。

若能成功離開這裡，她這輩子勢必都不會再回來了，那豈非就是說，她這輩子都再也不會見到徐仲宣了？心中忽然大痛，她便撇下針，叫了白薇，想著要出去走一走。

初冬之際，水面上殘荷一片，岸邊柳葉枯黃，別有一番蕭條清寂之味。

經由這水邊的冷風一吹，簡妍心中的痛楚減了不少，人也漸漸鎮定下來，但她依然還是輕抿著唇，慢慢地在水邊走著。

白薇見她這樣，曉得她必然是心情不好，便也沒有說話，只是無聲地跟在她身後。

這般過了一會兒，忽然就望見那邊有一行人逶迤而來。

簡妍頭先只以為是徐家的其他人過來逛園子，想著他們現下也是看到了她和白薇，若是這會兒她避回了院子裡反倒不好，讓人家見了怎麼想呢？莫若便繼續留在這裡，等那行人過來了，大大方方地打個招呼也就是了。

只是後來那行人走得近了，旁邊的幾個人她還沒有看清楚，當先看到個頭最高的那個人正是徐仲宣。簡妍便也不去想什麼失禮不失禮的事，忙忙帶了白薇就要回去，可是眼角餘光忽然掃到了徐仲宣旁側站著的那個男子，她立時只覺得如遭雷打雷擊一般，霎時雙腳就釘在了原地，竟是一步都挪不動了！

第五十七章 憤怒質問

對於簡妍，或者對於絕大多數人而言，她上輩子的那位學長就是個人生贏家般的存在。他的父母一為高官，一為知名企業家，而他本人非但是生得俊逸非凡，又是眾人皆知的學霸一枚，指考時全市第一，成功躋身A大資訊系，年年一等獎學金，當之無愧的學校裡的風雲人物。後來大四那年，又收到了國外名校的offer，不日就將啟程攀往他人生的另一座高峰。

對於這樣的人物，自然有許多女生會芳心暗屬，簡妍就是其中一個。所以在當初得知學長要坐車去郊外爬山的時候，她也跟著上了那輛大巴士，還坐在他的身後，只是沒想到路上會出車禍，等她再醒過來的時候，就已經到了這個時代，變成了一個嬰兒。

現下，她眼前的這位少年，非但生了一張和她上輩子那位學長一模一樣的臉，便是那周身的清冷氣質，也幾乎是一模一樣。他簡直就是她的那位學長啊！

簡妍心中忽然就升起了一個大膽的想法——當時她和學長都是坐在一輛車上的，那麼出車禍之後，她能穿越到這個時代來，為什麼學長就不能？

所以眼前的這個少年，會不會其實真的就是她的那位學長？

簡妍被自己這個忽然升騰而起的想法給刺激得腎上腺素呼的一下就狂飆了上去，下一刻她只覺得心跳如擂鼓，一下一下重重地敲擊著她所有的理智。

咚的一聲，理智的城牆轟然倒塌。

她上前兩步，顧不得周邊還有這麼多人在，目光定定地望著秦彥好一會兒後，最後終於還是顫著聲音問了出來。「你是……學長？」

這一刻，她很清晰地從對方的眼中看到他的震驚和不可置信。

是了！是了！他一定就是那位學長，不然又怎麼會在聽到她問出這句話的時候震驚成這個樣子？

在一個陌生的異世竟然能碰到上輩子相識的人，但凡只要想一想就覺得激動不已，更何況這個人還活生生地站在她的面前！

簡妍幾乎都要控制不住自己，想衝上前去拽著對方的胳膊，與他來個抱頭痛哭的衝動，而她的眼中這時確實已有淚水湧了出來。

「學長……」她哽咽著，早就忘了自己平日在眾人面前偽裝出來的端莊嫻雅的模樣。這一刻她恍似回到了上輩子，她依然還是那個簡單純粹的少女，做事率性而為，所以她就帶著哭音地問道：「是你嗎？」她想上前，可是胳膊忽然被人狠命地拽住了。

「簡妍！」

她聽到有人沈聲在她耳邊喚著她的名字，她抬頭望了過去，就見徐仲宣正眸色幽深地望著她，拽著她胳膊的手重若千斤，緊緊地箍著她，不讓她上前半步。

她知道她失儀了，可是這一刻她又哪裡顧得了這麼多？

他鄉遇故知原就是一件值得高興激動落淚的事，更何況是異世遇故知了？這份複雜的心情，不是局內人那是一點兒都體會不到的。所以這會兒為什麼還要去顧及徐仲宣呢？她只是目光定定地望著秦彥。

只是，在她灼熱目光的注視下，就見秦彥眼中先前的激動和不可置信迅速地褪去，然後換上了一副平靜的模樣。

秦彥很冷靜地說：「姑娘可是認錯了人？在下並不認識姑娘。」

上一刻還是扶搖而上九萬里，下一刻卻是飛流直下三千尺。這種忽上忽下、大起大落的刺激體驗，形容的大概就是簡妍現下的心情了。

她一時竟覺得身子都有些站立不穩，往旁邊趔趄了一下。若不是徐仲宣及時伸手扶了她一把，只怕她真的就會直接摔倒了。

可縱然眼前的這個人否認了，她依然還是不信的。

天下間哪裡會有長得這麼像的人，且這通身的氣質也如此相像？她還想追問，但是徐仲宣卻側身擋在了她和秦彥中間。

「白薇，」徐仲宣聲音低沈，語帶凜冽，快速地吩咐著。「扶妳家姑娘回去！」

白薇不知道簡妍為什麼會忽然失控，只能站在一旁六神無主，壓根兒就不知道怎麼辦才好？這會兒忽然聽到徐仲宣沈聲吩咐，她忙答應了一聲，過來扶住簡妍，低聲說：「姑娘，咱們回去吧？」

簡妍卻沒有動，目光依然還是望著秦彥。

她雖然沒有開口再問，可目光中的探究急切之意卻是一覽無遺的。

秦彥不敢直直地對上她的目光，只是微微別過頭去，而後才平靜地又說了一句。「姑娘認錯人了，在下並不認識姑娘。」

簡妍的一顆心直直地墜了下去。

果然還是她的妄想啊！她一個人死了，靈魂穿越到這個異世來已屬奇異，若是學長死了也一樣穿越到這個異世來，這樣的概率小得幾乎都可以忽略不計吧？

她暗自嘲笑了自己一番，然後勉力定了定心神，竭力使自己冷靜下來。

「公子勿怪。」待覺得自己的心神穩定得差不多了，她才垂眉斂目，對秦彥福了福身子，依然又是平日裡那個面上看起來循規蹈矩、端莊嫻雅的簡妍，低聲解釋道：「實在是您長得太像我以前認識的一位故人了，所以我才會一時誤認。失禮之處，還請您見諒。」只是攏在袖中的雙手還是顫的，指尖軟麻發澀，一點兒力氣都使不上。

「無妨。」秦彥的目光依然在旁側那株葉子枯黃的垂柳上，聲音無波無瀾，並不見一絲起伏。「世上相像的人很多，一時錯認也是有的。」

他既然都這樣說了，簡妍只以為自己真的是錯認了，所以她又對他斂裾行了個禮，以示賠罪，隨後便沈默地轉過身，扶著白薇的手慢慢地往回走。

只是她一轉過頭去，剛才勉強裝出來的鎮定頓時蕩然無存，一雙手抖得都不成個樣子，整個身子更是虛脫無力，腳下發飄，如同踩在棉花上一樣，似乎隨時都會往前撲下去。

然而，她的脊背還是挺得筆直，至少此刻在外人眼中，那是怎麼樣都看不到她即將崩潰的內心。

但是，徐仲宣是知道的。

他從來都知道，在簡妍看似堅強不可摧的外表之下，內裡實則是個敏感脆弱的性子，只不過她哭的時候也不會在外人面前哭，只會一個人偷偷地躲起來哭而已。

她從來不肯輕易將自己的軟弱展示在外人面前，所以這個秦彥到底是什麼人，竟能讓她方才激動、震驚成那副模樣？

徐仲宣的目光不著痕跡地打量著秦彥。

少年垂眉斂目，雖是面上一臉平靜，看不出絲毫情緒來，可垂在身側的雙手卻是緊緊地握著，可以看到他手背上淡青色的青筋高高地鼓了起來。

秦彥定然是識得簡妍的。

或許，他就是簡妍口中所說的那位學長。

方才秦彥一直與他並排走著，在看到簡妍的一剎那，秦彥的腳步卻是忽然就停了下來。

雖然自己當時在看到簡妍的時候就只關注著她，並沒有去留意秦彥面上的表情變化，可其後當簡妍激動又震驚地問出那句「你是學長」的話之後，他還是立時就轉頭望向了秦彥。

秦彥的目光中同樣有震驚，有不可置信，只是他很快就將這些情緒隱藏了下去。

既然兩個人明明相識，為什麼秦彥卻不肯承認？

徐仲宣心中前所未有的覺得煩躁。

簡妍剛剛看到秦彥的時候，那副激動震驚的模樣，甚至毫不在意還有這麼多人在場，種種失態之處，都如同是一根針般，狠狠地扎在他的心裡。

對簡妍而言，秦彥到底有多重要？她在自己面前甚少會有這樣失態，便是那夜他親吻著她、攬她入懷的時候，她隨後便能調整好情緒，裝作和平常一般的無事模樣，可今日面對秦彥的時候，她為什麼不行？

他甚至都能肯定簡妍在轉身背對著他們的那一刻，心中有多失落，面上有多灰敗！

他一定要去問一問。

「錦兒，」他抬頭，冷靜低沈地吩咐徐妙錦。「帶妳表哥和表姊去松鶴堂。」

徐妙錦見徐仲宣面色沈凝，眼神陰沈，知道他心中已然動了滔天之怒，於是連忙應了聲「是」。

徐仲宣的目光這時狀若無意地掃了秦彥一眼，隨即低沈地說了一句。「我去簡妍的房中看看她。」

在這個年代，一個男子若能隨意地進出女子的閨房，其實也就相當於昭告了他和這女子之間的關係非同一般了。

徐仲宣的這話，其實也就間接地告訴秦彥，他和簡妍之間的親密關係。

只是秦彥的面上並沒有什麼表情。

徐仲宣便不再理會他，轉身大步地走了。

看守荷香院大門的小丫鬟自然不敢阻攔徐仲宣，見著他來，連忙對他屈膝行禮，但徐仲宣看也不看，腳步極快地走上右手邊的抄手遊廊，然後沿著遊廊直接奔向東跨院。

其實徐仲宣現下很想讓徐宅裡的所有人都知道，他和簡妍之間那不同尋常的關係。什麼名聲？什麼男女大防？若不是簡妍現下還背了孝在身上，他可以立刻就上門提親求娶她！

因是白天，連接正院和跨院的那兩扇屏門並沒有關閉，他一路暢通無阻地直走了進去。白薇此時正好從東次間裡掀開碧紗櫥上吊著的繡花軟簾出來，一見到徐仲宣，她整個人就僵在了那裡。

這裡是姑娘的閨房，大公子怎麼能來？

她一時也顧不上行禮了，忙忙就問道：「大公子，您怎麼來了？」又側身擋在軟簾前面，急急地說：「您有什麼話要對我們姑娘說嗎？請您告知奴婢，奴婢轉告給姑娘也是一樣的。只是現下，還請大公子您先離開這裡，不然若是教人看到了，我們姑娘的名聲可就要毀在您的手裡了！」

徐仲宣並沒有離開，只是望著她，冷冷地說：「讓開！」

白薇自然是不會讓的。事關簡妍的名聲，這可真不是小事！她準備拚著被徐仲宣責罵也要誓死擋在這簾子前面，絕不能讓他進姑娘的閨房時，裡面卻忽然傳來簡妍的聲音——

「白薇，讓他進來吧。」

白薇還在遲疑，可徐仲宣已經越過了她，伸手直接掀開簾子，抬腳走了進去。

簡妍的臥房裡是如何的擺設他是半點都沒有去看，自進了屋裡之後，他的目光就只鎖定在簡妍的身上。

簡妍正坐在繡繃後面，垂頭繡著先前沒有繡完的那朵荷花。

聽到腳步聲，她抬頭望了過去，隨即又伸手指了指旁側的椅子，說：「大公子，請坐。」

徐仲宣並沒有坐，只是望著簡妍。

與先時的激動震驚之色相比，她現下面上可以稱得上是冷靜淡然，完全挑不出一絲半毫的失態來。

只是她先前在秦彥面前的那副樣子深深地刺痛了他，便是他現下想起來，依然還覺得心裡火燒似的，灼痛難忍！

第五十八章　分手快樂

徐仲宣上前兩步，一把抓住簡妍纖細的右手腕，冷聲問她。「妳與秦彥是什麼關係？」

簡妍略略地動了動自己的右手，察覺到徐仲宣箝制著她右手腕的力氣甚大，便是她再掙扎只怕也是掙脫不開的，於是她索性就不再掙扎，只是抬起頭，目光直直地落入了徐仲宣的眼中，甚是平靜地說：「什麼秦彥？我並不認識。」

「可是剛剛妳在外面見著他的時候非但叫著他學長，面上還是一副激動震驚的模樣，這又怎麼解釋？」徐仲宣傾身上前，冷聲地繼續追問著。

簡妍這才恍然大悟，原來外面那個長得很像她學長的少年叫做秦彥啊！

只是徐仲宣現下這副高高在上的審問態度有些惹惱了她，於是她便也沈下一張臉來，冷聲回答道：「剛剛你在外面又不是沒有聽到秦公子所說的話，我只是認錯人罷了。」

徐仲宣心裡其實清清楚楚地知道，秦彥極有可能就是簡妍口中所說的學長，不過是因著某些原因並沒有承認罷了。但徐仲宣並不想將這事告知簡妍，如果可以，他希望秦彥能夠永遠都不要承認。

只是，簡妍和她的學長之間到底是什麼關係，他還是很想，也務必要知道。

他便繼續追問著。「妳和妳口中的那位學長是什麼關係？為何一提到他，妳會如此失態？告訴我。」

簡妍被他這副命令的態度和口吻弄得心裡很火大，她用力地一甩手，將徐仲宣箝制她右手腕的手給甩了開，語氣也越發冷了下來。「這些都與你無關！」

徐仲宣極為快速地又伸手過來圈住她的右手腕，一張如罩寒霜的俊臉也湊近了幾分。「可是我想知道。」

「你想知道我就要告訴你嗎？」簡妍嗤笑一聲。「是不是我在遇到你之前的那麼多年裡，發生過的所有事都要一一地告訴你？」

「如果妳不嫌麻煩，我自然是想知道，妳在遇到我之前都發生了些什麼事？只是現下，告訴我，妳和妳口中的那位學長到底是什麼關係？」徐仲宣握緊她的手腕，繼續逼問著。

簡妍被他這副強勢固執的模樣給氣得都笑了。「什麼關係？」她偏了偏頭，笑道：「同窗？師兄妹？反正我是喜歡他的。」

徐仲宣霎時只覺得心中無法遏制地升騰起一股怒火，灼燒得他雙目發紅，握著簡妍右手腕的手也是猛然收緊。

她是怎麼遇到那個學長的？而且她竟然喜歡她的學長？她是從什麼時候開始喜歡的？又有多喜歡？

這些疑問爭先恐後地從徐仲宣的心中冒了出來，每個疑問都像是一把最鋒利的刀子一般，狠狠地戳著他的心口，鮮血淋漓一片，只教他全身肌肉都緊緊地繃了起來。

一憤怒，他握著簡妍右手腕的手就沒有掌控好力道。

簡妍吃痛，可她非但沒有在面上表現出分毫來，反倒是挑釁地笑著望向徐仲宣。

徐仲宣鐵青著一張臉，呼吸明顯加重，握著簡妍手腕的手更是越收越緊。

簡妍只覺得自己右手腕的骨頭都快要被他給捏碎，但還是倔強地沒有說出半個求饒的字來，依然挑釁地笑，一點都不懼怕地與徐仲宣森冷的目光對視著。

片刻之後，徐仲宣放開她的手腕，無力地垂下了頭和雙手。

「那我呢？」他低聲問著。「妳喜歡我嗎？」

與方才的強勢相逼不一樣，他這句話裡滿是寂寥失落之意。

簡妍的心狠狠地一抽，但面上還是冷漠著一張臉，無動於衷地說：「不喜歡。」

「那妳現下為什麼要繡這幅荷葉錦鯉圖？」徐仲宣忽然抬頭，目帶希冀地望著她。「這幅荷葉錦鯉圖是我親手所畫，妳若是不喜歡我，又怎麼會費這麼多心思來繡它？簡妍，告訴我，妳心裡其實是喜歡我的，是不是？」問到最後一句話時，他的聲音無法抑制地帶了顫音，更是不錯眼地望著她，希冀能看清她面上任何一處細微的表情變化，以此來證實她到底是不是喜歡他？

簡妍只被他這樣灼熱的目光給看得心中發慌，忙轉過頭去，同時冷聲回答：「不是。」

但立時就有微涼的手撫上了她的臉頰，將她的臉扳了過來。

「看著我的眼睛再來告訴我，妳是不是真的不喜歡我？」

簡妍暗暗地深吸一口氣，竭力壓下自己心中的慌亂和不忍，然後抬眼，對上了徐仲宣有些慌亂的雙眼，冷淡地繼續說：「徐仲宣，我不喜歡你。現在你可以放手了嗎？」

撫在她臉頰上的手一僵，但立時便又更緊地貼在了她的臉上。

「簡妍，」徐仲宣傾身向前，另一隻手也貼上她的另一邊臉頰，雙手牢牢地捧著她的臉，讓她只能看著他。雖然眸光越發慌亂，但他還是努力地扯了扯唇角，露出一個微笑來，低聲地說：「不要再和我鬧了。我答應妳，娶妳為正妻，一生一世只愛妳一個人，絕不納妾，也絕不會正眼看其他女人一眼，這樣可以嗎？」說到最後，他簡直就是語帶哀求，更是低下頭來，欲親吻她的雙唇。

簡妍不躲也不避，依然挺直著脊背，一動也不動地坐在那裡。只是她唇角微扯，面上帶了一絲嘲諷的笑容，望著徐仲宣笑道：「徐仲宣，那我現下是不是該跪下謝恩了呢？」

徐仲宣頓在原地，目光不解地望著她。

簡妍繼續笑，只是這笑容看起來實在有些悲涼。

「在你心裡，你是不是覺得，你都已經對我這麼妥協了，甚至都不顧及我商女的身分要娶我為正妻了，我就該感激涕零，從此什麼心思都不該有，只能全心全意地想著你、依附著你，若是我再鬧，就是不識好歹？只是徐仲宣，雖然你喜歡我，可在你的心中何曾尊重過我？你不顧我的意願，前些日子讓姨母去對我母親說了些話後，我便如禁臠一樣，每日好吃好喝地養在這裡。縱然此事你做得隱秘，徐宅裡的其他人並不知道這事，可是姨母呢？這院裡知情的丫鬟、嬤嬤呢？她們心裡怎麼看我？揚州瘦馬？等著我來日及笄了，父親的孝期滿了就給你做妾？還有，你剛剛不經通報，一路暢通無阻地直闖進我閨房，有沒有想過我會不答應？有沒有想過男女之防？有沒有顧及過我的名聲？有沒有考慮過若是此事傳揚出去，從今以後我在這徐宅裡該如何做人？還是你覺得，但凡只要你來，我就絕對不敢阻攔你，縱然我面上再不高興，可其實內心還是開心的？為什麼？因為你覺得我喜歡你，所以就會對你有諸多妥協、忍讓？還是你壓根兒就沒有考慮過我的名聲，覺得便是眾人都知道了這事，那也是沒有關係的，因為你會娶我為妻？而往後夫榮妻貴，憑著你在這徐宅裡高高在上的地位，就算別人心中對我再有諸多的看不上，可面上也不敢如何，依然只能看在你的面上對我畢恭畢敬？」

她這一番長長的質問，只把徐仲宣質問得好長時間都不曉得該說什麼？

說什麼呢？說簡妍所質問的這些事其實都是真的，他心裡其實確實就是這麼想的？覺得他位高權重，是枝繁葉茂的大樹，簡妍壓根兒就不需要做任何事，只需要如藤蔓一般依附著他就好了？夫榮妻貴，往後他會寵愛著她，別人看在他位高權重的分上，縱然心裡再如何看不上她，可面上依然還是得對她恭恭敬敬的？

半晌之後，徐仲宣才低聲辯解著。「我只是想好好地寵著妳，想讓妳站在我的身後，由我為妳遮風擋雨，至於其他人的目光，妳又何必在意？有我一輩子寵著妳還不夠嗎？」

「可是徐仲宣，」簡妍苦笑著。「我首先是個人，然後才是女人，最後才是你的妻子。我希望別人是因為我是簡妍而對我尊重，不是因為我是你的妻子，看在你位高權重的分上，面上才不得不尊重我，而內心卻是極其鄙視我。我和你是平等的，並不存在我要依附你這樣的事，你明白嗎？」

徐仲宣並不明白。據他所知，所有的女人終其一生最想要的不就是夫君的寵愛，想著夫榮妻貴？為什麼簡妍卻不這麼想，甚至是不在乎？

他隱隱地覺得簡妍的這種思想有些可怕。

她實在是太獨立了，獨立得恍似她完全可以憑著自己就在這世上瀟瀟灑灑地活著，而不用依附任何人，哪怕是他。

若是所有女人都如同簡妍這樣的想法，那定然會掀起一場軒然大波，而這個朝代是不允許有這樣可怕思想的女人存在的。

「妳腦子裡這樣的想法是誰灌輸給妳的？」徐仲宣忽然伸手捏住她的下巴，直直地逼視著她。「告訴我。」

簡妍毫不畏懼地對上他的目光，甚至是有心情地笑了笑。

「怎麼，是不是仔細地想一想，就覺得我有這樣的想法很可怕，一點兒都不好掌控？還是覺得我是個異類，妖魔鬼怪一樣的存在？那下一刻你是不是要架起火堆來燒死我？」

徐仲宣眸色翻滾迅速，如大風過處的滿天烏雲，腦中須臾轉過了無數念頭，可最後他終究只是頹然地放下捏著她下巴的手，長嘆一聲，低聲又清晰地說：「簡妍，妳不過是仗著我愛妳罷了，所以妳才這樣在我面前肆無忌憚。」

簡妍聞言，瞬間只覺得眼中似有風沙迷過，酸澀得直想落淚。是，她就是仗著他愛她，所以在他的面前她才敢這樣肆無忌憚，一直逼他，也一直在逼著自己。

她垂頭望著繡綳上的荷葉錦鯉圖，沒有言語。

徐仲宣也同樣垂頭望著繡綳上的荷葉錦鯉圖，沒有言語。

這幅荷葉錦鯉圖已然繡好了一半，兩尾錦鯉色彩明麗，在水中搖曳多姿。都說是別圃移來貴比金，可若是成長的土壤不同，又怎麼能長到一塊兒去？

「徐仲宣，」沈默了片刻之後，簡妍苦澀地開口，低聲說著。「我這樣的想法是與生俱來的，已經深深地刻入了我的骨子裡，只怕縱然就是我死了，也不會輕易改變我這樣的想法，而我知道要你接受這樣的想法很難。現下你說你愛我，即便我們在一起了，短期之內你儂我儂，這樣的矛盾自然不會突顯出來，可是一輩子這樣長，等到我們在一起久了，激情退卻，這些矛盾就會日漸顯現出來，且會逐漸尖銳。不僅僅只是這些，到時定然還會有其他現下你並沒有察覺到的矛盾也會一一出現。你可要想好了，到時你是否依然還會如現下這般愛我？又會繼續包容著我？若是屆時你覺得與我朝夕相處累了，再想納妾，我定然是想都不會想就會與你和離，到時你的同僚會如何看你？世人又會如何看你？這些你是否都想過？我的身分是商賈之女，還是個父親死了的商賈之女，寡母只想著我能幫上她的兒子進入仕途，你若是娶了我，她自然會百般要求你幫她的兒子謀取官位，一步步的、貪得無厭的，你是否又能做得出這樣以公謀私的事來？被你的同僚知道了又會怎樣？會不會上書彈劾你，影響你的仕途？你看，你娶了我，我非但不能給你任何助力，反而還處處扯你後腿。這些，你可都想好了？」

徐仲宣輕抿著唇，沒有回答。

簡妍也不著急，垂著頭，無語。

只是，隨著徐仲宣沈默的時間越來越長，她的心也在一寸一寸地往下落。

玉皇廟那次說的尚且不清楚，可是如今，她卻是將所有的利弊都逐一給徐仲宣明說了出來，是取是捨，這次他自然會作個決定。

他畢竟是這樣理智的人，縱然是這些日子因她的事偶爾會衝動一番，可是現今她如此清晰地將往後所有可能會遇到的問題都提前指明了，一一地剖析，血淋淋地讓他看，他應當還是會退卻的吧？

但是，簡妍心中始終還是存著一絲奢望。她想著，若徐仲宣在看明白這所有的一切之後還是決定娶她，那不管往後會發生什麼樣的事，哪怕最後兩個人在一起若干年之後依然會因各種各樣的原因分道揚鑣，可是這一刻，她會答應與他在一起，且還是全心全意地與他在一起。

只可惜，她只聽得徐仲宣低低的嘆息聲響起，低語呢喃似的說了一句——

「簡妍，妳為何要這樣理智？為何就不能糊塗一點？」

簡妍眼中的淚水抑制不住地開始往下落，只是她沒有抬頭，所以徐仲宣沒有看到。

又或者，他其實是知道她在流淚的，但是他再也不想來管了，也再不會心疼了。

耳中聽得窸窸窣窣的衣料摩擦聲音，是徐仲宣站了起來。

簡妍聽見他清潤如往昔的聲音在頭頂緩緩地響起——

「往後不要再說什麼死呀活呀之類的話。再有，妳這樣獨特、新奇的想法存在心裡就好，不要再對第二個人提起，不然只怕是真的會被人當作異類來對待。」

簡妍死死地咬著唇，不讓自己逸出一絲哭聲來。

耳聽得腳步聲逐漸遠去，終於再也聽不到後，她迅速地抬起頭來，可唯有面前碧紗櫥上吊著的繡花軟簾還在輕輕擺動著，而那道修長挺拔的人影早就不見了。

她再也忍不住，撲在面前的繡繃上，大哭出聲……

第五十九章　吳氏壽辰

霜降之後連續陰雨，至立冬左右才止住，而一直陰沈的天終於慢慢有了金燦燦的暖陽。

吳氏的六十大壽，正好在立冬之後的次日。

這日一早，簡太太就帶著簡妍去給吳氏賀壽。

吳氏今日穿了薑黃色流雲百蝠紋樣的緞面對襟披風，赤金撒花緞面的薑黃馬面裙；頭上簪了赤金的牡丹鑲紅寶石的簪子，點翠鳳釵，並著幾朵點翠珠花，鬢邊又有一朵銅錢大小的大紅色絨花；額頭上則紮了一根金色的亮面雲緞，正中間鑲嵌的一顆紅瑪瑙甚是勻淨鮮明。

簡太太見了，就開口恭維著。「老太太今日瞧著實在是華貴！」

吳氏呵呵地笑。

她今日心中實在高興。

往年她的壽辰鮮少有這麼熱鬧的時候，而今年，前些日子徐正興遷了戶部郎中，這幾日又因徐仲宣調了吏部左侍郎，因此自是有那一幫見風使舵的人打聽吳氏今日壽辰，早早就帶著禮物來與她賀壽，一時門庭若市。

於是，原本沒有打算大操大辦的吳氏，特地又拿了不少銀子出來，忙讓人請戲班子過來搭臺唱戲，又忙著各樣酒席上所需的菜式、糕點。

前廳自然有徐正興帶著徐仲澤、徐仲景等人接待男客，裡面則是馮氏等人忙著招待各家女眷。

吳氏這時就對簡太太和簡妍點頭笑道：「今日的戲班子倒還有些名氣，親家姊姊待會兒可要點兩齣戲才是。」

簡太太笑著應了，又遞上自己給吳氏的壽禮，而後便帶了簡妍出去。

她心中其實是很豔羨吳氏的。

這樣人來人往的許多人恭維吳氏，還不是看在徐仲宣和徐正興的面子上？無非是託兒孫的福氣罷了，不然就吳氏這樣一個老太太，誰願意搭理她呢？不過簡太太轉念又一想，現下徐仲宣已託了紀氏來向她透露他看上簡妍的意思，想來等簡妍守完她父親的孝，徐仲宣便會納簡妍為妾吧？雖說簡清今年的秋闈沒有考中，但如今徐仲宣任吏部左侍郎的官職，到時隨意在哪裡給簡清尋一個官職不成呢？簡清的官職慢慢再做上去，等她到了吳氏這麼大的年紀時，指不定比吳氏還要風光呢！

一想到這兒，簡太太面上的笑容就越發真誠起來，心滿意足地帶簡妍去院子裡看戲。

戲臺子搭在園子裡一處閒置的院落裡，描金畫紅的，十分喜慶。

戲早就開唱了，一眾女眷正坐在那兒或是閒聊，或是看戲，二房太太馮氏則領著丫鬟，滿面春風，前前後後地忙著。

秦氏多少有些瞧不上馮氏這副模樣，所以只是坐在椅中看戲、嗑瓜子，一點上前去幫忙招呼客人的意思也沒有。

偏偏周氏還在旁邊拱火，低聲說：「老太太今日的壽辰這樣熱鬧，來賀壽的人這樣多，說到底還不是看在宣哥兒遷了吏部左侍郎的緣故？吏部可是管著所有官員的考核呢，對四品以下的官員都有任免權的，誰不上趕著巴結？難不成真是看著二老爺做了戶部郎中的緣故？戶部郎中固然也是個不小的官兒，可與宣哥兒的吏部左侍郎一比，那又算得了什麼呢？可怎麼瞧老太太和二太太的這副樣子，倒像所有的光耀都是她們的？其實這都應該是妳的！」

秦氏心中其實也是這樣想，只是同時也是惋惜得很。

若徐仲宣是她親生的該有多好？便是他自幼的時候她對他好一些也是好的，也不至於自己現下弄成了這副不上不下的模樣。

周氏這時又問她。「怎麼今日竟沒有瞧見宣哥兒？難不成老太太做壽他竟也不回來？這可是不孝得很啊！」

「誰還敢去說他什麼孝不孝？」秦氏鼻中輕哼了一聲，道：「若真論起來，現下這一大家子，誰敢給他臉子看？他不給我們臉子看就不錯了！」

徐仲宣小時候因庶子出身，受盡白眼，遭人嘲諷奚落的事周氏多少也曉得些，於是她便嘆道：「誰曉得他現如今倒是能有這樣大的造化呢？若是早知道如此，他小時候妳就該對他好一些才是。」

秦氏冷哼了一聲，沒有答話。

那時她又怎麼會對他好呢？她一個正妻，嫁進來後一直都沒能生下個一子半女，卻是一個通房丫頭先生了個兒子下來，為著這事，她那時少聽別人的閒言碎語了？

周氏還在那兒絮絮叨叨地說著徐仲宣小時候的事，甚至說到他小時候受的哪些苦楚，遭到了什麼樣嘲諷奚落之類的話。

簡妍原本只是坐在她們身後安靜地看戲，可是耳朵無意之中聽到了「宣哥兒」這三個字後，她就不受控制地傾了身子過去，屏息靜氣，凝神聽著秦氏和周氏說的所有話。

徐仲宣前幾日被調為吏部左侍郎這事她是知道的，這兩日宅子裡誰不在說這事呢？只是他小時候……

她知道他是庶子出身，自小過的只怕也算不得好，卻沒有想到會是這樣不好。被剋扣吃穿用度，竟然還要受著旁人異樣的眼光和歧視，甚至是言語上的嘲諷奚落。

那些年他到底是怎麼樣過來的呢？

簡妍忽然就覺得心中一陣酸澀，原本交握放在膝上的雙手也越發握得緊了。

「簡姑娘？簡姑娘？」

忽然聽得有人柔聲地喚著她，簡妍回過神來忙轉頭望過去，見喚著她的是秦素馨。

秦素馨今日穿的是緋色的提花緞面披風、粉藍百褶裙，瞧著實在是溫婉柔美。

「秦姑娘妳叫我？」

秦素馨垂下頭，羞澀一笑，很有些不好意思地絞著手裡的帕子，聲如蚊蚋。「我……我想更衣，只是對這園子又不是很熟悉，能不能麻煩簡姑娘陪同我一塊兒去呢？」

秦素馨來徐宅這些日子，都是隨其母周氏住在秦氏的院子裡，倒是甚少來這花園逛，所以對這裡不是很熟悉。因她覺得簡妍也是客居在徐家的緣故，同她一樣，且簡妍瞧著也是溫和好說話的人，所以秦素馨不自主地就對她生了幾分親近之意。

所謂的更衣，其實也就是上廁所了。對於秦素馨這樣的請求，簡妍也不會拒絕。她想了想，這處戲臺子離梅園那裡倒還不算遠，且她記得那附近就有個類似讓人更衣的小屋子。

於是她對秦素馨笑道：「正好我也想要去更衣，那咱們便一塊兒去吧。」

秦素馨暗暗地吁了一口氣，便隨著簡妍一塊兒去了梅園附近。

秦素馨去更衣的那會兒，簡妍便讓四月站在那裡候著，待秦素馨好了之後立時就叫她，她自己則去梅園裡逛了一會兒。

梅花尚且還沒有開放，不過是有細細小小的花苞綴在枝頭罷了。離得近了，鼻尖可以聞到若隱若無的幽香。

簡妍沿著園中的石子小徑慢慢地走著，心裡想的卻是那日徐仲宣是在梅園哪裡看到她的？竟連她在逗弄小毛團的情景都看得一清二楚，說的話也聽得一清二楚。

這梅園中雖有近百株梅樹，但這些梅樹原就不粗，又是枝幹疏朗，躲藏在這些梅樹後面不被她看到的可能性是比較小的。

簡妍想來想去，始終覺得只有一種可能，那就是，徐仲宣是躲藏在那堵牆壁後面的。那時她只是站在月洞門那裡粗略地往牆壁後面看了看，不過是看到好幾棵遮天蔽日般的梧桐樹罷了，就沒有進去細看，也只以為那裡是那樣偏僻幽靜，定然不會有人在裡面。但，如若徐仲宣那時正好在那堵牆的後面呢？牆上有漏窗，可以清清楚楚地看到梅園裡的一切，也可以很清晰地聽到裡面的人說的話。

簡妍越想就越覺得自己的推測是對的，於是她便加快腳步，朝月洞門那裡走過去，想去一探究竟，看看那堵牆後面到底有些什麼？

只是尚且還沒有走到月洞門那裡，便看到涼亭裡坐著一個人。

月白底菖蒲紋的湖綢夾直裰，冷傲孤清，倒與這即將凌寒而開的梅花如出一轍。

是那個當日教她一眼錯認成自己上輩子學長的秦彥。

雖說兩人同在徐家客居，但一個住在前院，一個住在園子裡，縱然這秦彥來徐家也快一個月了，但自那日兩人見過一面後，這些日子簡妍都沒有見過他。

只要一想到那日兩人相見後，隨即就是她和徐仲宣爭吵，而後徐仲宣轉身離去的情景，縱然這秦彥頂著一張和她學長一模一樣的臉，簡妍這會兒看到他也激動不起來。

「秦公子。」她只是對他屈膝行禮，平平淡淡地叫了一聲，就算是打過招呼了，隨即轉身就想往一邊的月洞門那裡去，可身後卻忽然傳來一道清冷的聲音——

「我認得妳，妳是三年級二班的簡妍。你們高三畢業晚會上，妳唱了一首陳慧嫻的

〈千千闕歌〉。」

簡妍渾身如遭雷擊，僵在原地，片刻之後她才慢慢轉過頭來，一臉震驚地開口。

「你……你是……」

秦彥對她點點頭，慢慢地說：「我是張琰。」

張琰正是那位以全市第一進了A大資訊系後，照片一直被貼在他們高中的櫥窗裡，被老師們經常拿出來鞭策他們那位學長的名字！

第六十章　學長之怒

徐仲宣現下坐在椅中，只覺得一顆心還是顫的，一雙手也還是抖的。

方才他拿了壽禮，正打算自書齋往前院去向吳氏賀壽，只是還沒過月洞門，就先聽到梅園裡有人說話。

聲音雖輕，可他還是立刻聽出來那是簡妍的聲音。

他下意識就頓住了腳步，透過牆上的漏窗往梅園裡望過去，然後他就看到一臉震驚，僵立在原地的簡妍，以及背對著他的秦彥。

只是，秦彥此時口中說的卻是「我是張琰」。

徐仲宣原本還很不解秦彥的這句話，但隨後再聽得簡妍和秦彥說了一會兒話之後，他只覺得驚世駭俗，幾欲不能站穩。便是隨後因四月和秦素馨找了過來，簡妍和秦彥止了話，隨同她二人一起出了這梅園後，他還是呆愣愣地站在這牆壁後面沒有動彈。

齊桑找過來時，就見徐仲宣正將整個身子都靠在牆上，面上神情也甚是古怪。

他只以為徐仲宣這是胃又痛了，趕忙飛跑上前扶住他，問道：「公子，是不是您胃寒的老毛病又犯了？」前幾日因徐仲宣遷為吏部左侍郎的緣故，一眾同僚請他喝酒，他不好推辭，喝多了些，回去的時候就又犯了胃寒的老毛病，只痛得腰都彎了下去。

方才徐仲宣說想先去徐妙錦的凝翠軒看看她，吩咐他收拾完書齋後就來凝翠軒找他。可是這麼會兒的工夫都過去了，公子怎麼還在這裡呢？莫不是他一出了書齋的門就覺得胃不舒服，然後一直站在這裡歇著？

齊桑待要問要不要找個大夫來給他看看？就聽徐仲宣輕聲說著「扶我回書齋」。齊桑忙應了一聲，也顧不上會不會誤了給吳氏送壽禮的事，忙忙就扶著徐仲宣轉身回了書齋。

一路上，徐仲宣的腳步有些不穩，幾次趔趄，但等到齊桑扶他回了書齋，坐到了圈椅上後，他面上的神情已趨於平靜。

齊桑不敢問什麼，只是泡了一盅茶過來，放在他的手邊。

徐仲宣捧著茶盅的手依然微微顫著，不過等到熱茶慢慢喝下去後，他面上終於恢復了常態。

他放下手裡的茶盅，閉上雙眼，身子往後靠在椅背上，伸手捏了捏眉心，唇角微微地扯了個弧度出來。

這算是怎麼一回事呢？借屍還魂？且竟然還不是這個朝代的魂魄，而是數百年，甚至是數千年之後的魂魄！

以往他也不是沒有看過志怪小說，可裡面也只不過是些山精狐怪、怨魂厲魄之類的故事。自然借屍還魂這樣的也有，不過像簡妍和秦彥那樣，自未來不知道多少年而來的異世魂魄卻是沒有見到過的。

他想起了簡妍在玉皇廟時對他說的那些話，果然，他和她並不是同一個時代的人，自然有許多東西從根本上就不一樣，這也是為什麼簡妍的想法會與這時代其他女子不一樣的緣故了。因為她壓根兒就不是這個時代的人，她只是一縷來自異世的魂魄而已。

現下她找到了同類，更何況這個同類還是她喜歡的學長，所以現在她心中哪裡還會有他半分的影子？

徐仲宣捏著眉心的手一頓，隨即又苦笑起來。

是了，其實想來，縱然他身居高位，手中權勢無邊，在外人眼中看來自然是豔羨無比，可也許這一切在簡妍的眼中壓根兒就不值一提。

她也許一直就瞧不上他的這些，更不用說自己竟然想過讓她給自己為妾的念頭，這些落在她眼中，只怕都是要嗤之以鼻的。

那時她不是就曾說過，她想要的東西他給不了？當時他只覺得她是在說大話而已，還信心滿滿地想著，這天下間有什麼是他給不了她的呢？現下想來，他甚至連她到底想要什麼都是不知道的。

徐仲宣一剎那有種自己是個跳梁小丑的感覺，蹦上蹦下的以為自己十分了不得，想著讓簡妍依附他，想著夫榮妻貴，可是到頭來，人家壓根兒從來沒有這個念頭。

所以，這一切到底又算是個什麼事呢？徐仲宣唯有苦笑。

「公子，」齊桑小心翼翼的聲音在旁側響起。「您現下還覺得難受嗎？」

徐仲宣睜開雙眼，放下捏著眉心的手，站了起來。

「無妨。隨我去給老太太賀壽吧。」

吳氏正陪同眾位前來向她賀壽的女眷一起看戲，這時有丫鬟上前通報，說是大公子來了。

吳氏忙說著「快請」，周邊一眾女眷也忙轉頭望了過來。

靛藍色的圓領襴衫，玄色的絲絨鶴氅。面上是淡淡的溫和笑意，舉手投足間優雅有度。徐仲宣現下僅僅只是站在那裡，就已經是個琳琅珠玉、芝蘭玉樹般的人物了，更何況他還身居高位，是本朝建朝以來第一個三元及第，才二十多歲就坐到吏部左侍郎這樣位置的人，一時在座的眾位太太們，哪個不想將自己的女兒嫁給他？

徐仲宣向吳氏行禮，又雙手奉上自己的壽禮，恭敬地說了祝壽的話。

吳氏命丫鬟接過壽禮，也是一臉慈祥地與他說了幾句話，最後又和藹地說：「今日這戲班子唱的戲我覺得還好，不然你也留下來點一齣戲，看一會兒？」

在外人眼中看來，這兩位實在是祖孫和睦。

但徐仲宣搖搖頭，笑著回道：「在座的都是女眷，孫兒在此多有不便，且前廳還有客人，孫兒也要去前面同他們打聲招呼，容後再來陪祖母看戲吧。」

吳氏並沒有強留，只是又說了兩句話便讓他走了。

徐仲宣離開的時候，眼角餘光瞥到簡妍正和一名女子站在一株茶花旁說著話，旁側不遠的地方站著秦彥。

以往簡妍同他在一塊兒的時候，便是面上再有笑意，眉眼之間總還是有一層淡淡的陰鬱；可是現下的簡妍，她面上的笑容看起來真誠自然，哪裡還有半點陰鬱的影子？

想來，秦彥就是吹散她眉間陰鬱的那陣清風吧？

那自己又算什麼呢？自作多情？

徐仲宣垂頭低笑，還是忍不住側頭往簡妍那裡望過去。

她穿了淡紫色折枝梅花紋樣的杭綢對襟披風，牙色的百褶裙，站在那裡盈盈淺笑，素雅端莊之中竟還有幾分嬌俏之意。

她之所以這麼高興，是因為知道秦彥正是她那位學長的緣故嗎？

再看看站在她不遠處的秦彥，少年長身玉立，清俊雅致，風采卓然。

兩個人確然是金童玉女一般的相配。

只是，為什麼就是覺得很刺眼，心中也是不舒服得很？

徐仲宣忽然招手叫齊桑過來，微微俯首在他的耳旁說了幾句話。

齊桑聽了之後，忙走到秦彥的面前，垂手恭敬地說：「表公子，大公子請您隨他一塊兒去前廳相見眾位客人。」

旁人猶可，獨簡妍一聽到「大公子」這三個字，立時只覺得心尖上一顫。

她抬頭望過去，就見徐仲宣站在前面不遠處的長廊下。只是廊前有一株疏影橫斜的梅花，所以她看不清他的樣子。

他是何時來的？有沒有看到她？若是看到她了竟也不想和她說話，只是遣了齊桑過來對秦彥傳話？

明明她先前想的是要和徐仲宣疏離，最好兩人只是見了面、點個頭便各自走各自的路，這樣於兩人都好。現下兩人之間真的是這樣了，她又覺得心頭萬般不是滋味，似是連著打翻了醋罈子和醬油瓶子，酸酸澀澀的滋味一起湧上了心頭。

秦彥已隨著齊桑走了。

簡妍眼見秦彥到了廊下對徐仲宣行禮，徐仲宣對他點點頭，隨後便轉身率先走了。

他竟是連一個目光都吝於給她了。

簡妍覺得眼中有點發酸，忙掩飾地低下頭去。

一旁的周盈盈便問道：「簡姑娘，妳這是怎麼了？」

吳氏壽辰，這若是擱在往年，周元正估計也不會當一回事。只是現下皇帝調任徐仲宣為吏部左侍郎，這其後的用意可就值得探究了，所以今兒吳氏的壽辰，他便遣了周盈盈過來賀壽，左右周盈盈近來與簡妍的關係好，兩個人見一見也是好的。

方才簡妍便一直和周盈盈站在這裡說話，這會兒聽周盈盈問她，她便抬了頭，面上雖有笑意，細看卻有一絲勉強在內。「沒事，只是剛剛眼睛被風沙給迷了一下。」

周盈盈亦是有些心不在焉的，眼睛一直往長廊那裡瞧，所以沒有細究簡妍面上勉強的笑意。

過了片刻之後，周盈盈似是下定了決心，終於開口問著簡妍。「方才站在那裡的那位公子是什麼人呢？」

簡妍一時沒有反應過來，只以為她問的是徐仲宣，心中還微微沈了下去，過後弄明白她問的是秦彥之後，她立即覺得心中輕鬆了不少。

「他叫秦彥。」她面上微微笑著，和聲和氣地說：「是大太太的娘家姪子。今年秋闈剛考中，所以便來了這裡，準備明年的會試。」

周盈盈點點頭，面上是若有所思的神情。「這般年輕便考中舉人，想來他的學問定然是極好的。」

簡妍笑著沒有接話，心中卻想著，他的學問自然是極好的。當年指考的時候他可是全市狀元呢！他們這一幫高三的學弟、學妹，可是被老師拿著他做例子說了一整年，誰不認得他？又有誰不羨慕他？

周盈盈再一次下帖子請簡妍出去玩的時候，也讓她叫了秦彥一起，說是想與他結識一下。

簡妍心中自然是為秦彥高興的。

她這些日子與周盈盈接觸後，發覺周盈盈這位姑娘雖然面上看著溫婉柔和，其實內裡性子爽朗，隱隱有不讓鬚眉之意，且不因自己是首輔大人的姪女而拿喬作勢，她心中甚為喜歡與周盈盈在一起說話。

但是秦彥卻是有些不樂意去。

簡妍就勸導他。「周姑娘是周大人的姪女，且周大人對她甚為寵愛，你多多與她接觸一些，往後通過她再見一見周大人，若能得他讚賞，對你青眼有加，於你往後的仕途大有益處。」

秦彥望著她，目光有些尖銳。

簡妍不知道他這是何意，忙問道：「你這是怎麼了？」

「簡妍，妳變了。」秦彥的面上冷冷的，聲音也是冷冷的。「我記得以前我們班曾有個男同學仗著自己的父親是高官，下了晚自習的時候去堵妳回去的路，被妳不管不顧地一巴掌搧了過去。那時妳趾高氣揚對他說的是『我管你爸爸是做什麼官的，那也別想在我面前得瑟，還拿來壓我』，可是妳現下怎麼這般攀附權貴？」

簡妍一聽，又是氣、又是急，忙解釋著。「我並沒有要攀附權貴的意思，更沒有讓你藉著周姑娘攀附權貴的意思。只是你有才學，為什麼不能找到一個賞識的人呢？毛遂尚且自薦呢，多結交一些於自己有益的人，這也不是什麼丟人的事。」

更何況，他現下畢竟只是個州同知的庶子，在這朝中又有什麼背景呢？若能得周元正青眼，豈不是一件很好的事？

只是，這樣的話簡妍並不敢對秦彥說。

她知道他素來便是天之驕子，高高在上的，性子極高傲，只怕從小到大都沒有對人低過頭，這樣的話說出來定然會傷到他。

只是又能怎麼樣呢？上輩子她又何曾對人低過頭？何曾人家折辱到她的面上來她還要隱忍，臉上還得帶著笑意地承受？

時過境遷這四個字，有時候最能傷人。

偏偏秦彥還在那兒怒道：「是金子就會發光。既然我有才學，自然會在明年的會試一鳴驚人，到時我一樣會進入仕途，又何須要人青眼？」

簡妍唯有暗暗地嘆氣。

這個世道，便是你明年會試過了，中了進士，就一定能在官場上混得開嗎？遠的不說，只說你這輩子的父親倒是個兩榜進士出身呢，腹中會沒有才學？可官場浮沈二十幾年，現下他也只不過是個小小的州同知，還是個算不得富庶州的州同知罷了。

她想了想，最後還是委婉地道：「這個時代的官場形勢波譎雲詭，只是一味耿介也是不成的。獨木不成林，有個賞識你、肯提拔你的人總是好的。」頓了頓，她又道：「你看我們那會兒，再好的商品，可若是行銷做得不好，並沒有多少人知道，沒人來買了用過，誰又會知道那東西到底好不好用呢？」

只是她這番苦心勸解，秦彥依然不怎麼領情。

秦彥繼續冷道：「徐仲宣當年也是憑著一己之力過了會試和殿試，隨後不過七年的時間便做到現今的吏部左侍郎，他能做到的事，我也一樣能做到！」

簡妍聽他提到徐仲宣，一時面上的神情便有些愣怔。

片刻之後她才語帶苦澀地說：「他那些年的機遇你未必會有，而且那些年他其實內裡也是吃了很多苦。你不能看到他現下做了吏部左侍郎，面上風光，便忽視了他——」一語未了，忽然就聽得秦彥出聲打斷她。

「妳喜歡徐仲宣？」

簡妍心中一震，緊緊地抿起唇，但片刻之後她還是低頭道：「是啊，我喜歡他。」

秦彥面上的表情一時就有些古怪。

那日第一次與簡妍相見時，簡妍見著他很是震驚激動，徐仲宣立時便讓她的丫鬟扶著她回去，過後又立即追著她而去，那時他便知道徐仲宣是喜歡簡妍的，只是他沒想到簡妍竟然也會喜歡徐仲宣。

「妳……妳竟然喜歡一個古人？」他的聲音裡有著不可置信，也有著失落。「徐仲宣再怎樣優秀，可說到底他畢竟也只是個古人而已，他的價值觀怎麼可能會與妳一樣？可妳竟然還喜歡他？」

簡妍雙手一攤，無奈地笑道：「喜歡就是喜歡了，我能有什麼辦法？而且，縱然是不願意承認，但是我們現在也都是你口中所說的古人了！」

秦彥沈默了片刻，沒有說話，過後他又說：「這個時代士農工商，商人的地位尤其低，妳只是個商賈之女，而他如今是三品高官，他會娶妳？還是他只是想讓妳為妾？妳竟然甘願與他為妾？」

「我自然是不會與任何人為妾的。」簡妍笑了笑，只是那笑容看著也有些寂寥的意思。「但他現下也沒有讓我給他做妾的意思，他說他想娶我為正妻。」

秦彥震驚地抬頭望著她，似是不敢相信這話會是真的。

「妳答應了？」

「沒有。」簡妍搖搖頭，偏頭望著旁側葉子全都掉光了，只有光禿禿枝幹的柳樹，輕聲地說：「因為我這過強的自尊心，我拒絕了他。不過我有時候靜下心來想想，覺得我自己也挺自私的。如你所說，他也只是個古人而已，而現下商人的地位這樣低，憑著他如今三品重臣的地位，要娶什麼樣的名門閨秀沒有？可他卻能拋卻我商賈之女的身分不顧，說出要娶我為妻，一輩子不納妾，只愛我一個人這樣的話來，原就是為了我做了這樣大的讓步，可我還是不知足，總是貪心地希望他能給我更多的尊重、更多的平等。但話又說回來，我又為他做了什麼呢？我其實什麼都沒有為他做過，更沒有為他做過半點退讓。我一直、一直都只是仗著他愛我，所以肆無忌憚地向他要求，向他索取罷了。」頓了頓，她忽然又轉過頭來望著秦彥，自嘲地笑了笑。「所以，秦彥，我有時候還是挺後悔那時候沒有答應他的。」

秦彥沈默著，沒有說話。

他其實知道，簡妍以前是喜歡他的。

這樣一個活潑明麗的小女生，沒事的時候就會跑到他的學校裡去找他，卻又不敢上前和他說話，只偷偷地躲在圖書館的角落裡望著他，靜靜地坐在籃球場邊看著他打球，悄悄地守在他必經之路上，只為看他一眼。便是那次出事故之前，他坐在大巴士上，其實也知道簡妍正坐在他的後面，不時就會偷眼溜他一眼，然後又飛快低下頭去。

那時他的唇角也是有笑意的，只是現下，這個小姑娘卻不喜歡他了，轉而去喜歡另外一個人。

秦彥一語不發地轉身就回去了。

次日，秦彥還是隨同簡妍一起去赴了周盈盈的約。只是就算他去了，全程對著周盈盈也是冷冷淡淡的。

周盈盈顯然是對秦彥有意的，並沒有理會他對自己到底是熱情還是冷淡。

又或者說，她其實喜歡的正是秦彥身上那種冷清孤傲的氣質。

簡妍卻覺得自己管不了那麼多了。

其實她也有問過秦彥，不然就不入仕途，試著從商？只是秦彥卻拒絕了。他的理由是，這個年頭既然商人如此被人看不起，那他為什麼還要去從商呢？他自然是要入仕途的。

簡妍聽了，也唯有沈默。

秦彥他，其實也是一直高高在上被人仰視慣了吧？這樣猛然就落到現下這樣的境況，只怕他心中定然也有許多的不適應。只是他這孤傲的性子，在官場上怕是……

簡妍搖搖頭，只覺得心中甚為苦悶。

第六十一章　二見首輔

周盈盈那日見過簡妍和秦彥之後，心中實在是對秦彥有意。她曉得秦彥明年會參加春闈，又是個庶子出身，便有心想要自己的伯父提攜他一把，於是回來之後便徑直去了周元正的書房。

周元正此時正鼻梁上戴著琉璃鏡，翻看著手中的一本《宋史》，見她進來，便抬頭笑得溫和，問道：「盈盈可是有事找伯父？」

周盈盈咬了咬唇，話還未出口，一張臉就先籠上了一層薄薄的紅暈。

「伯父……」片刻之後，她臉帶嬌羞，低聲說：「姪女近來結識了一個人，他學問自然是極好的，今年的秋闈已考中舉人。姪女便想著，讓他作一篇文章過來給您瞧瞧，您指點指點他如何？若是能得您指點，想來於他年後的會試總是很有益處的。」

周元正是個人精，一雙眼明察秋毫。他見著周盈盈滿面羞紅，又說了這樣一番話出來，他還有什麼不明白的？

要知道，這些年有多少人想通過周盈盈投路投到他這裡來，周盈盈從來都是不加理會的，可今日她竟然破例，主動開口對他提起這樣的事。

於是周元正便放下手裡的《宋史》，微笑著問道：「喔？妳的那位朋友，是個什麼樣的出身？年紀多大了？」

「他……他的父親只是個小小的州同知罷了。只是他自己的學問卻是極好的，伯父改日有空見一見自是會知道。至於年紀……」周盈盈想了想後才回答：「好像是十九歲吧。」

「十九歲？」周元正點點頭。「十九歲就能考過鄉試，倒確實是個青年才俊。」

周盈盈也附和著點頭，高興地說：「是呢。論起來，他還是徐仲宣徐侍郎的表弟，如今正客居在徐宅呢！」

「徐仲宣的表弟？」周元正沈聲反問了一句，見周盈盈面上紅暈不減，又笑著問了一句。「盈盈很喜歡他？」

周盈盈聞言，一時面上紅得都足可媲美天邊紅彤彤的晚霞了。

她深深地低下頭去，緊緊地抿著唇。雖然她沒有開口承認，卻也沒有開口否認。

周元正也不再追問，答案他自然已經知道了。「既然如此，那下次我休沐時妳便帶他來見我吧。伯父也很想知道，到底是什麼樣的男子竟然能被盈盈慧眼看中？」

簡妍和秦彥現下正動身去赴周盈盈的約。

前兩日她和秦彥分別接到了周盈盈的帖子，說是今日邀請他二人去周府玩，又讓秦彥用心作一篇文章出來，到時要請她的伯父看一看。

簡妍聽了，自然為秦彥高興，到了約定的這日，便和秦彥一起去往周府。

馬車停下來，車夫的聲音隔著車簾傳進來——

「表姑娘，周府到了。」

簡妍聞言，便掀開車簾下了馬車，旁邊一直騎馬相隨的秦彥也翻身下了馬。

遞了帖子進去後，立時便有小廝、丫鬟一路報進去給周盈盈知道，很快地，周盈盈便讓人將簡妍和秦彥都迎了進去。

秦彥面上淡淡的，並沒有什麼表情，但是簡妍知道他心裡肯定不大熨貼的。

也許在秦彥的心中看來，這樣帶著自己的文章來讓別人指點，哪怕那個人是當朝首輔，他還是會覺得很丟面子，畢竟以往可從來只有別人求著他指點的時候。

簡妍便低聲安慰他。「這並沒有什麼。你看那些大文豪，李白、蘇軾、陳子昂等人，哪一個沒有拿著自己的詩詞投給人看的時候？」

秦彥微微地撇了撇嘴角，依然沒有說話。

這時兩人已經走進了周府的門，周盈盈迎上前。

她著了暗紅縷金提花緞面的長襖，棗紅繡花鑲邊百褶裙，頭上簪著兩朵鑲寶石的珠花，一朵銅錢大小的紅色絹花和一支點翠的芙蓉步搖，長長的珍珠流蘇前後輕輕地晃動著。

三人互相見了禮，又說了幾句別後的閒話，周盈盈便要帶他們去見周元正，說是她伯父現下雖然有空，但待會兒卻還有事要出去一趟。

簡妍聞言，便笑道：「周姑娘，既是周大人忙，妳就先帶秦大哥去拜見他。我左右是無事的，若是待會兒周大人還有空閒我再去拜見他，若是無空閒，改日我再來拜見也是一樣的。」

周盈盈一聽，便忙忙帶了秦彥去見周元正，又吩咐自己身邊的一個丫鬟陪簡妍逛一逛周府的後花園。

周元正此時正在花園裡的書房內。

周盈盈先讓丫鬟進去通報一聲，隨後自己才帶了秦彥進去。

周元正鼻梁上架著琉璃鏡，坐在案後不知道在翻看著什麼書，聽了丫鬟通報，他慢慢將目光從書上移到秦彥的身上。

秦彥上前兩步，不卑不亢地傾身行禮，語聲清冷。「晚學秦彥，拜見周大人。」

周元正不著痕跡地打量著他。

少年身姿修長，清雅俊秀，舉手投足之間彬彬有禮。

只是這彬彬有禮卻似是冰湃過的果子，瞧著賞心悅目，但外面終究還是裹了一層霜氣。

這個秦彥只怕便是此刻面上對他再恭敬，其實內裡還是倨傲的，並不認為他值得自己彎腰。這樣的一個少年人，倒還是有幾分意思的，至少與那些見著他便卑躬屈膝、竭盡討好的人不一樣，難怪盈盈會看上他。

只是他這樣尖銳的一身傲氣，永遠高高在上的清冷姿態，盈盈與他在一起定然只能遷就他，所以自己勢必還要敲打敲打他才是。

周元正收回打量秦彥的目光，又對周盈盈溫和地笑了笑，道：「妳暫且先出去吧，我同妳的這位朋友要好好地聊兩句時文上的事。」

周盈盈心中有些擔憂，不著痕跡地瞥了秦彥一眼。但見他低眉斂目，目光只是望著地上的水磨青磚，面上卻是一些懼意都沒有，瞧著甚是沈靜，她才略略地放下心來。

於是她便對周元正又行個禮，轉身出了書齋，自去尋簡妍了。

周元正此時便問秦彥。「盈盈說你寫了一篇文章要帶來給我瞧瞧？」

秦彥便自袖中取出了自己所寫的文章，呈到周元正的書案上。

他素來便不是個多話的人，以往讀書的時候，因他的身分，以及他從來只能讓人高高仰望、望塵莫及的成績，各科老師見著他的時候都會和藹主動地同他打招呼，言語之間甚是關心他，所以他現下也只是呈上自己的文章，並沒有說些諸如「請周大人指點」之類的話。

周元正也沒有說破，只是伸手接過他的文章，然後也沒有開口讓他坐，就讓他站在那裡，自己則慢慢地看著手裡的文章。

他看得極其慢，明明只有三頁紙，他卻足足看了一炷香的工夫，於是秦彥便也這麼站了一炷香的工夫。

今日風大，秦彥垂手站在那裡，可以聽到屋外風颳過樹枝發出嗚嗚的聲響，他忽然覺得心中湧上了一種很悲涼的感覺。

明明他數學、英語等學科都學得那樣好，程式設計也很厲害，在大學的時候他就曾經和同學一起開發了幾個遊戲軟體出來，哪個不是賣了七位數以上？他原本應當是前途光明、人生勝利組一般的存在，可是忽然就莫名其妙地穿越到這個朝代來了。

到了這裡他能做什麼呢？這個時代別說電腦了，連電都沒有，他什麼都做不了；可又說是萬般皆下品，唯有讀書高，他唯有繼續讀書。只是上輩子語文原就是他的弱項，可科舉又只看你應試作的那篇文章如何，且還只能用古人「之乎者也」之類晦澀的語氣，並不允許自由發揮，他還能如何？也就唯有硬著頭皮一路讀下來。但是他這輩子的父親只是個小小的州同知，平日裡都要被人呼來喝去的，自己偏偏又只是個丫鬟所生的庶子，又碰上了周氏那樣強勢的嫡母，這些年來他所受的白眼和奚落從來都沒有少過。

秦彥暗暗地嘆了一口氣，面上神情有些黯然。

自己上輩子明明是明星矚目般的存在，何曾被人這般輕視地往泥地裡踐踏過？便是眼前的這個古人，以為給他這樣一個下馬威，他看不出來嗎？但縱然是這樣的下馬威，他還是得受著，也唯有垂頭斂目地等著被人點評他所寫的這篇文章罷了。

周元正這時終於放下了手裡的文章，抬頭望著秦彥，慢慢地問：「你心裡看不上這時文？」

秦彥心中一凜。他確然是看不上八股文的，這樣死板的文章，連句子的長短、聲調高低都有規定，作來有什麼意思？在他看來，那壓根兒就一點意思都沒有，不過是為了應付科舉所作的而已。只是，周元正是如何看出來的？

他忙答道：「學生心中並沒有這樣的想法。」

周元正心裡卻想：我又怎麼會看不出來你這文章裡的激憤之意？

但他也沒有再就此事說些什麼，只是道：「依你的這篇文章來看，你現下的才學還算可以，明年會試可過，殿試應當是個三甲中末等的成績。」

秦彥苦笑一聲。原來只是個三甲中末等啊！

但其實依他這個年紀，能中進士已然是人中龍鳳了，多少鬚髮皆白的人考了一輩子也依然只是個童生而已。

但秦彥上輩子是那樣耀眼璀璨的存在，所以即便明年的會試能榜上有名，但只是個三甲中末等的成績，他又怎麼會滿足？

為什麼他不能如徐仲宣一般的三元及第，狀元披紅，打馬遊街呢？

周元正眼尖地看到了秦彥嘴角那抹似是自嘲的笑意，心中便明白這少年是不滿足這三甲中末等的成績的。

有野心的人最是好操控了。

於是周元正便接著道：「三甲中末等的成績，所授予的官職可是庶起士，為皇上近臣，以後進內閣的機會很大，也可遠遠地將你打發到一個窮山惡水的地方做個芝麻綠豆般的小官，一輩子都永無出頭之日。」

秦彥抬頭看他，目光依然沈靜，並沒有絲毫相求之意。

這少年的一身傲氣倒是甚為引人矚目，只是傲氣太過，自然會自命不凡，只覺自己比別人都高出一籌。

他的這身傲氣，還是要好好地打壓一番才是。

因此周元正便面上帶著微微的笑意，直視著他的一雙眼，慢慢地說：「那麼，你要怎麼選？是以後位極人臣，讓別人都仰視你的存在，還是一輩子兀兀窮年，最後依然只是個微不足道的小官，任人呼來喝去，還打從心裡看不上你？」

秦彥的目光微微地閃了閃。

周元正瞬間了然於心。

周盈盈是他的姪女，因她父親的緣故，他自覺愧對於她，所以她想要的東西他自然是不會阻攔的。這些年為了她的婚事，他也說過她數次，世家權貴之子，但凡只要她能看得上的，他自然會出面去促成此事，但每次她都是同樣一句話——我瞧不上那些人，寧死不嫁。既然她現下好不容易看上了這個秦彥，他又為什麼要攔著？

左右只要有他在的一日，定會護著周盈盈不教任何人欺負了去，所以眼前的這個秦彥……

周元正在心中輕哼了一聲。少年是有才學、有傲氣，但那又如何？傲氣這個東西，當你低入到塵埃裡去，人人都能對你踩上一腳的時候，又哪裡會再有？當年他就是一身傲氣，可到底還不是被梅娘的家人瞧不上？最後梅娘死了，自己斂了這身傲氣，將所有的尖銳都一點一點的磨去，才終於慢慢爬到如今的位置上。

所以他現在最厭惡的便是有傲氣的人，因為當年便是因著自己的傲氣，痛失梅娘。因還約了司禮監的掌印太監孫安有要事相談，周元正現下並沒有多少閒情逸致來敲打秦彥。加之在高位久了，心中多少也就有些瞧不上秦彥這樣還沒有進入仕途的少年，並且他覺得，依秦彥現下這樣耿介孤傲的性子，只怕便是真的入了仕途，也是走不長遠的，不會有多大的成就。於是他也沒有拐彎抹角，直接道：「既然盈盈在我面前替你通融，我自然會依著她的話，好好地提點提點你。只是你要記得一句話，我可以把你捧得高高的，讓眾人仰目，自然也可以將你踩到泥地裡去，萬世不得翻身，你自己好好掂量掂量。」

秦彥垂在身側的一雙手緊緊地握了起來，垂下去的一張俊臉上滿是鐵青之色。他何曾受過這樣折辱人的話？這一刻他幾乎就想轉身離開，可到底還是硬生生地忍住，只是身上因著憤怒，還是不住顫抖著。

周元正此時已叫了丫鬟進來，給他披上了灰鼠皮的鶴氅，起身便要出門。

秦彥自然也不好再待，跟在他身後，隨他一起出了這書房的門。

外面天陰沈著，彤雲密布，瞧著心情就甚是不好。但好在長廊外面栽種了一株臘梅，現下遒勁的枝幹上正有鵝黃色的臘梅開了，幽香隨著這冬日的冷風一起送來。

長廊上站著幾位女子，頭先兩個一個著了暗紅縷金提花緞面的長襖，正是周盈盈，而旁側那個少女著了粉色的撒花緞面長襖，橘黃色的百褶裙，正側頭同周盈盈說話。周元正見著那少女的側面時，便已猛然定住了身形，再也無法邁開一步，只是不錯眼地望著她。

這時正好周盈盈抬頭看到了他，便對身旁那少女說了一句話，於是那少女也轉頭望了過來。

頭頂一個焦雷轟然響起，兩耳轟隆巨響不絕，周元正呆愣在原地，只覺身體裡的五臟六腑都因著激動和不可置信而發顫。

片刻之後，他轉身大踏步地朝長廊走過去。因過於心急，右腳踩到了一塊不小的石子，他身形趔趄了一下，但他依然不管不顧地往前直奔過去。

離得近了，更可見面前的少女遠山眉黛，眼眸如水，容顏清麗脫俗，溫婉柔情。

他在她的面前站定，垂頭凝望，因著激動，喉結上下滾了幾滾，最後終於遲疑地、啞聲地喚了出來——

「梅娘？」

但是這聲音都是發顫的，帶著不可置信，生怕問出來之後，眼前朝思暮想、早已刻入他骨髓中的人便會隨風飄散一般。

第六十二章　勢在必得

簡妍詫異地抬頭望著眼前的周元正。

上次她在玉皇廟中曾經見過周元正一面，感覺此人雖然面上看著溫和淡雅，但能做到內閣首輔這個位置的，自然已經修練到泰山崩於前而色不改的境界，如何現下在她面前卻是這樣失態？

且梅娘是什麼鬼？他這是把自己錯認成什麼人了嗎？

對著周元正急切熾熱的目光，簡妍心中有些許慌亂。但她還是勉力地定了定神，屈膝對他恭敬行禮。「小女簡妍，見過周大人。」這「簡妍」兩個字咬得較其他幾個字重些，意在提醒周元正，她並不是什麼梅娘，她叫做簡妍。

可是周元正卻如同魔怔了一般，依然又叫了她一聲「梅娘」，且伸出手來，竟是想來拽她的意思！

簡妍當機立斷地往後退了三步，直退至周盈盈的身後，才一臉正色地道：「只怕周大人認錯人了。小女簡妍，並非什麼梅娘。」

眼角餘光卻瞥到周盈盈面上的表情也有些古怪，只是目光詫異地望著她。

怎麼一個兩個的都這樣？簡妍這時心中是真的有些急了，但面上卻還沒有顯現出什麼來，且眼見秦彥隨後也趕了過來，她忙對秦彥使了個眼色。

秦彥也瞧出了不對勁的地方，於是就拱手對周元正行禮，出聲道：「周大人，我和簡姑娘出來得有些時候了，這便不打擾周大人了，先行告辭，改日再來拜見。」說罷，對簡妍也使了個眼色，示意她快走。

簡妍欲待要走，但這時周元正卻神色恢復如常，只是眼中硬生生斂下去的目光依然帶著幾許熾熱，且心中也依然是驚濤駭浪未停。

「簡姑娘，」他長嘆了一口氣，聲音也恢復以往的溫和，聽起來不疾不徐的，帶著安撫人心的意味，緩緩地道：「實在是妳長得太像我的一位故人了，老夫一時錯認，失了態，還請簡姑娘勿怪。」說完，竟然傾身對她行了個禮，以示賠罪。

簡妍自然不敢受他的禮，側身讓過，反而還要屈膝對他行禮，垂頭細聲細氣地說：「周大人客氣了。」

周元正的眼角餘光其實還不住地打量著她。

越打量他就越發現，這簡妍長得實在是太像梅娘了，簡直是一模一樣，便連這通身溫婉恬靜的氣質都是分毫不差的。

天下間竟有如此相像的人？又或許，冥冥之中，這簡妍其實正是梅娘轉世來尋他的？

只要一想到這裡，周元正覺得自己原本枯竭的一顆心立時就灼熱起來，連他全身的血液都開始滾燙了。

他幾欲控制不住的就想去拽簡妍的胳膊，將她拉到自己的面前來，細細地看她的一雙眉眼，但他還是硬生生地控制住了，因簡妍眼中的戒備之意實在是太過明顯。他絲毫不懷疑，若是他膽敢做出什麼過分的事來，這個小姑娘會立刻受驚地轉身就跑。

他並不想驚嚇到她。在他的心中，他已經將簡妍當作了梅娘的轉世。

簡妍此時已是不耐煩在這裡待下去了。

周元正雖然現下面上看著再淡定，語氣再溫和，可他那一直緊盯著她的目光依然讓她覺得很不舒服。

那目光實在是太黏膩，梅雨天的空氣一般，悶熱潮濕，讓她全身哪個毛孔都覺得不舒服，於是她再一次向周元正開口辭行。

這次周元正還沒有開口說什麼，旁邊的周盈盈就已先說道：「簡姑娘，時候是不早了，妳和秦公子便先回去，改日我再下帖子約你們出來玩。」又轉身對周元正說：「伯父，您不是說待會兒還約了同僚？既是您還有事，那您就先去忙吧，我送簡姑娘和秦公子出去也是一樣。」

簡妍聞弦歌而知雅意，立刻便對周元正匆匆地行了禮，隨後帶著白薇轉身就走。

周元正想要開口阻攔，最後到底還是硬生生地止住了。

他更願意將簡妍想像成梅娘的轉世，而不是單純地覺得簡妍只是長得極像梅娘，這樣他才會覺得自己那顆自從梅娘死後也隨之而死的心重又復活過來，所以他並不想讓簡妍懼怕他。

「周福。」他招手叫過自己的心腹來，伸手指了指簡妍遠去的方向，沈聲吩咐著。「好生去查探一番這位簡姑娘的來歷，速來報我。」

周福恭聲答應了。

周元正望著簡妍離開的方向，沈默不語，只是眸色深沈且堅定。

梅娘死的時候他都沒能見上一面，時至今日更是連梅娘埋葬在哪裡都不知道，他心中自是悔恨，也是怨恨。可如今竟讓他碰上了這樣像梅娘的一個小姑娘，甚至連通身氣質都和她無異，簡直就是梅娘再生，他如何還會再放手？

除非他死，不然他是絕對不會放手的！

簡妍出了周府的大門之後，立刻上了馬車，吩咐車夫快走。

直至馬車順利出了京城之後，她才輕吁一口氣出來。

方才周元正實在是有些嚇到她了。

白薇此時也在一旁擔心地說：「姑娘，剛剛那位周大人，他的舉動實在是……讓奴婢現下想來還覺得後怕不已。」

簡妍勉力地定了定神，忽然撩開車簾，問著騎馬跟隨在一側的秦彥。「方才周元正和你在書房裡可是說了些什麼？」

她和秦彥在一起的時候，倒沒有這年代那麼多男女大防的規矩，畢竟都是在現代社會待過，男女之間一塊兒聊天吃飯實在是太尋常了。

秦彥一聽她問起這話，面上的神情就黯了黯，眸光更是微沈。

但他不欲在簡妍的面前說出周元正和他說的那些話來，只是敷衍地說著：「並沒有說什麼，不過是隨便聊了幾句有關我寫的那篇文章的事。」

簡妍自然是不信的。她素來便心細如髮，早就看到秦彥面上不悅的神色，只是秦彥不說，她也不好再開口問什麼。學長實在是太高傲，問得多了，只怕會拂了他的逆鱗，到時惹得他不高興可就不好。

她更願意相信他心中是有數的，畢竟在她的心中，這位學長可是無所不能如男神一般的存在。

於是她便「喔」了一聲，並沒有再接著這個話題問什麼，反倒沈凝著神色問了一句。

「方才周元正見著我的時候、面色舉止大變，且還叫我梅娘，這事你怎麼看？」

秦彥的神情也沈凝下來。

方才周元正的神情舉止實在是過於異常，這個梅娘於周元正而言究竟是什麼人？怎麼能教方才還在他面前冷漠懾人、如貓戲耍老鼠一般，一句一句說著那樣恫嚇話的人，頃刻之間就失態成那樣？

秦彥沈默了片刻，最後只道：「他應當是將妳錯認成了什麼人。但不論到底是何原因，往後妳還是儘量不要與他見面的好。」

簡妍「嗯」了一聲，放下了車簾。

不管是周元正認錯人也好，還是怎麼樣也好，她往後都堅決不會再去周府了，因為周元正看著她的那種熾熱偏激的目光讓她很不舒服。只是，這個梅娘到底是他什麼人，竟能讓他失態到這樣的地步？

戀人？女兒？自己原本就不是簡太太親生的，身世未明，難不成自己竟然會是周元正的女兒？這樣說來，那個梅娘就是她這身子的娘嗎？不然如何解釋周元正看到自己竟然誤認成了什麼梅娘？那也就是說，自己同那個梅娘長得一模一樣嘍？

簡妍一時都恨不能為自己的聰明機智點個讚了。若自己真的是周元正的女兒，那往後還怕什麼給別人做妾的事？誰敢讓首輔大人的女兒做妾啊！

但她又笑著搖搖頭，只覺得自己異想天開。

且不說天底下長得相像的人很多，只說以周元正如今的身分，若是真的有個女兒遺落在外地，又怎麼可能這麼多年都不去尋找？且她也隱約聽人說起過，這周元正是自三十多歲才開始發跡的，其後一直在京城沒有離開過。他先前不過是寒門學子一個，窮得只剩一身傲氣。可簡妍分明記得那時死在她身邊的那個僕婦穿金戴銀的，一看就是有錢人家出來的，所以自己又怎麼可能是周元正的女兒？這壓根兒就對不上啊！

簡妍和秦彥回通州的路上開始下起了雪。先時還只是柳絮般四處飛舞著，到了掌燈時分，那雪就下得越發密了起來，也大了起來，紛紛揚揚的，鵝毛一般。

徐仲宣此刻正背著雙手站在凝翠軒的廊簷下，無聲地望著空中飛舞的雪花。

今日他休沐，一早就回了通州，在書齋中消磨了些時候，心中卻始終還是想著簡妍。最後他沒有忍住，讓青竹去打探了一番簡妍現下在做什麼？卻被告知她今日和秦彥一塊兒外出去赴周盈盈的約了。且青竹隨後還說，這些日子簡姑娘經常和秦公子一塊兒出去。

徐仲宣唯有沈默不語。

他們兩個原就是同一個地方而來的人，更何況簡妍也曾在他面前親口承認過她是喜歡秦彥的，現下兩人這般來往密切，看來定然已是兩情相悅了。

只要一想到簡妍會在秦彥面前那般明媚地對著他笑，徐仲宣就覺得心裡全都是細密的酸澀和嫉妒。

可是他又能怎麼辦呢？簡妍是那樣倔強的性子，寧為玉碎，不為瓦全，若是真逼急了她，他相信她什麼決絕的事都能做得出來。

身後的猩紅氈簾被推開來，青竹站在他身後，雙手放在腰側，屈膝對他行了個禮，低頭恭敬地說：「大公子，姑娘說外面冷，請您進屋裡去呢。」

徐仲宣回過神來，又望了一眼空中洋洋灑灑飄著的雪花，隨後便轉身進了屋。

徐妙錦身子弱，這兩天連著陰冷，她又著了風寒，今日高熱才退了一些，現下正坐在臨窗炕上，背靠著大紅蟒緞的大迎枕，腿上蓋了厚厚的一層褥子，手裡還抱著一只南瓜形狀的黃銅小手爐。

見徐仲宣掀開碧紗櫥上的軟簾走進來，她略略地直起身來，叫了一聲。「大哥。」

徐仲宣對她點點頭，在炕桌的另一邊坐下來，又將一隻胳膊架在炕桌上，溫聲對她說：「妳風寒才剛好一些，怎麼又坐在這裡？窗子也是開著的，仔細吹了風，風寒未好，倒又添了其他的病。」

徐妙錦就道：「這窗子一天到晚關著，屋子裡悶得很，我也覺得心裡躁得慌，頭也脹痛。開了這半扇窗子，坐在這裡看著外面的雪花，吹著冷風，我倒覺得心裡不那麼煩躁，頭也不那麼脹痛了。」

徐仲宣便沒有再說什麼，只是叮囑她蓋好腿上的被子，拿好小手爐，若是覺得冷了，就不可再坐在這裡吹風之類的。

徐妙錦笑著應了。

青竹用茶盤奉了茶上來，徐仲宣接過來，揭開盅蓋，微垂著眼，端起茶盅湊至唇邊，慢慢地抿了一口。

水氣氤氳，模糊柔和了他俊朗的臉。

徐妙錦見他較以往清瘦了不少的臉，心中暗暗地嘆了一口氣。

他和簡妍的事，她已經旁敲側擊地套了些話出來，再細細地推敲一番，也大約知道他們兩人之間定然鬧了不小的矛盾，甚至近來再也不見面了。

只是，就算是不見面，大哥這樣整日頹廢又算是怎麼回事呢？可見他心裡還是時時刻刻在念著妍姊姊的啊！

「大哥，」徐妙錦想了想，還是開口說：「這些日子我聽丫鬟們說，武康伯的夫人來拜訪過母親，瞧那架勢，想必是為自己的女兒說親來了呢。」

徐仲宣淡淡地「嗯」了一聲，只道：「我的婚事，想來她也是不敢擅自作主的。既然這事未聽她對我提起過，想必是她推辭了？」

徐妙錦點點頭。「她是推辭了。只是我瞧著她近來總是讓那位秦表姊來我這裡坐坐，怕是她存了想讓這位秦表姊成為第二個萱表姊的心思。」

「那到時再尋個機會，照樣將這位秦姑娘攆離了徐宅也是一樣的。」徐仲宣合上盅蓋，淡淡說著。「到時看還有誰再敢存了往我身邊塞人的心思。」

徐妙錦聞言，沈默了片刻，最後還是輕聲地問：「大哥，妍姊姊就這樣好？世間有這樣多女子，有比她家世好的、容貌好的、才情好的，可為何你就單單這樣對她上心？她真的就比其他的女子好那麼多嗎？」

徐仲宣聞言一怔。

其實簡妍也就是面上看著溫婉柔順罷了，內裡性子卻倔強、固執得很，他很難去改變她認定的想法和事。且因她從根本上就不是這個時代的人，所以她腦子裡的有些想法在他看來也是驚世駭俗的，他很難去適應。

可是，那又怎麼樣呢？偏偏她就是這樣占據了他的整顆心，讓他除卻她，再也無法正眼瞧一瞧其他女子。

所以他也唯有搖頭苦笑，道：「不知道。我從來沒有將她同其他女子比較過，但她也不需要同其他任何女子比較，她就是她，沒有人可以替代。」

這次倒是換徐妙錦一怔了。待細細地品味過這兩句話後，她只覺得她大哥實在是對簡妍用情至深。

可既然她大哥是如此對簡妍用情至深，為什麼還要這樣折磨自己，日日相思，卻又不將這些話同簡妍說清楚呢？

徐妙錦想著，若簡妍知道了她大哥的這份心思，斷然不會無動於衷的吧？思及此，她便對徐仲宣道：「大哥，這樣下雪的日子，你的書齋裡想必也是冷得很，你索性在我這書房裡看會兒書再回去吧，也當陪一陪我。我讓杏兒去給你在書房裡籠個火盆。」

將徐仲宣打發去了她西次間的書房後，她又將青竹叫過來，吩咐她。「妳去簡姑娘那裡一趟，只說我著了風寒，正在床上躺著，甚是想見她；且大哥胃寒的老毛病也犯了，正痛得厲害，現下這凝翠軒上下都六神無主的，請她務必要過來一趟。」

青竹答應著，轉身自去了。

徐妙錦望著青竹撐著油紙傘的背影消失在院門處，心裡默默地想著，若是妍姊姊聽了青竹的話立時就過來，那說明妍姊姊的心裡還是有大哥的，往後他們兩人還有希望能成；若是她聽了青竹的話依然還能狠得下心不過來，那她心中想必也不怎麼有大哥，既如此，那自己往後還是勸大哥再尋個適合的女子成親算了，也省得他每日這般相思折磨著他自己。

第六十三章　深情告白

用完晚膳之後，簡妍便吩咐四月將兩扇屏門關了，然後便坐在臨窗炕上和四月打著絡子玩，白薇則坐在一旁做著針線，三人不時又說一些閒話。

忽然，就見四月側了側頭，片刻之後又開口疑惑地問：「姑娘，怎麼我好似聽到有人在敲咱們院裡的屏門呢？」

簡妍和白薇一聽，也忙凝神聽著，果然聽得有節奏的叩門聲在屏門那裡響著。

白薇也疑惑道：「外面天都黑了，又下著這樣大的雪，倒是誰還會來咱們這兒呢？」又叫四月下了炕，提了燈籠，隨她一塊兒去屏門那裡看看到底是誰在敲門？

待白薇和四月出了屋門後，簡妍想了想，便側身推開窗子，微微地露了一條縫隙出來，趴在窗沿往外張望著。

立時便有冰冷的風雪順著那絲縫隙鑽了進來，直撲在她的臉上，只冷得她全身都哆嗦了一下。下一刻，就見白薇拿下了屏門上的兩根門閂，拉開兩扇屏門，同外面的人說了句話，隨即便有兩人閃身走了進來。

一個是凝翠軒的小丫鬟，在前面提著一盞燈籠，裡面的燭火閃閃爍爍的；一個是青竹，手中打了油紙傘，側頭和白薇在說些什麼。

簡妍心中訝然。這樣下雪的天，又天黑了，青竹過來做什麼呢？轉念又想著今日是徐仲宣休沐的日子，難不成是他遣了青竹過來，有什麼話要對她說？

這般一想，她只覺胸腔中的一顆心就跳得較剛剛快了不少。

她忙坐直身子，等著青竹進來。

白薇此時正好打起了碧紗櫥上懸著的簾子，側身讓青竹進來。

簡妍坐在炕上，見著青竹便和善地對她點點頭。雖然她心裡再是迫不及待地想知道到底是不是徐仲宣遣了青竹過來找她，可面上還是裝著很沈穩的樣子，帶著微微的笑意，問道：「這麼冷的天，妳怎麼來了？可是妳們姑娘有事找我？」

青竹屈膝對她福了福身子，然後直起身來道：「咱們姑娘讓奴婢來告知表姑娘一聲，她著了風寒，發著高熱，正躺在床上不能動彈呢！可偏偏大公子胃寒的老毛病也犯了，整個人痛得連話都說不出來，如今整個凝翠軒上下的丫鬟都慌得六神無主，渾然不曉得該怎麼辦才好？咱們姑娘因想著平日裡和表姑娘您親厚些，所以就特地遣了奴婢來請表姑娘過去一趟，幫她暫且打理凝翠軒上下的事。」

簡妍聞言，立刻便站起身來，一臉急切地問著青竹。「可請了大夫過來沒有？」

方才的鎮定哪裡還有一星半點？

青竹被她這副焦急的模樣給嚇了一跳，怔了怔之後，才搖頭說：「還沒呢！」

「白薇，取我的斗篷來。」簡妍轉頭吩咐白薇，又對四月說：「妳留下看家。待我和白薇走了，屏門關上，不要上門閂，我和白薇不曉得什麼時候才回來，妳自行睡妳的就是。」

四月點點頭，答道：「姑娘，奴婢理會的。」

白薇此時已忙忙地取了一領粉紅撒花緞面出風毛斗篷過來給簡妍披了，又吩咐四月拿一雙羊皮小靴來給簡妍換上，眼見簡妍抬腳就要走，她心中多少還是有些遲疑，拉住了簡妍的胳膊，低聲說了一句。「姑娘，大公子也在四姑娘那裡，若是教人知道您這大晚上的還去那裡，可怎麼辦呢？」

說出去可就是私會，只怕姑娘的名聲就真的全毀了。

簡妍明白白薇的意思，但是她此刻卻是顧不得那麼多。她有些破罐子破摔地想著，若是真的教人知道了，那名聲毀了就毀了吧。左右人活在世上總歸是要任性、肆意那麼一、兩回的，若只是一味地循規蹈矩又有什麼意思？

為了徐仲宣，她是寧願任性肆意這麼一回的。

於是她便偏頭望著白薇，沈聲說：「白薇，不要攔我。」

白薇知道是攔不住她的了，於是她輕嘆了一口氣，說：「奴婢去拿傘和燈籠。」

外面風大雪大，白薇和那小丫鬟手中提著燈籠的燭光搖晃個不停，哪裡還能照得清眼前的路？最後更是被風給吹滅了。不過好在地上已經積了一層厚厚的雪，反著幽微的雪光，勉強還能看得清周邊的一切。

但饒是如此，簡妍還是一個趔趄，身形不穩地就朝雪地半跪了下去，把白薇給嚇了一大跳，忙不迭就伸手扶住了她，焦急萬分地叫了一聲。「姑娘，您有沒有摔著？」

簡妍扶著她的手站起來，右腿膝蓋那裡隱隱作痛，但她還是搖搖頭。「我沒事。咱們快走，就快到了。」她知道胃寒痛起來的時候有多難受，只要一想到徐仲宣此刻正因胃寒痛得說不出話來的模樣，她覺得膝蓋上這樣的痛楚壓根兒就算不得什麼。

青竹在一旁見了簡妍這個樣子，心中暗自叫了一聲苦。

若是待會兒教表姑娘發現她在撒謊，會怎麼樣呢？表姑娘其實倒也罷了，若是教大公子知道了她撒謊騙表姑娘過來的事……饒是這樣冷的天，青竹還是覺得出了一腦門子的冷汗。

凝翠軒很快就到了，青竹當先上前拍院門，杏兒過來開門，迎著她們一行人進去。

「妳們姑娘現下如何了？」簡妍忙問著杏兒。待聽得杏兒回答說徐妙錦現下已無事，正好好地在臥房裡躺著歇息的時候，簡妍才略略地放下心來，又立即問她。「那大公子現下如何了？可還是痛得厲害？」

杏兒抬頭狐疑地望了青竹一眼。

方才徐妙錦吩咐青竹去簡妍那裡的時候，杏兒正領著小丫鬟在西次間的書房裡籠著火盆，壓根兒就不曉得發生了什麼事，是以聽簡妍這般問，她心中甚是不明白，只想著大公子現下正好好地坐在書房裡看書呢，哪來什麼痛得很厲害這樣的事？

只是，她雖然不曉得這裡面的緣故，但也不敢胡亂回答，目光便只是望著青竹。

青竹暗暗地對她搖搖手，示意她不要說破了這事，又問著她。「大公子現下在哪裡呢？」

杏兒便道：「大公子現下在書房。」

青竹點點頭，隨後轉頭對簡妍道：「表姑娘，大公子在書房呢，奴婢現下陪您去書房看看？」

簡妍點點頭。

青竹便又吩咐杏兒好生招待白薇，自己則陪簡妍去了書房。

白薇瞧著簡妍的背影，暗暗地嘆了一口氣。

姑娘可真是關心則亂了。平日裡再是心細如髮的人，現下怎麼就偏生沒有發現這些異常呢？方才姑娘問著大公子現下可是痛得厲害時，杏兒面上的表情明顯地一怔，顯然是不知道此事的；再瞧這凝翠軒上下燈火通明，並不見一個丫鬟慌手慌腳的，又哪裡有先前青竹口中所說的什麼「凝翠軒上下都慌得六神無主」的樣兒？可見是青竹在撒謊，只為了誆她家姑娘過來而已。現下青竹又特地支開自己，還不就是怕自己跟在姑娘旁邊礙事？白薇原是想著要跟簡妍一塊兒過去的，可轉念想了想，大公子是姑娘心裡的心病，近來她日日那樣走神發呆，自己和四月在一旁看著都難受。索性今日一併都說開了，要麼是從今以後姑娘和大公子好好地在一起，要麼乾脆是從今以後直接撂開手，也好過於姑娘現下這般日日難受。所以罷了，自己還是不跟過去，由得姑娘今晚和大公子好好地說說話吧。

於是白薇便跟隨杏兒去了她的屋裡坐了，一面同杏兒說些閒話，一面等著簡妍。

簡妍則隨著青竹去了設在西次間的書房。

青竹並不敢開口向裡面通報說表姑娘來了，到時若是大公子怒了起來，誰知道會是怎麼樣呢？她心中很是有些惴惴不安。

好在簡妍甚為憂心徐仲宣現下胃是否痛得厲害，一時也沒有在意她這些異常，且都不用青竹在前面掀簾子，她自己就急急地掀了簾子走進去。

於是，她一眼就見到了身著鴉青色竹葉暗紋圓領緞袍的徐仲宣正端坐在案後的圈椅，手中握著一卷書，就著面前的燭光垂頭看著。

徐仲宣看書的時候不喜歡有人打擾，聽到掀簾子的聲響，他只以為是哪個沒有眼力見的小丫鬟進來了，於是他長眉微皺，有些不悅地抬頭望過來，卻一眼看到是簡妍手扶著門框站在那裡，恍惚間，他只以為是自己出現了幻覺，又凝目望了一會兒，眼前的人玉雪肌膚，眉目如畫，可不就是簡妍？

他又偏頭望了一眼窗外。從半開的窗子可以看到外面雪下得大且密，天也是黑透了。這樣的雪夜，一來路上難行，二來又冷，別人都恨不能縮在被子裡再也不要出來，她倒是怎麼跑出來了？

他皺了眉，問著她。「妳怎麼來了？」

原本簡妍見著他的時候，整個人就愣怔在了那裡，她已有一個多月都沒有好好地看過他了，乍然相見，只覺他較以往清瘦了不少，心中正自傷感，猛然聽到他問了這樣一句話出來，她不由得緊緊地抿起了唇，扶著門框的右手也緊緊地蜷了起來，因為用力，手指甲充血似的紅。

他竟是這樣不想見到她嗎？

心中一股酸澀感泛起，簡妍瞬間只覺得眼圈也有些酸澀了。

但她還是竭力忍住，只是微垂著頭，望著地上鋪地的水磨青磚，低聲道：「我……我方才聽青竹說你犯了胃寒的老毛病，便想著過來瞧一瞧。若是你現下無事，那我便回去了。」

徐仲宣聞言，目光便轉向了一旁垂手站著的青竹。

剛剛簡妍進來之後，青竹眼見不是事，老躲著也不成，便也跟在簡妍的身後溜過來，屏息靜氣地貼牆站著，心裡只盼望徐仲宣壓根兒就不會問起這事。可是這會兒徐仲宣還是問起了這事，且看到他森冷的目光冷冷地瞥過來，她原就一直提著的一顆心這下子更是顫個不住，趕忙撲通一聲就跪了下去。

「怎麼回事？」徐仲宣沈聲問著她。

青竹腦中急轉，想著這原是她家姑娘的一番好意，只是希望大公子和表姑娘從今以後好好的，若是她將事情都說了出來，豈不是辜負她家姑娘的一番心意了？罷了罷了，這個罪責她左右是擔下了，過後再領大公子的責罰吧。只是現下這個謊還是得圓過去的，不然若教表姑娘曉得她們在誆騙她，不定轉身就走了呢！

於是青竹便狠了狠心，梗著脖子道：「是方才奴婢去對表姑娘說您胃寒的老毛病又犯了，表姑娘一聽，立刻便趕著過來，路上還不甚摔倒了。奴婢知道是奴婢多嘴了，不該對表姑娘說這樣的話，願領大公子的責罰！」說畢便俯身拜了下去，卻含含糊糊地將徐仲宣到底有沒有犯胃寒老毛病的事輕輕巧巧地帶了過去，即便簡妍現下就站在旁邊聽著，只怕也不會從她的這番話裡疑心到自己是被她和徐妙錦給誆騙過來的。

徐仲宣心思通透，青竹雖然說得含糊，但他還是立即明白這事是徐妙錦在背後指使的。定然是她讓青竹去對簡妍說，他現下犯了胃寒的老毛病，誆騙著她過來了。

可她竟然就真的過來了，不顧外面起這樣大的風，下這樣大的雪，還是不管不顧地過來看他了。

她心中還在關心著他嗎？

徐仲宣心中一動，目光重又望向簡妍。

簡妍現下不可謂不狼狽。

因著雪天路滑，她剛剛在路上摔了一跤，蜜合色撒花緞面長襖的膝蓋那裡滿是雪水，洇濕了很大的一塊印子出來。且因聽了青竹的話，她心中著急，急忙趕了過來，所以並沒有仔細梳妝，不過是綰著家常的髮髻，一些首飾都沒有戴，只有烏黑油亮的頭髮。因剛剛往後摘風帽的時候摘得太急，髮髻還弄亂了不少，有幾縷髮絲垂下來，散亂在她兩側的鬢邊。

她現下手扶著門框站在那裡，微微地低著頭，也不看徐仲宣，只是垂眼望著眼前的地面。

徐仲宣可以看到她纖長的睫毛蝶翅一般地輕輕顫動著，又緊緊地咬著自己的下唇，一副倔強又甚是楚楚可憐的樣子。

徐仲宣便揮手讓青竹退出去，而後開口對簡妍道：「到炭盆這裡來，烘一烘妳衣服上濕了的地方。」

書案旁側放了一只方形的鑄銅炭盆，裡面炭火正燒得旺旺的；外面又罩了一只竹編的熏籠，可以將衣服或被子罩在上面烘著。

簡妍卻沒有動，依然站在那裡，垂頭望著地面，只是低聲地問：「你現下胃還痛不痛？若是不痛，我便要回去了。」

徐仲宣伸手揉了揉眉心。

看來徐妙錦撒的這個謊，他還是得圓下去的。於是他便道：「還是有些痛的。」

簡妍一聽，馬上抬起頭來望著他，面上帶著急切的神色。「可是痛得厲害？齊桑在哪裡？我這就讓青竹去對他說一聲，讓他去請大夫來給你瞧瞧？」

徐仲宣見她面上的急切之色，心中狠狠地動了一下。

她果真是在關心他。可是，她不是和秦彥走得那樣近嗎？她心中明明是喜歡秦彥的，可為什麼現下又要這樣關心他？她若是再這般關心他，他是再也不會放手的。哪怕用了手段，讓她往後心裡恨著他，他都不放，勢必要將她一輩子都禁錮在自己的身邊。心中這樣的心思轉了幾轉之後，卻又硬生生地教他給壓了下去。

他還是想看著她日日綻露明媚無憂的笑容出來，哪怕那笑容不是對著他綻放。只要她開心，他可以選擇放手，不去看、不去想，只在背後默默地關注她就足夠了。

簡妍見徐仲宣眼中眸色幾經變換，只以為他現下胃痛得厲害，只是強撐著不說而已。她不由得又開始擔心起來，問道：「你怎麼樣？可是痛得很難受？」說罷，轉身就要去掀簾子，想出去叫了齊桑去請大夫，這時卻聽得身後徐仲宣略有些提高的聲音傳來——

「過來！」

簡妍頓了頓，打算去掀簾子的手到底還是縮了回來，又轉過身來。

徐仲宣面色沈沈，目光更是幽深若陰天之下的水潭，只是定定地望著她。

簡妍心中沒來由就升了一絲慌亂起來。

徐仲宣此時又沈聲地說了一句。「過來。」

簡妍輕抿了抿唇，最後還是移動著腳步，慢慢地走了過去，在離書案三步遠的地方站定。她也不敢抬頭看他，只是垂眼望著自己衣袖上的撒花紋飾。

徐仲宣起身掇了一只圓形繡墩放在炭盆的周邊，開口說：「妳的衣服下襬濕了，過來烘一烘。」

簡妍依然緊緊地抿著唇，可到底還是依言垂頭坐到了繡墩上去。

一時間，兩個人都沒有再說話，屋子裡靜悄悄一片，只有炭盆中的木炭偶爾發出被炸裂的輕響。

半晌，徐仲宣輕嘆了一聲，隨後落寞微冷的聲音緩緩地響起。「秦彥對妳不好嗎？」怎麼她又較那時清瘦了不少呢？整個人看起來分外纖弱單薄，恍似一陣風來就能將她給颳跑了一般。

簡妍一聽他這話，先是一愣，過後卻又覺得心裡甚是委屈。她這樣不顧風大雪大，也不顧女孩兒家的矜持，黑夜裡跑過來見他，就是怕他胃痛得厲害，可他上來倒是問著秦彥對她好不好的事，這算什麼呢？

她便有些賭氣地說：「你放心，他對我好得很！」

徐仲宣聽了，只覺心中千萬根針扎似的，細密的痛，竟覺得有些難以忍受。片刻之後，他才酸澀地說：「那就好。」頓了頓，他又低聲道：「夜晚了，若是教人知道妳在這裡同我在一起，總是對妳不好的，妳還是……還是早些回去吧。」

簡妍聞言，只覺胸腔裡的一顆心似是被大鐵錘給狠狠地敲了一下，震得她五臟六腑都是難言的難受，且這難受還一直蔓延到全身各處去。

他這是要趕她走的意思嗎？

於是她霍地一下，猛然站了起來，一語不發地轉身就走。

只是走到門邊的時候，終究還是沒有忍住，身形趔趄了一下。她忙伸手扶住門框，穩住了身形，可是眼淚卻還是撲簌簌的，不受控制地滾落下來。

一輩子這樣的長，又這樣的短，她好不容易真心地愛上一個人，可為什麼他竟覺得她愛的是另外一個人呢？便是日後他們兩人真的是有緣無分，可自己的這份心意難不成要隨著自己死了，一起帶進棺材裡去嗎？為什麼不豁出去，索性對他言明呢？

扶著門框的手緊緊地蜷了起來。

「徐仲宣，」她將背挺得直直的，努力讓自己的聲音聽上去不帶一絲哭音，只是和以往一樣的冷靜淡然。「即便你因著權勢選擇不和我在一起，可你也不能這樣子誣衊我，我、我……」

即使她明知道自己不應當哭哭啼啼得像個怨婦一般，好像是在乞求身後的那個男人來愛她似的，可臨了她還是語帶哽咽，淚水不爭氣地滾滾而下。

她死死地咬著下唇，想讓自己冷靜鎮定下來，只是最後說出來的話依然帶著幾絲哽咽。

「徐仲宣，我……我愛的人是你啊！」

如平地一個炸雷響起，徐仲宣僵在原地，雙眼因震驚和不可置信而微微地張大。

眼見簡妍伸手掀開簾子就要出去，他忙一個箭步上前抓住了她的胳膊，將她拽了回來，又讓她轉身面對著他。

只是，縱然是面對著他，簡妍依然還是垂著頭，並不肯看他。

徐仲宣一手抓著她的胳膊，另外一隻手就來扣她的下巴，逼迫她的臉抬起來望著他。

「妳剛剛說什麼？」他沈聲問著。因著震驚和不可置信，扣著她下巴的手都在微微顫著。

簡妍卻只是死死地咬著下唇，一語不發，無聲地一直流著淚。

「妳……妳和秦彥到底是怎麼回事？」徐仲宣看著她滿面的淚水，只覺自己的心中也是濕濕的一片，聲音也低啞了下去。「妳……妳那時不是對我說，妳喜歡秦彥的嗎？」

簡妍於淚眼朦朧中抬了右手，指了指自己的心口處，流著淚，哽咽著低聲道：「這裡，從來就沒有什麼秦彥，只有一個徐仲宣啊……」

扣著她下巴的手猛然收緊。

第六十四章 兩情相悅

徐仲宣對上簡妍滿是淚水的雙眼，一時只覺得她這雙眼於這滿室燭光中粼粼泛光，讓他壓根兒就錯不開眼去。

「簡妍……」他啞聲地叫著她的名字，問著她。「妳知道妳自己在說什麼嗎？」

簡妍依然無聲地流著淚，並沒有回答。

她覺得她今晚是真的豁了出去，將面子和裡子都丟了個精光。

但丟就丟吧，今晚就讓她任性一回，哪怕過後會被徐仲宣嘲笑，但至少此時此刻，她將她心中所想全都說了出來，即便將來老了，快要閉眼的那一刻，回想起這一輩子，她也不會覺得有什麼遺憾的事了。

所以她便點頭答道：「知道。」

「妳不後悔？」又是那樣沈沈的聲音在問著她。

簡妍略有些詫異地望了徐仲宣一眼，不是很明白他這句話的意思，就反問了一句。「我後悔什麼？」

「簡妍，」徐仲宣眸光沈沈，漩渦似的，快要將她整個人的身心悉數都拉了進去，永世不得脫身出來。「妳說出這樣的話來，若是我接受了妳的心意，至死我都不會放手的。我再給妳最後一次機會，妳來告訴我，妳到底會不會後悔對我說出剛剛那樣的話來？」

簡妍心中苦笑。他覺得這樣的話是隨便說說好玩的嗎？縱然自己素來自認不算是很保守的人，可是也沒有隨意開放到將「我愛你」這三個字這般隨便地與別人說啊！

她正想將心裡的這想法告知徐仲宣，但只不過開口說了一個「我」字，徐仲宣忽然就伸手緊緊地將她抱在自己的懷裡，並沒有給她再說出第二個字的機會來。

「晚了。」他灼熱的氣息撲在她的耳邊，說的每個字都經由她的耳朵直入她的心臟。「簡妍，妳沒有機會再反悔了，因為我接受了妳的心意。那麼妳聽好了，從現下開始，便是死，我都不會對妳放手的，妳要做好這個心理準備。」

簡妍先是一怔，過後卻是再一次的淚盈於睫。

只是，這一次是喜極而泣。

他明白了她的心意，而且他也做出了回應，還是這樣深沈的回應。

她隨即便也伸了手，環住他的腰身，頭埋在他的懷中，低聲說：「徐仲宣，我已經做好了心理準備。我也是一樣，除非是我死，不然我也是不會離開你的。」

徐仲宣聞言，雙臂猛然收緊，恨不能將她整個人就這麼融入他的血液和骨髓裡去，自此之後無論何時何地，她都能與他形影不離。

「簡妍、簡妍……」他一面嘆息般地低聲叫著她的名字，一面就去吻她小巧的耳垂，而後又雙手捧了她的臉，俯首去吻她的雙唇。

簡妍並沒有推開他，反而是婉轉相就。與第一次的那次親吻不一樣，那時簡妍的心中只有滿滿的悲涼，可是這一刻她心中滿滿的只有甜蜜。

被親吻得神志有些不清的時候，她腦子裡恍恍惚惚地想著，這就是兩情相悅的感覺嗎？真的是……很美好啊！

徐仲宣親吻了她很長時間，直至她的雙唇微微腫起，水光潤滑一片，可他依然捨不得離開，在她的唇角流連不住，並不住低語呢喃著。「簡妍，我愛妳啊……」

這一刻他才發覺，他真的是愛她愛到了骨子裡去。

這一刻的喜悅，比什麼三元及第、位極人臣、手握無邊權勢的喜悅都要來得強烈得多。

他此刻恨不能將自己胸腔裡的一顆心掏出來，在她身前卑微地跪著，雙手高捧到她的面前去。而至此刻，他終於明白為什麼會有烽火戲諸侯，一騎紅塵，只為佳人一笑的緣故了。

愛一個人的時候，恨不能給予她這世上最好的一切，可猶且還擔心著她會看不上眼，會不高興。

「簡妍、簡妍……」

他不停地親吻她的唇角，魔怔了一般，一遍遍地叫著她的名字，而每叫一次，他心裡的那朵花就會綻開一點。直至後來，那朵心花就那樣顫巍巍地全都綻放開來，明亮璀璨得將他的一雙眼都映得如同落了漫天星光的湖水一般，透著瀲灩輕柔的光。

簡妍被他這一聲聲的呢喃給叫得面上的紅意越來越濃，到後來她忍不住，伸手輕輕地摔了他的胳膊一下，帶著些許惱意地說：「你到底還有完沒完了？」

只是她再是有惱意，可落在徐仲宣的眼裡，都只覺得她薄怒輕嗔的時候尤為可愛嬌俏。愛一個人的時候，不論她的什麼總歸都是最好的。

徐仲宣捉了她擰他胳膊的那隻手，緊緊地握在自己的手心裡，面上笑意溫柔。「妳不喜歡我這般親吻妳嗎？」一邊說一邊又牽了她的手放在唇邊，細細地吻著每根指尖。

簡妍只覺得一陣酥麻至極的感覺忽然就從指尖傳到了她的心裡，讓她全身都覺得顫慄不止。她立時就縮回自己的那隻手，緊緊地攏在袖子裡，再也不肯伸出來。面上更是滾燙滾燙的，就跟要燒起來一般。

心裡到底還是害羞的，所以她便別過頭去，不肯再看徐仲宣，更是緊緊地咬著自己的下唇。

徐仲宣卻伸了手，捧著她的臉，將她的臉扳回來與他對視著。一眼瞧到被她自己咬得越發嫣紅的下唇，他不由得又眸光微黯，聲音也低啞了下去。「妳再這般咬著自己的唇，我可是會忍不住又想親吻妳的。」

「……」這還是那個清冷淡逸的徐仲宣徐侍郎嗎？於是她便瞪了他一眼，輕斥道：「無恥！」

偏偏徐仲宣聽了她的輕斥，非但不以為恥，反倒引以為榮地笑道：「我只在妳的面前無恥，好不好？」

好你個頭！簡妍恨不能直接一腳將他踹了出去。

怎麼他現下竟然是這般扭股兒糖似的，只是抱著她、黏著她，扯都扯不下來？

只是她面上雖然是作了惱意出來，心中卻還是喜悅的。

徐仲宣這時又將書案後的圈椅掇了過來，抱她坐到了椅中，自己則是在那張繡墩上坐了，俯身將她的右腿放到自己的腿上，然後動手就來捲她的褲腳。

簡妍待要掙扎，徐仲宣卻伸手止住了她。

「別動。方才妳摔倒了，我瞧瞧可摔得厲害？」

蓮青色的褲腳被捲了上去，露出欺霜賽雪、線條優美的一截小腿來。而再往上，雪白的膝蓋上面卻有著觸目驚心的一塊瘀青。

徐仲宣眉頭微皺，伸手輕按了下去，抬頭輕聲問著簡妍。「痛不痛？」

自然是有一些痛的。但是簡妍不想他擔心，所以搖搖頭，道：「不痛的。」

徐仲宣自然知道她在撒謊。

他小心地將她的腿又放了下去，起身掀開簾子走了出去。

簡妍聽見他吩咐青竹去打一盆熱水來，再尋了消腫祛瘀的藥膏。隨後他便又走回，坐在繡墩上，哄小孩似的哄著她。「沒事的，一會兒就不痛了。」

簡妍差點失笑。這樣的一點磕傷算什麼呢？忍一忍也就過去了，可他卻是這般緊張。

青竹動作很快，不過片刻的工夫就打了一盆熱水進來，裡面放著一條潔白的手巾；接著又拿了一只白瓷青花的盒子，說裡面裝的是消腫祛瘀的藥膏。
徐仲宣讓她放下這些東西後出去，青竹應了聲「是」，忙轉身掀開簾子出去了。
徐妙錦正等在外頭，見著青竹出來，忙示意她隨自己進了東次間的臥房，隨即便低聲問她。「我大哥和妍姊姊現下如何了？」
青竹面上的笑意是掩都掩不住的。「好得很！看來大公子和表姑娘是冰釋前嫌了。現下大公子正要了水和消腫祛瘀的藥膏，想來是心疼表姑娘先前摔了一下，要親自替她抹藥膏呢！」
徐妙錦就「哎喲」了一聲，又感嘆著。「我這個做妹妹的實在是不容易啊，沒閒工夫操心自己，倒淨為他們兩人操心了！」
青竹就抿唇笑道：「大公子高興，姑娘您也高興不是？」
徐妙錦點點頭，隨後又有些撐不住地掩著口打了個哈欠，道：「罷了，不理會他們兩人了。他們這會兒好不容易冰釋前嫌，不定得說話說到什麼時候呢，我是耗不起了，要先去睡了。妳去對杏兒說一聲，讓她好好招待白薇，別讓人家在那裡等急了才是。」
青竹笑道：「姑娘您就放心去睡吧，萬事有我和杏兒照應著呢！」
徐妙錦點點頭，隨即便讓青竹鋪床疊被，自行上床睡覺去了。
西次間的書房裡，徐仲宣正絞了手巾，又伸手試了試手巾燙不燙之後，才將手巾按在簡妍膝蓋上那處瘀青的地方。

溫熱的感覺從膝蓋那裡升起，簡妍只覺得很舒服。

她瞧著俯身垂頭專注地用手巾給她敷著膝蓋的徐仲宣，不由得開口調笑著。「看不出來徐侍郎還很會服侍人嘛！」

徐仲宣抬頭看看她，眼中笑意溫柔。「我以往並不會服侍人，可是為了妳，我往後會去學著怎麼服侍人。」

簡妍微微地怔了一下。

他這樣身處高位的人，日常什麼事只怕都是有人在身旁伺候著吧？可是現下他竟然會對她說出這樣的話來，且瞧他的樣子，他分明是認真的，而不僅僅只是說說哄她高興而已。

「徐仲宣……」她帶著感動，嘆息了一聲。「你這樣會把我寵得無法無天的。」

徐仲宣笑而不語，心裡只想著：我只願妳從今以後在我的面前露出妳最真實的性情來。縱然妳的真性情再是嬌氣驕縱，我都會甘之如飴。

用熱手巾敷過了簡妍膝蓋上那處瘀青之後，徐仲宣又拿過了那只瓷盒來，打開蓋子，挖了一坨藥膏，慢慢地在簡妍膝蓋上的瘀青處研磨著。

這藥膏抹在膝上，初時冰涼，簡妍還哆嗦了一下，可被徐仲宣那樣慢慢地磨著，就逐漸變得溫熱起來，甚是舒服。

徐仲宣一邊用手研磨著這藥膏，一邊就抬頭和她商議著。「等下個休沐的日子我就遣了媒人去向妳母親提親，然後等妳守完妳父親的孝，我們就成親好不好？我記得妳父親的孝期滿了應該是在明年八月，八月滿城桂花飄香，不冷不熱的，正是成親的好時候。」

簡妍沒想到他會忽然提起這事來，微微睜大了雙眼望著他。

徐仲宣傾身過去，在她的額頭上輕輕吻了一下，而後笑道：「是妻，我這輩子唯一的妻。」

他擔心她會想歪，只以為他遣了媒人去同她母親提親讓她做妾。

簡妍的面上一時就通紅一片。

他這樣算是求婚的意思嗎？雖然並沒有玫瑰花，也沒有鑽戒，單膝下跪也沒有，可她還是覺得自己的心激動得怦怦亂跳。

「這、這事你自己看著辦吧。」她一時只覺得羞意大盛，垂著頭，竟不敢直視徐仲宣了。

徐仲宣見了她這副嬌羞的模樣，眉眼間的笑意就越發濃了起來，一顆心也軟得如同在日光中曬過的棉花一般，蓬鬆柔軟。

藥膏研磨開了，徐仲宣便將她的褲腳放下來，又轉頭望了望窗外，握了她的手，溫聲地說：「夜深了，我送妳回去。」

簡妍點點頭。

徐仲宣便扶著她自椅中站起來，又伸手緊緊地握住她的手。

簡妍並沒有掙脫，任由他牽著。男女朋友之間牽手這種事，在她看來實在是太平常，既然徐仲宣都不忌諱，她為什麼還要忌諱呢？

她任由徐仲宣牽著她的手，掀開碧紗櫥上的簾子走出去。

一直在明間裡守候的青竹見狀，忙迎上前，目光極快地在他們兩人緊握著的手上瞥了一眼，隨後便收回目光，笑問道：「表姑娘這是要回去了？要不要奴婢送送您？」

但也只不過是白問一句罷了，瞧著大公子這樣，定然會親自送表姑娘回去的。

果然，就聽得徐仲宣說：「不用。妳去喚了白薇過來伺候，讓齊桑在外面等著，再點一盞繡球琉璃燈拿過來。」

青竹應了，轉身忙準備去了。

不多時，白薇過來了，杏兒也將繡球琉璃燈裡的半截蠟燭點亮，提了過來。

徐仲宣先是接過白薇手裡的粉色撒花斗篷過來給她披上，又細心地給她戴好了風帽，然後伸手自杏兒的手裡接過繡球琉璃燈來自己提了，又一手牽了簡妍的手就要出門。

青竹這時忙忙地抱了徐仲宣平日裡最常穿的玄色絲絨鶴氅來，恭聲地說：「大公子，外面冷，您披了這鶴氅吧？」

徐仲宣卻不伸手接青竹手裡拿著的鶴氅，只是側頭望著簡妍笑。

簡妍先時還不曉得他在笑什麼，過後反應過來，他這是要她給他穿那鶴氅的意思啊！

面上又開始發熱了。待要不給他穿，想想剛剛他還替自己披了斗篷呢，所以算了，還是給他穿吧。

於是她便自青竹的手中拿了那領玄色的絲絨鶴氅來，卻又故意繃著一張臉，冷淡地說：「抬手。」

徐仲宣順從地抬起手來，讓她給自己穿著這絲絨鶴氅，又垂頭望著她給自己繫這鶴氅前襟上的帶子，面上的笑容足可將數九寒冬的堅冰都融化了。

屋內的白薇、青竹和杏兒此時都默默地別過頭去，不想再看這二人在這裡秀恩愛。

簡妍此時兩根手指勾著那兩根帶子，稍微地繞了繞，極輕易地就打了個蝴蝶結出來。然後她又偏頭端詳了片刻，有些戀戀自得地抬頭對徐仲宣笑道：「完美！」一抬頭，頓時就看到了徐仲宣眼中的滿天星光，簡妍便又覺得臉上開始有些發燙，於是她便當先越過徐仲宣朝外走去。

徐仲宣忙提了繡球琉璃燈追上前去。

空中的雪不知道何時開始下得小了，柳絮似的，隨著北風無聲飄飄灑灑地撒向這世間的一切。

縱然是雪地反光，手中又提了這繡球琉璃燈，可雪地難行，簡妍走得依然是深一腳淺一腳的。

徐仲宣始終惦記著她膝上那處瘀青，見她現下雖有他牽著，還是走得不甚穩當，他便將手中的繡球琉璃燈塞到她的手中，然後背對著她，微微蹲下身，笑道：「上來。」

他竟然要揹她。

簡妍偷眼見白薇和齊桑正在前面走著，一點要轉身回頭往後看的意思都沒有，於是她便笑著抿了抿唇，也沒有推辭，縱身就跳上了徐仲宣的背。

他的背算不得很寬厚，有著讀書人的清瘦，可是當她趴在他的背上，側臉輕輕貼著時，縱然是隔著厚厚的冬衣，依然能感覺到他身上灼熱的體溫。

這樣的感覺，溫暖、踏實、安全，真好。

簡妍一時又調皮心起，伸出雙臂攬著徐仲宣的脖子，在他的耳邊笑問道：「我重不重？」

徐仲宣笑著搖頭。「不重。怎麼我費盡心思想著讓她們給妳吃了那麼些的好東西，妳卻還只是一直瘦，一點兒都沒有長肉？」

簡妍一手拿著繡球琉璃燈，一手就去擰他的耳朵，笑著審問。「你還說呢！老老實實地給我交代，那時你到底對我母親說了些什麼，怎麼她自從玉皇廟回來之後，就一反常態，倒將我當豬一樣地養著，日日給我吃那麼多好吃的？」

她都這樣審問了，徐仲宣哪裡還敢不回答？他笑著老老實實地答道：「其實也沒有說什麼，不過是對她說，妳這樣瘦弱，怕是將來於生育子嗣上不好，所以就讓她給妳多吃一點，吃好一點。」

簡妍了然地「喔」了一聲，隨後伸手輕捶了一下他的肩膀，清脆的聲音歡快地響起。

「徐仲宣，我還這樣小，並不想現下就生孩子。」

徐仲宣點頭應是，只說一切都隨她的意。

池塘邊有一株臘梅花開得正好。疏影橫斜的枝幹，鵝黃色的花朵，映著潔白的雪，水晶般的玲瓏剔透，夜風吹過，暗香浮動。

徐仲宣便轉頭對簡妍笑道：「抱緊了。」

然後他一手穩穩地托著背上的簡妍，一手就去摘那臘梅樹上的花。

他身量極高，很輕易就折了一枝臘梅花下來，然後又反手將這枝臘梅花塞到簡妍的手中，笑道：「可別和上次一樣，又扔掉了啊。」

「上次？」簡妍有些疑惑地問著。「什麼上次？」

「上次桃花開的那時候，妳的那枝桃花不過是經了我的手一下，怎麼就被妳那樣嫌棄地給插到這池塘邊上來了呢？別以為我不知道。」

簡妍恍然大悟，想起了那次的事來。

「那不一樣。」她的聲音是清脆的，不再有往日刻意裝出來的細聲細氣，滿滿的都是少女的歡樂和愉悅。「那時候我還不愛你呢，且甚是討厭你。因我母親見著你官職高，想著要我做你的妾，我自然是躲避你都來不及，你經手的東西我自然也就看不上眼，肯定會扔掉的。」

「那現在呢？」徐仲宣側過頭來笑著問她。「那現下妳還討厭不討厭我？」

幽微的雪光和橘色的燭光中，簡妍只覺得徐仲宣的側臉精緻如畫。且他面上此刻的笑意是如溫柔，溫柔得讓她都要溺斃在裡面了。

他還背著她哪。先前還那樣親吻她，對她說那樣的話，他應當是真的很愛很愛她的吧？簡妍只要一想到這裡，只覺得心裡跟一灘水似的軟。

於是她便微微傾身，雙唇貼在他的耳邊，輕聲地說：「我現下自然是不討厭你了。徐仲宣，我愛著你呢！」頓了頓，她又加了一句。「很愛很愛。」

徐仲宣內心的欣喜簡直就要將他整個人都炸裂開來。

這樣的簡妍，精靈頑皮，勾人心魄，如何教他不愛？

「我也是，很愛很愛妳，愛到了骨子裡去，一刻都不想與妳分開。」

只是再不願分開，最後也只得分開，因荷香院已經到了。

簡妍倒還好，自徐仲宣的背上跳下來之後，向他揮揮手就打算進院子裡去。

可徐仲宣忽然又拉住了她，將她緊緊地抱在懷裡，不捨得放開她。

簡妍只好輕拍他的背，柔聲地安撫著他。「乖啊，等下次你休沐的時候我們就可以再見面啦！你現下先回去好不好？夜深了，我也睏了。且若是教人看到我們倆這樣，那可真是完蛋了。」

「有什麼關係？」徐仲宣卻說著。「左右等到下個休沐的日子我就會遣了媒人去同妳母親提親的，到時看這徐宅裡誰還敢再在背後說妳一個字的不好？」

簡妍失笑。這樣的徐仲宣真的好像是個小孩子啊！又勸慰了他兩句，最後兩個人終於是分開了。

簡妍手中拿了那枝臘梅，對徐仲宣揮了揮手，閃身進了院子裡面。

而徐仲宣還在原地站了一會兒之後，才戀戀不捨地轉身回去。

來時的時候齊桑一直在前面隱隱聽到了他們兩人說話的內容，這時齊桑提了燈籠在前面給徐仲宣照路，一路上都抿著唇忍著笑。

偏偏徐仲宣看到了，便問他。「你在笑什麼？」

「屬下是真心為公子感到高興。」齊桑忙斂了面上的笑意，垂首恭敬地答著。

徐仲宣聞言，面上便也有了笑意。

他也為自己感到高興。現下想來，簡妍跨越數百年，甚至數千年時空而來，也許正是因為冥冥中注定他們兩人終歸是要在一起的。

所以他多麼感謝上蒼將簡妍送到他的身邊來。她之前所受的那些苦，往後的日子裡他自然會一一地彌補回來，讓她再無憂慮繞心頭。

第六十五章　變故迭生

次日徐仲宣便回京城，日日到吏部應卯當值去了。只是空閒時刻，他便會想簡妍，想著她現下在宅子裡做些什麼？想著她的時候，眼角眉梢全都是無限笑意。

但簡妍此時並不在徐宅，而是坐在京城郊外的一處茶棚裡喝茶。

前兩日周盈盈又下了帖子，請著她和秦彥今日去京城的醉月樓裡一聚。

簡妍接了帖子，原是不想去的。

那日周元正望著她黏膩熾熱的目光尚且如在眼前，只教她噁心倒胃口不已，所以她連帶著也不想去赴周盈盈的約，總是怕會再見到周元正，於是她就沒有立時答覆周盈盈，而是讓四月將這帖子拿去給秦彥瞧了，告知他一聲周盈盈下帖子請他們兩人出去聚一聚的事，然後問他去不去？

她的原意是想讓秦彥自己去赴周盈盈的約。畢竟她心中也清楚，周盈盈其實應當只是想邀秦彥一個人，她過去也只是當電燈泡，為兩人遮人耳目罷了。只是四月帶回來的消息是，秦公子說姑娘您去他就去，您不去他便也不去。

「……」看來這個電燈泡她不做還不成的啊。

然後她想了想，周盈盈邀他們聚一聚的日子周元正是要在官署應卯的，只怕也是無暇抽身出來的吧？她可以先和秦彥到醉月樓，見了周盈盈之後，隨意地說幾句話，然後她抽身閃人，去徐仲宣在京城裡的那處院落裡，等著他散值回來，和他一起回通州啊！

想到徐仲宣散值回去，推開家門看到她正在那裡等他，到時他面上該是如何的一副表情？震驚？不可置信？欣喜？激動？簡妍想了想就忍不住笑出聲來。

於是她便又遣了四月去對秦彥說，她那日會去赴周盈盈的約。

現下，她就和秦彥坐在京郊城外一處簡易的茶棚裡歇息著喝茶。

前幾日一場大雪，過後倒是連著晴了這麼幾日。只是雖然現下日頭再是大，可照在身上也沒有感覺到什麼暖意，且冷風颼颼地颳著，一個勁兒地往袖子裡灌，冷得直哆嗦。儘管如此，簡妍臉上一直都帶著笑容。秦彥平平淡淡地問她：「妳因為什麼事這麼高興？」

簡妍就伸手摸了摸自己的臉。

她臉上竟然一直都帶著笑意嗎？怎麼她自己倒是不知道呢？

畢竟和秦彥是從同一個地方穿越而來，簡妍心中總是覺得和秦彥較他人親近一些，不想瞞著他什麼，也沒有想過在他面前有什麼不好意思的，於是她就笑道：「因為我想著待會兒就可以見到徐仲宣了，所以心裡就覺得很高興。」

一旁秦彥握著茶盅的手一頓，眸中神色也沈了下來。

他一語不發地轉頭望著茶棚外面。

向陽地方的雪早就化盡了，可背陰的角落依然有一些凍得硬邦邦沒有化盡的雪。

縱然日光再明媚，還是有永遠都照不到的角落。

「簡妍，」秦彥冷如冰雪的聲音緩緩地說：「妳以前喜歡我。」

不是疑問，是極為肯定的語氣。

簡妍渾身一僵。

沒想到她上輩子暗戀他的事他竟然是知道的啊，而且現下被他這麼直截了當地說出來，多少還是有點害羞的。

只不過那畢竟都是上輩子的事了，隔著一層前生今世的水霧，鏡中花水中月一般，早已是很悠遠的回憶了。

簡妍原也不是什麼扭捏的人，既然被秦彥將話點明出來，她也沒有否認，反而大大方方地承認著。「是啊！學長你那樣優秀，那時不單單是我，就我所知，我們班的絕大多數女生都暗戀你喔！」

「那現下呢？」秦彥忽然回頭，直瞪瞪地望著她。「妳現下為什麼不喜歡我，反而去喜歡徐仲宣？」

簡妍直覺秦彥很不高興。她想了想，然後小心翼翼地回答：「學長，喜歡你那是我上輩子的事了，而現下，我畢竟是已經死過一回的人，有些事也就自然而然地放下來了。」

「以前妳喜歡徐仲宣，那是因為妳不知道我也在這個時代，可是如今既然妳知道了，為什麼還要去喜歡徐仲宣，不繼續喜歡我？」

秦彥這兩句話問得頗有點咄咄逼人的意思，簡妍聽了，下意識就有點茫然。然後她想了想才說：「那不一樣。我不曉得該怎麼說。上輩子我雖然暗戀你、喜歡你，可是……可是這種喜歡……打個比方，如果有一日我知道你喜歡上一個女生，那時我心裡可能會難過，但過完一個暑假之後，我可能就不會再難過了，再見到你的時候，我可能還能笑著和你打招呼。可是對於徐仲宣，如果我知道他喜歡上其他女人，縱然我不會在他的面前哭，也會自己一個人偷偷躲起來哭，會覺得心裡很痛，甚至會怨恨他，然後一輩子都不想再見到他。而且我和他在一起的時候，總是會患得患失，一點點小事就會覺得很委屈，想在他的面前哭，想讓他哄著我，可是我對你是從來沒有過這種感覺的。」

她雖然說得很籠統、很含糊，但秦彥卻是聽明白了。

她對自己只不過是喜歡，但她對徐仲宣卻是愛。

喜歡一個人的時候，見著他心裡會有喜悅，但分開了，難過一陣子也罷了。可是愛一個人的時候，會患得患失，會在乎他的一言一行。上一刻心情也許還是陽光明媚的，但下一刻也許就大雨傾盆，且兩個人在一起的時候固然會快樂，但分開了之後卻會痛徹心腑。

只是秦彥還是接受不了。

他想的是，簡妍上輩子之所以會喜歡他，這輩子喜歡徐仲宣，只是因為上輩子他是那樣優秀，而這輩子徐仲宣卻比他優秀的緣故，如果自己這輩子還是那樣優秀的話，簡妍又怎麼可能會不喜歡他，轉而去喜歡徐仲宣呢？

簡妍喜歡的，是那個最優秀的，能讓她抬頭仰望的人。

可恨自己這輩子卻偏偏穿越成了一個庶子。

想起周氏那時寒著臉，一臉嘲諷地看著他，說他只不過是個小婦養的，能有什麼大成就的時候，秦彥就覺得心裡滿滿的都是恨。

他握著茶盅的手漸漸收緊，指節泛白，面色也慢慢地沈了下來。

簡妍見著他這樣，心裡也有點不大自在起來，且還有幾絲愧疚在內。

「學長，」她低垂著頭，望著有幾絲細微裂紋的黑漆桌面，輕聲說著。「對不起。」

秦彥的心中一時就越發不舒服起來。

怎麼，妳喜歡徐仲宣，不喜歡我這樣的事還要來對我說對不起？這算什麼？覺得我現下這樣子很可憐，所以特地來憐憫我的嗎？

可他面上還是扯了一個有些勉強的笑意出來，只是淡淡地說：「沒關係。」

簡妍「嗯」了一聲，又轉頭望了望茶棚外面無邊蕭瑟的樹木，隨後就說：「我們繼續趕路吧，周姑娘還在醉月樓裡等著我們呢。」

秦彥點點頭，站了起來。

周盈盈此刻確實是在醉月樓裡等著他們。

當丫鬟進來通報，說秦公子和簡姑娘來了的時候，周盈盈攏在袖中的雙手就緊緊地握了起來。

但片刻之後她還是起身迎了出去。

簡妍此時正扶著白薇的手下了馬車，抬頭望著面前這座醉月樓。

四角翹簷的二層酒樓，門首懸著黑底燙金字的牌匾，上面草書「醉月樓」三個字，看著就很古樸、有品味。

「秦公子、簡姑娘。」

周盈盈此時迎了出來，三人互相都見過了禮，隨後便一塊兒進了醉月樓。

一進了醉月樓，簡妍就眼尖地發現這醉月樓約莫是被清過場的，裡面竟是一個客人都沒有。

不過想來也是，周盈盈畢竟是大家閨秀，出手闊綽，她既是約了自己和秦彥在這裡一聚，包下一整個醉月樓也是很正常的。

只是……簡妍又不著痕跡地掃了周盈盈一眼，發現對方心神不定，眼神也有些躲閃，不敢對上她的目光。

簡妍心中微沈。周盈盈今日為何會如此反常？其中定然有什麼緣故。

於是她便側頭，低聲地問白薇。「現下是什麼時辰了？」

白薇抬頭望了一眼窗外。

但是冬日風大，四壁窗戶都關得緊緊的，便是連這醉月樓的大門，在他們剛進來之後也被僕婦關了起來，壓根兒就看不到現下日頭在空中的位置。

白薇就大致估算了一下，說：「現下應當約莫是午時。」

冬日天原就亮得晚，簡妍早間起來用完早膳，又去向簡太太辭行，然後才同秦彥一起來京城。通州來京城的路上也是一段不遠的路程，因著天冷，馬車趕得也就較往日更慢了一些，所以到醉月樓時竟已是午時了。

不過和周盈盈約好的時間原也差不多是這個點。

只是簡妍心中還是覺得很是怪異，但她面上並沒有表現出來，而是隨著周盈盈一塊兒沿著樓梯上了二樓的雅間——先時周盈盈說有幾句體己話要對簡妍一個人說，讓秦彥先在樓下大堂坐一會兒。簡妍此時心裡只想著，待會兒她和周盈盈略坐一坐就隨意尋個由頭告辭，然後去徐仲宣那裡得了，絕對不能在這裡多待。

她心裡既然打定了這個主意，隨後果真坐下來和周盈盈說了一會兒話後就起身告辭，只說是臨出來的時候，表妹託她在京城的珍寶閣給她帶一副時新的耳墜子回去。

周盈盈也忙起身站了起來，面上的神色有幾分急切。「簡姑娘，買耳墜子這樣的小事何須妳親自過去？讓妳身邊的丫鬟去買一副過來也是一樣的。」

簡妍就笑道：「我這個表妹最是挑剔的，我恐怕白薇挑的耳墜子入不得她的眼，還是我親自去挑的好。妳和秦大哥先在這裡坐一會兒，待會兒我再過來找你們也是一樣的。」

當然，她要是出去了，就不會再親自過來，讓齊桑或齊暉跑一趟過來接秦彥回去也是一樣的。

周盈盈卻是不肯放她走，竟直接伸手過來拽了她的胳膊，說著：「妳現下還不能走。」

簡妍自進了醉月樓之後，心裡那股怪異的感覺這時就越發強烈起來。

「我為何不能走？」她望著周盈盈，語氣中帶著逼迫的意思。「周姑娘，妳今日約了我和秦大哥過來到底是想做什麼？」

周盈盈先是被她逼問得怔怔地說不出話來，過後才無奈地嘆了一口氣，低低地說：「簡姑娘，我也是身不由己，妳要體諒我。其實今日原是我伯父讓我約了妳過來，想同妳說說話。之所以會讓秦大哥也一起來，也是伯父擔心若只約妳一個人，妳是不會過來的，畢竟妳是這樣謹慎的人。」

簡妍心中大驚，面上驟然變色。

然後她一張臉就放了下來，語氣也冷了下來，只道：「周姑娘，枉我一直將妳當作朋友，可不想妳竟然這樣誆騙我過來，我可真是白認識妳了！」說罷，轉頭對白薇道：「白薇，我們走！」

她腳步急促，快步走到門口，當她伸手去拉那兩扇門的時候，卻是怎麼拉都拉不開。

「簡姑娘，是我對不住妳。」周盈盈的聲音此刻又在後面幽幽地響了起來。「妳既然進了這醉月樓，那定然是走脫不了的。妳沒瞧見這醉月樓裡裡外外的有這麼多丫鬟、僕婦嗎？原就是伯父防備著妳逃走的。」

說罷，轉頭示意了一下，立時便有一個原本在旁邊伺候的僕婦過來按住了簡妍，周盈盈又讓另一個丫鬟按住了白薇，對簡妍道：「妳的丫鬟暫且先隨我下樓去。妳放心，我必不會讓人傷害她的。只不過若是妳想著要逃走，我伯父定然不會輕易饒過妳這丫鬟，所以妳還是老老實實地在這裡待著，等我伯父過來吧。」

說罷，她轉身帶了白薇和屋內其他僕婦出了門，又吩咐守在門口的僕婦鎖了門，這才慢慢地下了二樓。

第六十六章　各有苦衷

秦彥正坐在樓下大堂的桌旁喝著茶水，壓根兒就不曉得樓上發生了什麼事，直至聽得一陣急促的腳步響，然後隱約就聽見白薇的聲音響了起來，說的是「秦公子，救……」然後也就沒有聲音了。

他聞聲抬頭望了過去，隱約可見一個粗壯的僕婦按著白薇的一邊胳膊，往另外一個方向去了。

秦彥心中一凜，忙站了起來，就要沿著扶梯上二樓。

但這時周盈盈正好從樓上下來，站在樓梯盡頭，居高臨下地望著他。

她穿的是玫瑰紫二色金刻絲葫蘆紋樣的對襟長襖，牙色的百褶裙，俏生生地站在那裡，人比花嬌。

可是秦彥的目光只是極快地掃過她，並未在她身上多停留片刻，而後便冷著臉問：「妳把白薇怎麼了？簡妍在哪裡？」

周盈盈不答，只是一手扶著樓梯的扶手，抬腳慢慢往下走著，然後在秦彥的面前站定。這下子倒正好擋住了秦彥的去路。

秦彥皺眉，語氣很不好地道：「讓開！」

周盈盈站在那裡並沒有讓，只是緊緊地抿著唇，俯首低頭，倔強而無聲地望著他。

秦彥的一雙長眉於是皺得就越發緊了，望著周盈盈的目光也越發冷了下來。

「你很在乎簡妍？」周盈盈見著他面上的緊張之色，心中微澀，於是開口，慢慢地問了一句。

秦彥不答，只是冷聲說：「周姑娘，今日妳叫了我和簡妍過來，到底是有什麼事，不妨直說，在背地裡鬼鬼祟祟的做這些事是什麼意思？」

周盈盈沈默了片刻，索性對他言明了。

「其實今日並不是我叫了你和簡妍過來的，而是我伯父叫她過來想見見她。她現下正好好地待在樓上的雅間裡，我並沒有把她怎麼樣。至於她身邊的丫鬟，待在她身旁有些礙事，我暫且就讓人將她送到其他的空屋裡去了。」

秦彥猛然抬頭看她，眉宇間的冷厲之色竟讓她的一顆心都漏跳了兩拍。

「讓開。」秦彥聲如霜雪，冷冰冰的，沒有一絲溫度。

但周盈盈仍然倔強地擋在他的面前，一絲一毫要讓開的意思都沒有。

秦彥也不想跟她說什麼廢話了，直接伸手就來拽她的胳膊，將她拽得一個趔趄之後，瞅見一絲縫隙，他直接抬腳就往樓梯上走過去。

「秦彥！」周盈盈被他一個大力給拽得身形不穩，若非是極快地伸手扶住了樓梯扶手，只怕就已滾下了樓梯。這時她便背靠著樓梯的扶手，轉身望著秦彥大聲喊著。「沒用的！你就算衝上前去又有什麼用呢？你沒看到這滿屋子的丫鬟、僕婦和外面的小廝嗎？我伯父想要的人，你若是衝上前去阻攔了，你有想過你會有什麼樣的後果嗎？我伯父既然身為首輔，權傾朝野，不說以後你肯定再也沒有機會入仕途，只怕他便是想弄死你都易如反掌，你可要仔細想想，簡妍可值得你這般做？」

秦彥的身形一僵，跨出去的腳步也立在原地沒有再動彈。

周盈盈一見，立時又道：「你下來，我告訴你為什麼我伯父一見到簡妍便會如此震驚的緣故。」

但秦彥只是站在原地，背對著她，沒有繼續往前走，可也沒有轉身退回來的意思。

周盈盈也不著急，她只是靜靜地等著。

她看得出來簡妍對於秦彥而言是特別的，但是她卻不信秦彥會拋卻自己的前程和性命不要，去和她的伯父正面對上。

果然片刻之後，秦彥雖然是一臉灰敗，唇也是抿得死緊，可他到底還是轉身慢慢地下了樓梯，走到了樓下大堂的一處桌旁，頹然地癱坐在椅中。

周盈盈見狀，心中暗暗地鬆了口氣。只是她的心尚且還沒有平穩下來，依然是劇烈地跳個不停。

她隨後也走到桌旁，揀了一張椅子坐下來，吩咐身邊的丫鬟上茶。

這樓下大堂裡雖然也是籠了一個旺旺的炭盆，只是這大堂空間實在是太大了，所以還是冷得厲害。

周盈盈素白的手緊緊地握著面前桌上放著的茶盅，隔著裊裊而起的白色氤氳水氣，可以看到對面秦彥的面上灰白一片。

他整個人就如同是一枚脫了水之後的乾枯樹葉，再也沒有鮮活之氣。

周盈盈輕嘆了口氣，揮手示意周邊守候的丫鬟和僕婦全都退下去，而後才慢慢地說：

「我伯父的事，我也是東一耳朵，西一耳朵的聽人說起，然後我自己拼湊出來的。我伯父原先也只是個寒門學子，雖然早年就進了學，可其後的鄉試卻一直不得中，無奈也只能找了個館坐坐，教教幾個幼童，掙些束脩補貼家用罷了。有一年清明時節，正值春暖花開時，他同友人一起去庵中進香，偶然在後院禪房聽見一陣琴聲，循聲找了過去，見正在撫琴的是一位姑娘。那位姑娘真真是生得溫婉嬌美，我伯父對她一見傾心，而那位姑娘似是也對我伯父有意，據說是回頭對他笑了三次。你也知道，我伯父這個人，縱然是那會兒屢試不第，可胸中素來便有凌雲志，所以他當時只以為這姑娘慧眼識英才，於是他就越發對她上心了。他回去之後便特意地打探了這位姑娘的來歷，得知她是本地知府的女兒，名喚作梅娘。原本一個是屢試不第的秀才，一個是知府大人的嫡女，兩個人不可能有什麼交集，只是我伯父心有不甘，竟對那位姑娘難以忘懷，所以便想法兒結識了知府家一位粗使婆子，又通過那婆子結識了梅娘身邊的一位丫鬟，寫了首詩託丫鬟轉交給梅娘，其中細述了自己對她的傾慕之意。不想梅娘很快地也有詩回了過來，言明對我伯父也是有傾慕之意的。我伯父自然心中大喜，也曾厚著臉皮上門向知府大人求過親，結果自然是被知府大人給狠狠地嘲諷奚落了一頓，說我伯父既無權勢又無錢財，只是個窮酸秀才罷了，竟是癩蝦蟆想吃天鵝肉，前來求娶他的女兒？也不撒泡尿照一照自己配是不配？我伯父當時受了很大的刺激，可又捨不得丟開梅娘，兩個人便一直透過那婆子和丫鬟，詩詞唱和著，只是彼此從來沒有再見過面。如此一、兩個月之後，也不曉得是怎麼回事，這事被知府大人察覺到了，知府大人大怒，遣人來捉拿我伯父。我伯父提前得了信兒，連夜就跑；而梅娘則被她的父親給狠狠地責罰了一頓，聽說是跪了三日三夜陰冷的祠堂。原是嬌生慣養的千金小姐，受了這樣的驚嚇，又跪了三日三夜，當即就得了重病，聽說不久便一命嗚呼。而我伯父逃出來之後，發憤讀書，也是天可憐見的，接下來一路中了鄉試、會試、殿試二甲，賜進士出身，授了庶起士，此後官場沈浮二、三十年，坐到現今內閣首輔的位置。」

周盈盈說到這裡，低頭喝了一口茶水。抬眼見對面的秦彥依然不聲不響地垂頭坐在那裡，一點動靜都沒有。

但她知道他肯定是在聽著她說的，她便繼續平靜地說下去。「當年我伯父發跡之後，也曾回去找過梅娘。只是那時梅娘已死，我伯父打聽梅娘之死是因那次知府大人罰她跪了祠堂的緣故，一來他心中對梅娘有愧疚，畢竟當年得知知府大人察覺到他和梅娘之間的事之後，他第一反應是連夜就逃跑了，壓根兒就沒有想過要留下來和梅娘一起承擔這事；二來也確實捨不得梅娘。於是他立時大怒，後來到底是尋了一個貪污的罪名，將知府大人剝皮揎草，其他家眷也都流放到邊遠之地，再無一個有好下場的。後來我伯父依然不能對梅娘忘懷，人死了，再想起來時，腦中自然只會有她千般萬般的好，更何況若真說起來，那時他們並沒有在一起相處過，只不過見過一面，隨後就只是詩詞唱和罷了，自然我伯父會將梅娘想得出塵脫俗、冰清玉潔，人世間再也沒有女子能比得上她的了。所以這時日一長，這梅娘竟成了我伯父心中的執念，後來但凡遇到與這梅娘有一些相像的女子，我伯父都勢必會千方百計將她們據為己有，便是我……」說到這裡周盈盈就頓住了。

其實她想說的是，便是她的母親，周元正親弟弟的妻子，僅僅只是因右臉頰靠近耳朵那裡，如同梅娘一般長了一顆芝麻粒大小的痣，都曾被周元正染指過。只不過後來周元正暗地裡犯了一件事，卻是他這個親弟弟出來替他扛了，死在了獄中，周元正自覺對不起他這個唯一的弟弟，因此從那之後才不曾再碰過她母親。也正是這個原因，周元正才會一直對她這個姪女很是愧疚，也才會對她比對自己的親生女兒都要好。

周盈盈深深地嘆了一口氣。

想起這些事她也覺得心裡堵得慌。可是又能怎麼樣呢？她雖然心裡也恨著她這個伯父，可是說起來這些年要不是他，她和她的母親又豈能過著現下這般錦衣玉食的日子？她又豈會有那等官宦世家的女眷爭著搶著下帖子想結識她？

她如今這般榮耀的日子都是周元正給的，她縱然心裡再恨他，可是她卻拋不下現下的這種日子，所以也就唯有裝作不知道了。

周盈盈又垂頭喝了一口茶水，將心裡這些不平都給壓下去，才又輕聲地說：「而簡妍，我先時也不知道，自那日伯父在家中看到簡妍後那般失態，叫了她一聲梅娘之後，我趁著伯父白日去官署應卯，偷偷進了他的書房，找到了一卷畫，上面就是我伯父親手畫的，他僅見過一面的那位梅娘，簡妍她……她竟然生得同那位梅娘一模一樣。你說，以前的那些女子只不過是長得有一些像梅娘，我伯父都要千方百計據為己有，現下簡妍卻是同梅娘生的一個樣，簡直如同她再次重生一般，我伯父又如何會對她放手？定然是用盡一切手段也要將簡妍據為己有的。」

「所以妳就助紂為虐，故意下帖子引簡妍今日過來這裡？」秦彥冷冷地問著。

周盈盈沒有作聲。

那日她偷偷跑到周元正的書房裡，看了那幅畫著梅娘的畫後也是極為震驚，但隨後她就將那幅畫原樣放了回去，又悄悄地出了門，以為無人會察覺到，但是不想當天周元正散值回來，就將她叫到書房裡去。

她永遠都無法忘記當時周元正坐在案後的圈椅裡，望著她時面上那副冷冷的表情。

周元正素來便疼愛她，便是她做了再大的錯事，他也從來沒有責備過她半句，對她說話的時候也是極溫和的，可是那時他面上的神情卻如同數九寒冬結了冰的湖面一般，再無一絲溫度。

隨後他便逼她寫了那封帖子給簡妍，邀她今日來這醉月樓一聚。

「秦公子……」周盈盈長嘆一聲，低聲說著。「不管你信不信，我其實是真心將簡妍當作自己的朋友，也並不想發生如今這樣的事，只是誰能料想到簡妍竟然長得和那個梅娘一模一樣呢？要怪也只能怪她自己了。」

秦彥忽然就站了起來。

周盈盈嚇了一大跳，也忙起身，兩步就攔在了秦彥的面前。

「秦公子，你要想一想！」周盈盈表情急切。「那位梅娘的父親，最後可是被我伯父命人剝皮揎草了的，你若是一時衝動上去找簡妍，想帶著她離開，且不說這醉月樓上下裡外早就被我伯父給安排了這樣多的僕婦、小廝，你們壓根兒就沒法子離開，只說我伯父若知曉了你這樣做，簡妍還沒有什麼，他自然不捨得去動她，可是你的下場會如何？你自己好好掂量掂量！」

秦彥垂在兩側的手緊握成拳，手背上青筋暴起，一張臉繃得緊緊的，太陽穴附近的青筋也很明顯地鼓了出來。

周盈盈一臉緊張地盯著他。

片刻之後，秦彥終究還是無力地癱坐回了椅中，雙手緊緊地抱著頭，一語不發。

他竟然是這樣的無用！他竟然是這樣的無用！簡妍就在上面，可是他卻不敢衝上去將她帶走！

縱然明知道不能從這裡帶走她，可到底還是能衝上去拉著她護在自己身後啊！可是就連這樣，他都是不敢的。

他怕死。他不想再死一次，而且還不知道會是個什麼樣的死法。

周盈盈見到秦彥這樣，心裡也不大好受，便低聲勸道：「你不要這樣，畢竟——」

只是一語未了，就聽秦彥低吼著——

「閉嘴！滾開！」

周盈盈被他吼得愣怔在原地，片刻之後眼中的淚水也撲簌簌地滾落下來。

她也不想這樣，可是她沒有辦法，也不敢違抗周元正。那日周元正威逼她寫帖子請簡妍來醉月樓的時候，她一開始也是拒絕的。可是後來周元正面無表情地拿了一把長劍過來，當著她的面就一劍斬斷了一直跟隨著她的大丫鬟挽翠的右手，還冷聲說著，若是她不照著他的話去做，她的右手也會如同挽翠的右手一樣，往後再也不用提筆寫字了。

那時她才察覺到，周元正壓根兒就是冷酷至極的人，且梅娘在他的心裡也是執念至深，但凡是涉及到梅娘的事，只怕再親近的人，他都會狠下心下手的。

第六十七章　生死關頭

簡妍此時正抱著雙臂，在樓上的雅間裡來回走來走去，不住地分析她現下的處境。

只是她心跳如擂鼓，冷汗把裡面的中衣都浸濕，一雙胳膊也覺得都軟了，手掐上去再無半點感覺，哪裡還靜得下心來分析什麼處境？可縱然如此，她還是不停告誡自己，要冷靜，要冷靜，天無絕人之路，一定會有法子的！

勉強定了定心神後，她在原地站定，謹慎地打量四周。

門窗緊閉，且從紙糊的槅扇上可以看到，外面有兩個粗壯的僕婦正站在那兒守著。她們兩人高大的身影一左一右地映在潔白的紙上，讓人分外覺得壓抑。

至於門，那定然已經從外面被鎖起來了。先時周盈盈離開的時候，她曾親耳聽到周盈盈在外面吩咐那些僕婦鎖門，隨即她又很清晰地聽到了一聲哢嚓上鎖的聲音。

看來她是不用指望從門那裡逃出去了。

於是簡妍便轉頭望向窗戶那邊，然後快步地走過去，伸手一下子就推開了窗戶。立時便有一股冷風呼嘯著撲進來，吹在臉上，鋼刀刮肉似的痛。

但她也顧不得這麼多了，只是謹慎地探身往外望著。

然後她就絕望了。

外面也是有幾個小廝守著。

雖然他們只是站在門口那裡，可但凡這裡有點什麼動靜，他們定然也會察覺到。而且白薇怎麼辦呢？就算她這會兒跳下二樓能僥倖逃走，可白薇怎麼辦？周盈盈臨走時的那句話絕對不會只是恫嚇她而已。

簡妍慢慢地在臨窗的椅中坐下來，心裡只暗自責怪自己，她今日為何要來赴周盈盈的約呢？若是不來，又哪裡會有這樣的事發生？

現下整個就是人為刀俎，她為魚肉的一副局面。

然而，她心中忽然又升起了一線希望。

對的，秦彥就在樓下的大堂裡，等周盈盈下去之後，他沒有見到自己和周盈盈一同下去，心中定然會起疑，到時他勢必會上來救她的！

只是，隨著時間一分一秒漸漸流逝，仍不見秦彥上來，她這僅剩的一線希望也慢慢破滅。

她無奈地苦笑一下。這醉月樓上下裡外有那樣多的僕婦和小廝，就算秦彥有心想上來救她又能怎樣呢？心有餘而力不足啊！既然周元正能讓她和秦彥今日一塊兒過來，定然就已做好了萬全準備，又豈會讓秦彥破壞他的好事？說不定秦彥現下也和白薇一樣，被他們給控制住了呢！

簡妍忽然就覺得心如死灰。

看來現下她唯有在這屋子裡等著周元正散值之後過來，然後看他今日這樣大費周章地將她叫到這醉月樓來，到底是有什麼話要對她說？

不過，她心底還是能隱約猜測到一些，定然是與那梅娘有關。只是不曉得這梅娘到底是何許人也？現下又到底是生是死？

簡妍長嘆了一聲，雙膝環抱在胸前，轉身望著窗外。

北風颳得越發大了，吹在臉上，硬生生要颳掉一層血肉一般。空中雖然掛著一輪太陽，可那陽光的溫度也像是被這凜冽的北風給颳走了般，看著竟是比往常淒清冷白了不少。

於是等到周元正進來的時候，看到的就是簡妍站在窗前，背對著他的身影。

蜜合色縷金撒花緞面的對襟長襖，蔥黃折枝芍藥刺繡的馬面裙，縱然是冬衣較厚，可她的背影依然纖細窈窕。

簡妍聽到聲音就回過頭來，一眼就看到周元正穿了寶藍色暗紫雲紋團花的圓領錦袍，外面罩了石青色的貂皮鶴氅。

他倒是都已經將官服換下來，換上了常服。

簡妍心中冷笑了一聲，面上還是溫婉柔順地屈膝向他福了福身子，低眉斂目地說：「小女簡妍，見過周大人。」

周元正沒有作聲，只是不錯眼地望著簡妍。

眉含遠山，眼顰秋水，清秀靜逸，這分明就是梅娘啊！

簡妍見他不作聲，便又開口說：「不知周大人今日喚小女過來是有何事見教？」

絕口不提自己今日其實是相當於被他給誆騙過來，然後又被軟禁在這屋子裡的事實。

若是一上來就和這周元正撕破臉皮，總歸是於她沒有好處的。現下敵強我弱，只能暫且先示弱，然後再慢慢套話、伺機而動。

周元正不答，只是抬腳走到桌旁坐下來，隨後又伸手指了指自己身旁的那把圈椅，示意著簡妍。「過來坐。」

簡妍腦中飛快地轉了轉，然後從善如流地走到桌旁坐下來。

她現下並不敢直接違拗周元正的話，不然若是惹得他狂性大發了可不好。可若是聽他的話直接坐在他身邊那張椅子上，她又實在厭惡得慌，所以最後她便取了個折衷的法子。

雖然她是坐到了桌旁，卻沒有坐到周元正身邊那張椅子，而是挑了個距離他最遠的、他正對面那張椅子坐了下去。

周元正也沒有強求，任由她在自己對面坐了。這樣也正好方便他細細地看她。

她頭上簪了玉蘭紅珊瑚的簪子，金累絲嵌寶石的點翠珠花，鬢邊一支小小的點翠鳳簪，鳳口裡垂了細細的珍珠珠串下來。小巧精緻的耳垂上戴的則是一副碧色的葫蘆樣耳墜子，但凡她偶爾動一動，這耳墜子便前後輕輕地擺動著，越發映襯出她如雪的肌膚來。

周元正目光貪婪地望著她每一寸露在衣服外面的肌膚。

簡妍雖然此刻是垂著眼，只望著面前花梨木圓桌上的大紅綃金寶相花的桌圍，可依然能感覺到周元正的目光正落在她的身上。

縱然沒有親眼所見，可周元正的這目光如有實質，所到之處，還是讓她覺得極其不舒服和噁心。

原本交握著放在膝上的雙手這時更是緊緊地握起來。她腦中急轉，想著到底該用什麼法子轉移這周元正的注意力？

片刻之後，她微微抬起頭來，面上是無可挑剔的得體笑容，溫聲問著。「記得上次周大人見到小女時曾喚了一聲梅娘，小女斗膽，想請問一下周大人，不知這位梅娘是何人？」

所有一切皆因梅娘而起，那麼，當她提到梅娘的時候，周元正的注意力應當會被轉移的吧？且她也正好可以伺機套一套周元正的話，瞭解一下這梅娘到底是什麼人？還有這周元正與梅娘是什麼關係？然後再決定自己到底應當怎麼辦。

果然，簡妍一提起梅娘，周元正的面上立時就有片刻的愣怔，目光也不再如先前那般專注地望著她，反而轉頭望著旁側那架寒梅傲雪的屏風。

「梅娘……」他喃喃說著。「梅娘是我一生最愛的人。」

簡妍心中微沈。

這是最壞的一種情況了。

若梅娘只是他不幸逝世的女兒，又或者是有什麼血緣關係的女眷，再不濟哪怕就是他媽呢，想必周元正見到她也只會覺得親切，並不會想到其他什麼上面去。可是這梅娘卻是他的戀人，且估計應該還是已經死了的，那自己還長得這般像梅娘，可不就是明擺著找死？

於是簡妍想了想，就繼續順著周元正的話問下去。

「那這位梅娘，是不是一位很溫婉貌美的女子？周大人一開始與梅娘又是如何結識的呢？」

她覺得她現下要做一位知心姊姊，引導周元正回憶起他的過往來，然後讓他清清楚楚地明白一件事——他的梅娘已經死了，而她，只不過是簡妍而已，並不是什麼梅娘。

有關梅娘的事周元正想來也甚少與人說起，這樣的心結一直悶在心裡卻不得與人傾訴，日積月累，鬱結在心頭，早成了一顆巨大的毒瘤了。現下簡妍問起，且她又生得和梅娘一模一樣，周元正便也願意同她說一說。

於是他便慢慢說起了他和梅娘當初如何在庵中結識，其後又如何一直詩信唱和著，被她的父親察覺後梅娘又是如何死了之類的話。只不過他卻隱去了他前去提親時，梅娘的父親是如何羞辱他，事情暴露時他是如何連夜逃跑，他發跡後又是如何對待梅娘一家人的事。

簡妍一聽周元正說完這些，一顆心就越發沈了下去。

世間最難忘的莫過於得不到和已失去的，偏偏這梅娘卻是兩樣都占全了。

求而不得的遺憾和鬱結，得不到的永遠都是最好的，只怕這梅娘於周元正而言，早已經是一種執念了。其實他內心未必真的有多愛梅娘，畢竟認真說起來他們兩人也就那日在庵中見一面而已，彼此之間甚至連話都沒有說過一句，不過是其後一直詩信唱和罷了。而且據她所知，周元正也是妻妾無數，只不過這些年他自己不斷催眠自己有多癡情，告訴自己，縱然是那梅娘死了這麼多年，他還是忘不掉她。

實在是有夠變態。

簡妍覺得自己今日的處境真的是糟糕透了。

梅娘是周元正一個美好無瑕的夢，對於執念已深的他而言，那個得不到和已失去的人，現下卻是有個和她長得一模一樣的人站在他的面前，他又豈會放手？只怕他心中早已將她當作梅娘的替身了吧？

簡妍只覺得心中亂糟糟的一片，腦子裡更是亂紛紛的。

她壓根兒就不曉得她現下到底應該怎麼辦？

白薇和秦彥還在他們手上，而這醉月樓又全都是周元正的人，她如何能逃得出去？

接下來，這周元正到底會如何安置她？

然後，她忽然就想起了前兩日四月對她說過的一件事。

那日四月是說，她在荷香院裡的長廊上，同徐妙寧的丫鬟青芽說話的時候，眼見一個穿戴不俗的僕婦帶著兩個丫鬟從簡太太的屋裡出來，且還是簡太太身邊的沈嬤嬤親自送這三人出來的。她當時悄悄地打量了一番那個僕婦，見她不是徐家的人，心裡還暗自納罕著，所以回來後便對自己說了。可當時自己聽了，並沒有當一回事，現下再一細想，今日上午她去辭別簡太太，說是要來赴周盈盈的約時，簡太太一反常態，對她很親熱，竟還拉著她的手，感慨著諸如「一晃就這麼多年過去了，妳也這樣大了」，又說什麼「妳哥哥是如何疼愛妳，上次他從國子監回來的時候，還特地帶了什麼好吃的、好玩的給妳」，讓他們兩個往後一定要兄妹和睦，彼此相幫之類的話。當時她只聽得雞皮疙瘩都起了一身，壓根兒就不知道簡太太這是忽然抽的什麼風，可是現下想起來……

簡妍只覺得自己的一顆心如墜冰窖，竟是連跳都不會跳的了。

這分明就是周元正和簡太太已經暗地裡達成了某種協定啊！所以簡太太明知道今日是周元正要見她的？

那周元正到底是跟簡太太達成了什麼協定？讓她做周元正的侍妾？抑或只是個外室？是不是她今日出來了，簡太太也就壓根兒沒打算她會再回去，而是任由周元正將她帶走？

簡妍一時竟全身止都止不住的顫抖。

她就這樣被簡太太俐落地賣了嗎？那她往後要怎麼辦？現下醉月樓裡外都是周元正安排的人，若是待會兒她被直接帶走了，安置在什麼地方，那往後她豈不是更加插翅難飛了？

手心裡滿滿的都是冷汗，但她還是在心裡拚命告誡自己，要冷靜、要冷靜。天無絕人之路，一定會有解決的法子！可是……還能有什麼法子呢？

耳中忽然聽得窸窸窣窣的衣料磨擦聲，然後她眼角餘光看到一角石青色鶴氅的衣襬正在她的身旁。

原來是周元正從對面的椅中站起來，轉而坐到了她旁側的一張椅中去！

簡妍現下垂著頭，可以看到他的手。

畢竟是五十來歲的人了，便是再保養得當，看著再白皙，可一雙手到底是枯瘦如薑的。且他一雙手的小拇指竟留了約有兩、三寸長的指甲，讓簡妍見了，就覺得極其噁心。

而這雙手的右手現下正伸了過來，瞧著應該是想來拉她的手。

簡妍一個激靈，猛然自椅中站起來，往後連退了幾大步，一直退到她身子抵在牆壁上，再也無路可退為止。

她的身後就是窗子。

工字燈籠錦格心的檻窗，方才被她推開了半扇，有風從外面颳進來，她鬢邊鳳釵上的珍珠流蘇和耳垂上戴著的玉葫蘆耳墜便被吹得顫個不住。

周元正被她這猛然的動作給嚇了一跳，伸出的右手僵在了半空。

等到他反應過來，他便慢慢地收回了自己的右手，復又放在了膝蓋上。

既然簡妍進了這醉月樓，就已在他的掌控之中，她是絕對逃脫不掉的，他有的是時間和她慢慢磨。

於是他便慢條斯理地說：「我已在這京裡置辦了一所院子，丫鬟、僕婦一應俱全，往後妳就住在那裡，我得閒了自然會去看妳。這事我已同妳母親說過了，她也是答應了的。」

呵！簡妍心裡悲涼地笑了笑。簡太太果然是賣她賣得毫不手軟啊！

「可是這事我並沒有答應。」她望著周元正，冷冷地開口說著。

周元正略有些詫異地望了她一眼。

這樣的事還要經過她答應嗎？她只不過是個商賈之女罷了，他可是權傾朝野的首輔，讓她做他的外室，難不成還委屈了她？

念在她畢竟同梅娘長得是那樣相像的分上，周元正現下對她還是有幾分耐心，他便溫聲說：「妳跟了我，我自然會寵著妳，但凡這世間所有之物，只要妳說出來，我自然會命人尋來放在妳的面前，絕對不會讓妳受一絲委屈的。」

簡妍的回答，是眼中滿是嘲諷和不屑之色。

周元正畢竟是身在高位久了，從來只有別人奉承他的時候，極少還有現下他這樣溫聲的相勸，可對方還滿面嘲諷不屑之色。

於是，他方才的耐心立即告罄，面色也沈了下來。

「簡妍，妳不要敬酒不吃吃罰酒！我不過是念在妳長得很像梅娘的分上，才一直容忍妳罷了！」

眼見簡妍的手往後搭在了窗臺上，身子也往窗子旁邊那裡移過去，他端坐在椅中沒有動彈，只是說：「難不成妳竟是想著要跳下去然後逃走？這可真是個傻的了。且不說下面有我的人守著，妳一個弱女子還能逃到哪裡去？只說妳便是真的逃走了，妳的母親可是逃不走的。落在我的手上，妳想想她會有什麼下場？」

他這是想用簡太太來威脅她了？簡妍失笑，然後挑眉問著。「那你打算怎麼弄死她啊？一條白綾？一杯毒酒？沈潭梟首？還是不嫌麻煩的千刀萬剮啊？你給她選了這當中的哪一樣死法我都沒有意見，還很樂意看到。」

周元正的一張臉這下子是真的完全陰沈下來。他沒想到拿簡太太來威脅簡妍竟是無用的，但他更願意相信，其實簡妍心中是在乎的，只不過是面上裝得不在乎罷了。

有誰會不在乎自己母親的死活呢？

「那妳自己的死活妳也不在乎？」周元正面沈似水，聲音恰似萬丈深淵下透上來的一般，森冷暗黑。「違逆我的下場，妳可以自己想一想。」

外面的風越發大了起來，不停地從這半扇敞開的窗子裡灌進屋子。

簡妍正站在這風口上，凜冽的北風一陣陣地颳在她的身上，帶來刺骨的寒意。

生死關頭，她反而淡定下來。

自穿越過來的這十四年，一路走得是這樣艱辛。那時她總以為，但凡只要她一直隱忍，一直努力，尋了個時機得脫牢籠，總會在這個時代尋到一個相對自由的地方，讓她安安靜靜地過完這輩子。後來她愛上了徐仲宣，這幾日才終於決定了，往後可以不用費盡心思整天想著怎麼逃走，安安心心地同他過一輩子也是好的。可是沒想到，這些卻都只是奢望而已。

既然如此，為何還要讓眼前這個老男人將她當作別人的替代品，每日忍受著他黏膩、令人噁心的目光，屈辱地活下去？

她寧為玉碎，不為瓦全。

心中決定了之後，她反而覺得一直緊繃著的神經全都舒緩下來。

於是她便抬頭對周元正笑道：「我自然是想好好活著的，可前提是，我得有尊嚴地活著，不然，我寧可死！」

說罷，她抬手拔下頭上戴著的那根玉蘭紅珊瑚簪子，將尖尖的那頭直直地抵在了自己的咽喉上！

——未完，待續，請看文創風533《娶妻這麼難》3

撲朔迷離的重生之祕　唯妻是從的愛情守則／東堂桂

2017年5月出版

嬌妻至上

她雖是將軍府大小姐、嫡長女，卻是爹娘不疼，連庶女都爬到她頭上！
要不是她大病一場重生醒來，現在還任人捏圓搓扁、委曲求全，
如今有機會改變命運，她絕不再傻傻等待，只求能掙脫家的束縛……

文創風 518 1

池榮嬌這名字，據說是出生時祖父滿心歡喜，說幸得嬌嬌，取名榮嬌……
可為何大病重生之後，記憶裡只有父親不疼、母親憤恨、祖母不喜，
池家大小姐過得比家裡的下人還不如，連庶妹都敢欺負她的人！
親情既然求不得，那便不求了，她也不想如從前那般委屈退讓，
只是她也是母親親生的，為何哥哥備受疼愛，只有她被母親折磨冷落？
而夜裡，總有個自由奔放的身影在夢中出現，
彷彿身體裡還有另一個恣意的靈魂，教她嚮往著掙脫牢籠，
但現在的她身無分文也無一技之長，何來本錢離家？

文創風 519 2

前世的她，一生柔弱、委曲求全，落得下場悽慘；
如今重生的她早已不同，藉著男兒裝扮在外行走，
還獲得神祕公子賞識，領她進入商場，甚至大方投資她行商，
這天上掉下來的好運讓她迅速累積實力，卻也越來越疑惑——
不打不相識的玄朗大哥待她是不是太好了些？
為何他總是行蹤不定，但她需要的時候他必會出現，為她打點好一切？
他的身分如謎，是否與她扮男裝一樣，有什麼難言之隱……

文創風 520 3

在池榮嬌暗暗厚積實力的同時，池家也出了些不大不小的風波，
也正好讓她找到機會，藉著母親送她去莊子「養病」的理由，
她乾脆包袱款款，帶著心腹丫鬟嬤嬤離開池家，根本不想回來了！
但如魚得水的日子才沒過多久，她的女兒身便意外揭露，
玄朗大哥待她雖然與往常無異，對她的照顧依舊細心體貼，
送她的禮物卻換成姑娘補身的好東西，這、這、這……
兄弟之情就這樣轉變成了兄妹之情嗎？!

文創風 521 4 完

兜兜轉轉，從小樓公子到池榮嬌，從玄朗大哥到英王殿下，
她與他終於能以真實身分相見、相知，原來情苗早已深種，
在他倆還不知對方究竟是誰的時候，心便悄悄地為對方留了個位置……
即使費了番工夫，玄朗依舊順順利利地迎娶心愛的小樓為妻，
兩人婚後恩愛異常，人人只道英王愛妻如命，
卻不知自從他得知妻子的身體裡似乎還有另一個女子的魂魄，
而那人是已逝的西柔國公主樓滿袖，對生前過往仍有執念，
他便暗暗憂心，只怕對方的執念傷害妻子，有一日便要奪她意識……

純情摯愛　此心不渝／桐心

2017年4月出版

鳳心不悅

既然他就算做牛做馬都要待在她身邊，
那她這個當老婆的，
絕對會好好「疼愛」他的～～

文創風 513 **1**

沒想到新婚後便不告而別的沈懷孝，居然還有臉回來？
對蘇清河而言，有沒有這個丈夫，她壓根兒不在意，
她不過是為了與兩個孩子重逢，不得已才借了他的「種」，
古人嫁雞隨雞、嫁狗隨狗的那一套歪理，可不適用在她身上！
然而他失蹤五年的真相，竟是在京城另娶嬌妻，
如今他一口一個誤會，就想回到他們母子身邊，
當她是三歲小孩那樣好哄的嗎？

文創風 514 **2**

自從知道蘇清河那落難公主的身分後，
沈懷孝對她可說是百般討好，萬般禮讓，
還時不時在她面前走動，蹭吃蹭喝的，順便刷刷存在感。
為了家族的利益，他甚至還使出美男計想誘她上鉤～～
她本打算自己守著孩子過一輩子的，
可身旁若有他這樣一個免費的苦力能使喚，何樂而不為呢？

文創風 515 **3**

在這時代，要當個公主可真不輕鬆！
不但要出得廳堂、入得廚房，還要上戰場賣命，
好不容易拚死拚活換來個「護國公主」的封號，光榮回京，
回到京城的頭一件要緊大事，就是宣示主權——秀駙馬！
她可沒忘記自己的丈夫在京城中有多炙、手、可、熱，
她要讓那些覬覦他的女人知道，
沈懷孝是她的人，也只能是她的！

文創風 516 **4**

隨著蘇清河的身世之謎一一解開，
地位瞬間水漲船高的她，成了權貴爭相巴結的對象。
只有沈懷孝，待她始終如一，
不為了權力而利用她，更不會為了利益而傷害她，
但為了生他、養他的家族，他不得不做出讓步與犧牲。
在這一刻，她才驚覺，只要他身為沈家人的一天，
他們之間，就注定存在著永遠化不開的矛盾……

文創風 517 **5** 完

什麼叫一波未平，一波又起，蘇清河總算是體認到了！
就算她與太子哥哥長得再怎麼相似，
要她假扮太子代理朝政，還真是嚇得她的小心肝兒直打顫，
更可惡的是，沈懷孝這沒良心的，居然乘機不與她親熱，
就在她忍不住撲上去又親又摟又抱，一解相思之苦，
他卻突然熱情了起來，讓她深深覺得，自己中計了！

文創風
532

娶妻這麼難 2

國家圖書館出版品預行編目資料

娶妻這麼難 / 玉瓚著. --
初版. -- 臺北市 : 狗屋, 2017.06
冊 ; 公分. --（文創風）
ISBN 978-986-328-737-7（第2冊：平裝）. --

857.7　　106005767

著作者	玉瓚
編輯	黃淑珍
校對	黃薇霓　簡郁珊
發行所	狗屋出版社有限公司
地址	台北市104中山區龍江路71巷15號1樓
電話	02-2776-5889～0
發行字號	局版台業字845號
法律顧問	蕭雄淋律師
總經銷	知遠文化事業有限公司
電話	02-2664-8800
初版	2017年6月
國際書碼	ISBN-13　978-986-328-737-7

本著作物由北京晉江原創網絡科技有限公司授權出版

定價250元
狗屋劃撥帳號：19001626
網址：love.doghouse.com.tw　E-mail：love@doghouse.com.tw